AF399655

Ines Vitouladitis, geboren im Dezember 1987, ist verheiratet, Mutter von vier tollen Kindern im Kleinkind- bis Teenageralter, gelernte Kinderpflegerin und Autorin mit Herzblut. Sie lebt mit ihrer Familie im ländlichen Elsdorf, nutzt ihre Freizeit vor allem zum Schreiben neuer Geschichten und ist schon seit der Grundschulzeit ein großer Bücherfan, woraus schließlich der Wunsch entstand, eigene Romane zu verfassen. Mit 13 Jahren begann sie, nach einigen Gedichten und Kurzgeschichten, erste Manuskripte zu schreiben. Seit 2020 geht sie ihrer großen Leidenschaft nach und veröffentlicht regelmäßig Bücher im Romantasy- und Romance-Bereich.

INES VITOULADITIS

Erstausgabe März 2025

Copyright © 2025 dp Verlag, ein Imprint der
dp DIGITAL PUBLISHERS GmbH
Made in Stuttgart with ♥
Alle Rechte vorbehalten

Das kleine Cottage in Little Goldcoast

ISBN 978-3-98998-883-5
E-Book-ISBN 978-3-98998-715-9

Copyright © 2024, © dp Verlag
Dies ist eine überarbeitete Neuausgabe des bereits 2024 bei
© dp Verlag erschienenen Titels
Traummänner gibt's nur in Büchern (ISBN: 978-3-98998-100-3).

Covergestaltung: Larissa Siepmann
Umschlaggestaltung: ARTC.ore Design

Unter Verwendung von Abbildungen von
shutterstock.com: © Jacob_0,9, © Christopher Beyer, © Konmac,
© design studio 2024, © MARGRIT HIRSCH, © Konmac,
© Jim Schwab, © Shutterstock-Pixelsquid
stock.adobe.com: © marchello7,4, © Kimo
Lektorat: Astrid Rahlfs
Satz: dp DIGITAL PUBLISHERS GmbH
Druck und Bindung: Books on Demand GmbH, Norderstedt

Das Werk darf – auch teilweise – nur mit
Genehmigung des Verlages wiedergegeben werden.

Vorwort

Die Sache mit der Heimat

Zuhause ist, wo das Herz eine Heimat findet.
(Fred Ammon)

Was ist ein Zuhause? Ist es der Ort, an dem man aufgewachsen ist? Der, den man sich selbst ausgesucht hat oder der, an dem die Familie zusammenkommt?
Manchmal braucht es nur einen bestimmten Geruch, ein Geräusch oder ein Gefühl, das uns in vergangene Zeiten versetzt, und wir sind wieder da; an jenem Urlaubsort, an den wir jedes Jahr zurückkehren. An Großmutters reichlich gedecktem Tisch mit all den köstlichen Gerüchen, die die Luft erfüllen. In der Wohnung, die wir uns ausgesucht haben, um eine Familie zu gründen oder in dem Haus, von dem wir unser ganzes Leben schon geträumt haben.
Und nicht immer ist das Zuhause ein Ort. Manchmal ist es eine Person, ein Freundeskreis, eine Familie oder ein geliebtes Haustier. Zuhause ist, was auch immer sich danach anfühlt. Was einen ankommen lässt. Was das Herz berührt und die Seele beflügelt.

Mit der *Verliebt in Little Goldcoast-Reihe* wollte ich ein Zuhause schaffen, zu dem die Leser:innen immer wieder gern zurückkehren, ebenso wie ich mich beim Schreiben der Bücher daheim gefühlt habe.
Ob es mir gelungen ist? Lest selbst …
Eure Ines

Für alle, die die wahre Liebe noch suchen
(gebt nicht auf).
Für all die Glücklichen, die sie schon
gefunden haben.
Und für die, die einen Bookboyfriend bevorzugen –
darf ich vorstellen? Jonah Abercrombie …

Kapitel 1

Kaki, Dates und Katastrophen

„Ich bin Romy, mein Lieblingsobst ist die Kaki und ich lese gerne Bücher", murmelte ich vor mich hin, während ich einen unauffälligen Blick in Richtung des nächsten Schaufensters riskierte. Mit einem aufgesetzten Lächeln, das mich minimal grenzdebil aussehen ließ, starrte mein Spiegelbild zurück. Kopfschüttelnd beeilte ich mich, meine entgleisten Gesichtszüge ein wenig zu entspannen. Jemanden zu vergraulen oder dem Clown aus „ES" Konkurrenz zu machen, stand schließlich nicht auf meinem Plan.

Prüfend glitt mein Blick weiter über meinen Körper. Ich hatte ein locker fallendes marineblaues Sommerkleid, eine dunkle Leggins und furchtbar niedliche Sandalen mit Pfennigabsätzen angezogen, deren Karamellton ideal zu der Tasche über meiner Schulter und dem Haarband auf meinem Kopf passte. Meine hellblond durchgesträhnten Haare fielen mir in leichten Wellen fast bis zum unteren Rücken. Dass ich dafür, für mein

Make-up und für das Stylen meines schräg geschnitte-
nen Ponys eine gute Stunde gebraucht hatte, passte gar
nicht zu meiner eigentlichen Lebenseinstellung. Aber
dieses Date musste einfach perfekt werden.

Es musste.

Starte locker-flockig, erinnerte ich mich an Ediths
Worte vom Vortag, *erzähl ihm etwas über dein Hobby
oder dein Lieblingsobst – irgendwas, über das ihr noch
nicht geschrieben habt und woraufhin er selbst etwas erzählen kann, ohne viel nachzudenken. Leg dir am besten
einen Satz zurecht, den du zur Begrüßung sagen kannst.*

„Ich bin Romy, mein Lieblingsobst ist die Kaki und ich
lese gerne Bücher", wisperte ich erneut, bevor ich einen
letzten tiefen Atemzug tat und das Café, in dem wir uns
verabredet hatten, betrat. Meine Hände waren vor Aufregung so schweißnass, dass mir die Türklinke beinahe
aus den Fingern glitt. Ein hell klingendes Glöckchen
über meinem Kopf verkündete mein Eintreten und
eine Geruchsmischung aus Kaffee, frischem Käseku-
chen und Keksen schlug mir entgegen.

Mit einem verlegenen Lächeln und glühenden Wangen ließ ich meinen Blick über die Handvoll Menschen
gleiten, die sich überall in dem romantisch anmutenden kleinen Raum, der mit Marmorfliesen ausgelegt
war, verteilt hatte. Ein älteres Ehepaar, eine müde aussehende Frau mit Kleinkind, ein paar lachende Mitt-
vierziger und ... dort saß er, Loui Benjamin, seines Zeichens Erdkundelehrer, Teetrinker und *Radiohead*-Fan.
Obwohl er weniger sportlich aussah als auf seinem Profilbild, das offenbar schon einige Jahre alt war, und
auch nicht mehr ganz so volles Haar hatte, erkannte
ich ihn sofort. Er war groß, sonnengebräunt und trug

eine schlichte Lesebrille, die ihm mitsamt dem gebügelten Kragen seines Poloshirts ein seriöses Äußeres verlieh. Rein logisch betrachtet passten Loui Benjamin und ich zueinander wie Topf und Deckel.

Als unsere Blicke sich trafen, hob er die Hand und winkte mir lächelnd zu, wobei er zwei Reihen strahlend weißer Zähne entblößte.

Ich bin Romy, mein Lieblingsobst ist die Kaki und ich lese gerne Bücher, rief ich mir meinen hübsch zurechtgelegten Satz ein letztes Mal wie ein Mantra ins Gedächtnis, während meine Schritte mich viel zu langsam auf ihn zutrugen. In meinem Bauch begannen leise Zweifel zu rumoren. Zweifel, die mir nicht unbekannt waren. Warum genau tat ich mir das eigentlich immer wieder an? Die letzten Dates, die ich gehabt hatte, waren alle miteinander, milde gesagt, eine Vollkatastrophe gewesen und dass ich in der Gegenwart von Männern, die ein ernsthaftes Interesse an mir zeigten, schüchtern und unsicher war, konnte man ohne Bedenken als absolutes Understatement bezeichnen.

Dabei wollte ich doch so gerne! Ich wollte so gerne jemanden an meiner Seite haben, jemanden, mit dem ich mein Leben teilen konnte. Und als hätte das Schicksal Spaß daran, erkannte ich just in diesem Moment das Lied, das im Hintergrund aus dem Radio vor sich hinplätscherte: *Lonely Girl* von Sandi Thom. Als hätte das Leben mir spontan einen Soundtrack verpasst.

„Guten Abend, Romy." Als ich endlich an seinem Tisch ankam, erhob Loui sich, schob einladend den freien Stuhl zurück und drückte mir zur Begrüßung unerwartet einen Kuss auf die Wange. Er roch nach Rasierwasser, Seife und einem leicht blumigen Parfum, das mir mit einem derart intensiven Kribbeln in die Nase stieg, dass ich niesen musste. Als wäre er darauf vorbereitet gewesen, zog Loui ein Taschentuch aus der Tasche seiner beigefarbenen Stoffhose und reichte es mir.

„Äh … hi … und danke", stammelte ich überrumpelt, nachdem ich mir die Nase geputzt hatte. Krampfhaft durchsuchte ich mein Gehirn nach meinem planvoll zurechtgelegten locker-flockigen Gesprächseinstieg à la Edith, bevor es atemlos aus mir herausbrach: „Ich lese gerne Romy, mein Lieblingsobst sind Bücher und ich bin die Kaki!"

Kapitel 2

Soulmate

„Ich bin die Kaki!" Edith putzte sich geräuschvoll die Nase, während sie nur kurz das laute Lachen unterbrach, das ihr bereits eine Rotfärbung ins Gesicht und Tränen in die Augen getrieben hatte. „Das hast du nicht ernsthaft gesagt!" Wie eine dressierte Robbe klatschte sie zum wiederholten Male in die Hände und wippte vor lauter Lachen ein wenig vor und zurück.

Mein gequälter Blick schien ihr als Antwort zu genügen.

„Ach, Romy, herrlich." Ein letztes Mal prustend rieb sie sich die Tränen aus dem Gesicht und nahm einen Schluck Kaffee. „Du könntest echt Bücher schreiben. *Andere* Bücher … über dein Leben, meine ich." Sich Luft zufächelnd, schlug sie ihre in einem karierten Hosenanzug steckenden Beine übereinander, nahm kurz ihre Brille zum Putzen ab und sah mich an, als wäre ich das unterhaltsamste Individuum, das ihr je untergekommen war.

„Wenn ich über mein Leben schreiben würde, wäre ich aber heute wahrscheinlich keine Bestsellerautorin, sondern ein ziemlich armer Schlucker“, gab ich zu bedenken und rührte kopfschüttelnd in meinem mit Karamellsirup gesüßten Latte Macchiato. „Und mein einziger Fan wäre meine Mutter.“

„Also, ich würd’s auf jeden Fall auch kaufen“, gluckste Edith, die Wangen immer noch knallrot vor Vergnügen.

„Niemand will schräge Dinge über langweilige Otto Normalverbraucher lesen, Edith.“ Ich wies auf die Wand über meinem Schreibtisch, an der die Fotos all meiner bisher veröffentlichten Bücher in einem übergroßen goldfarbenen Bilderrahmen prangten – ganz oben die Cover meiner fast abgeschlossenen und heiß begehrten Romance-Trilogie. „Die **Royal Lovers** Reihe wäre nie so erfolgreich geworden, wenn Catherine Bürokauffrau wäre und Jace einen Waschbärbauch und haarige Zehen hätte.“

„Da magst du recht haben.“ Edith stellte seufzend ihre Tasse ab, verschränkte die Hände im Nacken und betrachtete mich plötzlich so, als wäre ich die bemitleidenswerteste Kreatur, die ihr je untergekommen war. Das Lachen war ihr gänzlich aus dem Gesicht gewichen, nur die roten Wangen blieben. „Was machen wir denn jetzt mit dir?“

„Vielleicht einfach akzeptieren, dass ich für immer Single sein und einsam sterben werde?“, antwortete ich mit einer Mischung aus Belustigung und Bitterkeit in der Stimme. „Ich sollte wohl langsam damit anfangen, mir eine Menge Katzen, mindestens sechs, besser acht, anzuschaffen, damit ich das Klischee endlich komplett erfülle.“

„Du bist doch allergisch gegen die Viecher", wandte Edith ein.

„Ich mag sie trotzdem. Ich schreibe auch Geschichten über die Liebe, die sich millionenfach verkaufen, und schaffe es selbst nicht, auch nur über das erste Date hinauszukommen", entgegnete ich schulterzuckend. „Widersprüche liegen mir vielleicht einfach."

Edith leerte ihre Tasse, zupfte sich eine widerspenstige Locke aus ihrem unordentlich zusammengefassten Dutt und wickelte sie nachdenklich um ihren Finger.

„Also kein zweites Date mit Mr. Kaki?", hakte sie forsch nach.

„Er heißt Loui Benjamin und nein, nach diesem ersten Treffen gibt es ganz bestimmt kein zweites", stellte ich mit abwehrend erhobenen Händen klar. „Abgesehen von meinem *ach so lustigen* Versprecher ...", mit einem ernsten Blick erinnerte ich sie an ihren Lachflash von vorhin, „... hat auch einfach die Chemie zwischen uns nicht gestimmt."

Edith seufzte. „Die alte Leier wieder." Kopfschüttelnd erhob sie sich vom Stuhl und brachte ihre Tasse in die Küche, wo sie sie geräuschvoll in der Spülmaschine verstaute. Als sie zurückkam, bedachte sie mich mit einem prüfenden Blick. „Du bist zwar erst fünfundzwanzig und hast noch eine Menge Zeit, den Richtigen zu finden, aber vielleicht solltest du deine Ansprüche dennoch allmählich ein wenig herunterschrauben, Süße. Es gibt keinen Jace O'Kelly da draußen, der nur darauf wartet, dich auf Händen durch die Welt zu tragen."

Trotzig schob ich die Unterlippe vor. „Er muss ja auch nicht *ganz genau so* sein wie Jace", murmelte ich in meinen Latte Macchiato, sog den herrlichen Karamellduft ein, der von ihm ausging und dachte schwärmerisch an die männliche Hauptfigur meiner vielfach gelobten Bücherreihe, die noch vor Kurzem auf Instagram zu einem der beliebtesten Book-Boyfriends des Jahres gewählt worden war.

Im Hintergrund dudelte Natasha Bedingfiels Soulmate aus dem Radio – wie passend.

Somebody, tell me why I'm on my own
If there's a soulmate for everyone.

Abwartend musterte Edith mich über den Rand ihrer Brille hinweg. In ihren braunen klugen Augen lag etwas Wissendes – ein Blick, den ich nur allzu gut kannte. Dass sie zwölf Jahre älter und demnach wesentlich lebenserfahrener war als ich, ließ sich manchmal einfach nicht verbergen.

„Nur so charmant, gutaussehend, wohlriechend, sensibel, stark und humorvoll wie er", fügte ich mit einem Seufzer verlegen hinzu. „Und gegen einen Dreitagebart, muskulöse Oberarme, die Fähigkeit, beim Holzfällen umwerfend auszusehen und stahlblaue Augen hätte ich auch nichts einzuwenden."

Ediths rechte Augenbraue wanderte ein ganzes Stück in die Höhe. „Es wird echt Zeit, dass du dich mal mit anderen Menschen umgibst", merkte sie dann mit einem besorgten Unterton in der Stimme an und schnalzte mit der Zunge. „Mit *echten* Menschen, Romy."

„Mache ich doch! Erst vorgestern hatte ich ein Date. Und jetzt gerade treffe ich mich mit dir", verteidigte ich mich.

„Und wen gibt es, abgesehen von deinen Eltern, deinen halbjährlichen Date-Katastrophen und mir in deinem Leben?", bohrte Edith mit der Unnachgiebigkeit eines Schuldeneintreibers nach.

„Na ja. Also ...", setzte ich an und zog das O in die Länge wie Kaugummi. Mein Blick schweifte kurz durch das Innere meines weitläufigen Bungalows, durch die offene Küche mit Kochinsel, das gemütlich eingerichtete Wohnzimmer und die weit offen stehende Schlafzimmertür, die einen Blick auf mein Boxspringbett offenbarte, über das ich am Morgen eine roséfarbene Tagesdecke geworfen hatte. „Okay, okay, du hast recht. Zugegebenermaßen verbringe ich einen Großteil meines Lebens hier. Allein. Aber die meisten Autoren sind doch ein bisschen introvertiert", setzte ich zu meiner Verteidigung hinzu.

„Es gibt aber einen gewaltigen Unterschied zwischen introvertiert und realitätsfern." Edith stemmte die Hände in die Hüften. „Und immer nur zu Hause zu hocken und darauf zu warten, dass der Traumprinz an die Tür klopft, *ist* realitätsfern, Romy."

„Ich hocke nicht, ich arbeite", korrigierte ich und nahm den letzten Schluck aus meiner Tasse, ehe ich genüsslich den Restschaum auslöffelte. „Die Deadline rückt immer näher und mir fehlen noch gute zwanzigtausend Wörter. Das müsstest du als meine Verlegerin eigentlich wissen."

„Da hast du natürlich recht." Mit einem abschließenden Nicken machte Edith sich in Richtung Haustür auf. „Aber sobald das Buch fertig ist und bei der Lektorin liegt, tust du etwas für dein Sozialleben! Geh aus und lerne ein paar nette Leute kennen. Schließe Freundschaften. Hab Sex. Du bist erst fünfundzwanzig, nicht fünfundneunzig. Als ich in deinem Alter war ..." Sie ließ den Satz unvollendet und blickte eine Weile gedankenverloren ins Leere, bevor sie sich selbst mit einem leichten Kopfschütteln zurück ins Hier und Jetzt beförderte. „Ich liebe deine Geschichten, Romy, wirklich. *Die ganze Welt* liebt die Bücher von dir alias Suri Lilianna. Das Problem dabei ist bloß, dass man sich leicht in Geschichten verliert. Und ich glaube, das passiert dir gerade. Also versprich mir, dass du nach der Verabschiedung von Jace und Catherine ein bisschen anfängst zu leben. In der realen Welt."

Ich nickte träge.

„Versprochen?", hakte sie nach.

„Versprochen", seufzte ich widerwillig.

Als ich am späten Abend am Schreibtisch saß und die letzten Zeilen, die ich geschrieben hatte, überflog, um genau dort wieder anzusetzen, wollten Ediths Worte nicht aus meinem Kopf verschwinden. Hatte sie am Ende womöglich doch recht damit, dass mein Denken realitätsfern war? Dass ich auf etwas wartete, das nie eintreten würde?

Mit Jace O'Kelly hatte ich unter dem Autorenpseudonym *Suri Lilianna* den perfekten Mann erschaffen. Groß, gut gebaut, mit breiten Schultern, dunklem Haar und unfassbar blauen Augen brachte er nicht nur meine Protagonistin Catherine Beaumont, sondern auch Leserinnen weltweit zum Schwärmen. Er war höflich, kultiviert, humorvoll und loyal, hatte einen ausgeprägten Beschützerinstinkt und konnte gut zuhören. Jede interessante Eigenschaft und all das, was ich an einem Mann attraktiv fand, hatte ich genutzt, um meine Hauptfigur wie einen Rohdiamanten zu schleifen, bis sie so perfekt war, dass es ein Ding der Unmöglichkeit wurde, ihr nicht zu erliegen.

Sobald ich an Jaces und Catherines Geschichte schrieb, war ich mittendrin, glaubte beinahe, seine Stimme hören und sein sanftes Lächeln vor mir sehen zu können. Leider war Jace O'Kelly, neben all den anderen Eigenschaften, die ihn zum Traummann prädestinierten, aber vor allem eines: fiktiv. Er war logisch betrachtet das Höchstlevel eines imaginären Kindheitsfreundes und ich wusste, dass es mir schwerfallen würde, mich im Leben mit weniger zufrieden zu geben. Was wahrscheinlich mit ein Grund (oder der Hauptgrund) dafür war, dass ich in meinem Alter immer noch Single war, während viele meiner gleichaltrigen ehemaligen Klassenkameradinnen schon in Langzeitbeziehungen steckten, verlobt oder verheiratet waren und teilweise sogar schon Nachwuchs erwarteten. Meine längste Beziehung war nach drei Monaten in die Brüche gegangen und die Männer, mit denen ich bisher intim geworden war, konnte ich nach wie vor an einer Hand abzählen. An zwei Fingern, um genau zu sein. Das konnte nicht alles gewesen sein.

Entschlossen legte ich meine Hände auf die Tastatur, um eine besonders heiße Nacht mit durchgeschwitzten Laken und nackten Körpern niederzuschreiben.

Ich würde ihm schon irgendwann begegnen und dann würde Edith dumm aus der Wäsche gucken. Ihm, meinem persönlichen Jace O'Kelly.

Kapitel 3

Zum Urlaub verdonnert

Mit einem schalen Geschmack im Mund, dröhnenden Kopfschmerzen und eingeschlafenen Beinen wachte ich auf, als die Sonne durch das Fenster über meinem Schreibtisch schien und mich unbarmherzig blendete. Mein Laptop hatte sich selbst in den Ruhemodus befördert. Auf dem Boden lagen neben meinem Notizbuch, einem Kugelschreiber und der leeren Verpackung eines Müsliriegels auch unzählige zusammengeknüllte Papiere. Dem Druckgefühl nach zu urteilen musste mein Kopf auf die harte Schreibtischplatte gesackt und dort während der gesamten Nacht liegen geblieben sein. Mein Körper fühlte sich an, als wäre ich vollkommen verkatert.

Mit einem ächzenden Geräusch reckte und streckte ich mich, ehe ich in die Küche schlurfte, um erstmal die Kaffeemaschine anzuschalten. Dabei entging mir das rote Sternchen im Kalender nicht, das den 31. Juli markierte, den Abgabetermin für *Royal Lovers 3*.

Geduscht, im Bademantel und mit einem frisch aufgebrühten, mit Karamellsirup verfeinerten Latte Macchiato in meiner Lieblingstasse setzte ich mich zurück an den Schreibtisch, fuhr den Laptop wieder hoch und überflog die letzten beiden Abschnitte des Manuskripts.

Jace und Catherine erholten sich gerade ebenfalls von ihrer Nacht, der Grund hierfür war jedoch ein anderer als meiner, wie ich mit einem Schmunzeln feststellte.

Wo war denn nur wieder meine Liste? Kopfschüttelnd suchte ich sie auf meinem Schreibtisch und zog sie endlich zwischen ein paar vom Verlag weitergeleiteten Fan-Zeichnungen und neuen Notizbüchern hervor, die ich ständig kaufte, um neue Ideen darin zu notieren.

„Heldenhafte Rettung vor dem maskierten Entführer. Heiße Liebesnacht", las ich mir mit gedämpfter Stimme selbst vor und setzte zwei Haken hinter die beiden Punkte. „Steht als Nächstes die überraschende Wendung mit der geheimen Zwillingsschwester auf dem Plan."

Genüsslich nahm ich einen Schluck aus meiner Tasse. Nichts ging über köstlichen Kaffee und einen Schreibtag. Wie automatisch legten meine Finger sich nach dem Abstellen der Tasse auf die Tastatur. Bereit, wieder in die Geschichte einzutauchen, entspannte ich meine Schultern und wollte am halb beendeten Satz anknüpfen, während dem ich am Vorabend eingeschlafen war.

Doch auf einmal war mein Kopf wie leergefegt. Unsicher überflog ich den halben Satz nochmal.

Als sie erwachte und in seine tiefblauen Augen sah, wusste sie tief im Inneren, dass sie in ihnen all das finden würde, was sie je gesucht hatte, all das, was ihr je gefehlt hatte, während sie ...

Während sie *was* tat? Kopfschüttelnd ließ ich die Hände von der Tastatur sinken. Schwer fielen sie mir in den Schoß. Nichts. In meinem Kopf herrschte eine Leere, wie ich sie nie zuvor gekannt hatte. Ich scrollte einige Seiten hoch, las die gesamte Liebesszene erneut und stolperte wieder über den angefangenen Satz. Kurzerhand löschte ich ihn. Mit einem rhythmischen Klicken ließ ich Buchstabe um Buchstabe verschwinden. Dennoch gelang es mir nicht, an die Schreibsession des letzten Abends anzuknüpfen. Es schien fast, als wäre meine Verbindung zur Geschichte blockiert.

Frustriert stand ich auf, nahm meine Kaffeetasse mit und trat ans Fenster. Als ich es öffnete, stieg mir ein vertrauter Geruch nach frisch gemähtem Rasen und Sommer in die Nase. Es war Anfang Juli und schon ziemlich warm. Von fern drangen Vogelgezwitscher, Motorengeräusche und das Lachen spielender Kinder an mein Ohr. Sofort ploppten in meinem Kopf Erinnerungen wie kleine Seifenblasen auf. Obwohl ich selbst nie ein Kind gewesen war, das viel draußen gespielt oder mit anderen getobt hatte, erinnerte ich mich an das wohlige Gefühl im Bauch, das die Sonnenstrahlen sowie die Geräusche und Gerüche der warmen Jahreszeit in mir ausgelöst hatten. Wie ich lesend auf einer Picknickdecke im Garten gelegen, selbstgemachte Limonade getrunken und mich völlig in der Welt der Bücher verloren hatte.

Mit einem unterdrückten Seufzen machte ich mich schließlich daran, den Haushalt zu erledigen, bevor ich mich wieder ans Manuskript setzte. Normalerweise verging keine Minute, bis ich völlig in die Welt von *Ro-*

yal Lovers vertieft war und meine Finger wie ferngesteuert über die Tasten flogen, um die Geschichte fortzusetzen. Nun jedoch fiel mir nicht einmal ein einziger Satz ein, den ich hätte schreiben können. Sollte das etwa der Beginn einer echten, ausgewachsenen Schreibblockade sein? In meinem Hals bildete sich ein Kloß. Im Gegensatz zu vielen anderen Autorinnen, von denen ich gehört hatte, hatte mich nie zuvor eine ereilt. War es naiv gewesen, deshalb anzunehmen, dass ich grundsätzlich davor geschützt war?

Auch am Folgetag und am Tag darauf gelang es mir nicht mehr, in die Geschichte einzusteigen. Im Gegenteil. Es fühlte sich sogar so an, als würde ich mich mit jeder Stunde, die verstrich, ein Stück weit mehr von ihr entfernen. Ich tippte ein paar platte Sätze ein, die mir nicht gefielen, löschte sie wieder und fühlte mich nur noch unsicherer und frustrierter. Zorn auf mich selbst stieg in meinem Inneren auf – und ein erster leiser Anflug von Panik. Was, wenn ich das Manuskript bis zur Deadline nicht fertiggestellt haben würde? Die Grafikerin hatte längst das Cover erstellt, der Klappentext stand und den Pitch, also die Zusammenfassung des Gesamtwerkes in bloß zwei bis drei Sätzen, hatte ich unter meinem Pseudonym längst mit meinen Lesern geteilt. Das Manuskript verspätet abzugeben, würde bedeuten, dass das Lektorat später beginnen würde, was das Korrektorat verzögern und sich schlussendlich unwiderruflich auf den Termin der Veröffentlichung auswirken würde. Den Aufschrei der Bücherwelt konnte ich förmlich hören.

Zum ersten Mal seit meiner Laufbahn als hauptberufliche Autorin wurde mir bewusst, wie lang so ein Tag eigentlich war und wie viele Stunden davon ich generell vor dem Laptop verbrachte. Die Tage verflogen nur so, wenn ich schrieb und in fremde Welten eintauchte, in denen es keine peinlichen Dates, keine Steuererklärung und keine Bad-Hair-Days gab. Gelangweilt und mit einem Gefühl von Leere schlich ich wie eine Fremde durch meinen eigenen Bungalow, als das Klingeln des Telefons mich zusammenfahren ließ.

„Ja?", meldete ich mich träge, ohne auf das Display zu blicken.

„Romy Evelina Devon!", donnerte die Stimme meiner Mutter vom anderen Ende der Leitung an mein Ohr. „Du sollst dich doch nicht einfach nur mit **Ja** melden! Die rufen dich an und haben dir schnurstracks ein Abo angedreht!"

„Ein Abo?", wiederholte ich belustigt.

„Das ist wirklich nicht witzig, junge Frau."

Ich sah förmlich vor mir, wie sie den Kopf schüttelte und warnend mit dem Zeigefinger wedelte.

„Ich habe neulich noch gelesen, dass die deine Stimme sogar aufzeichnen und dich dann etwas sagen lassen können, was du gar nicht wirklich gesagt hast! Mit künstlicher Intelligenz. So kommen die an deine ganzen Geheimnummern und so weiter. Das geht ganz flott", echauffierte sie sich weiter.

Ich verkniff mir die Frage, wer genau denn *die* waren und gelobte stattdessen Besserung.

„Man kann nicht vorsichtig genug sein", setzte sie noch ermahnend hinzu, bevor ihre Stimme etwas weicher wurde. „Wie sieht's aus mit Jack und Caitlin, Schätzchen?"

„Jace und Catherine", verbesserte ich. „Was du wissen würdest, wenn du die Bücher gelesen hättest."

Obwohl ich ihr diese Tatsache immer wieder unter die Nase rieb, war ich insgeheim ziemlich froh darüber, dass sie nie einen meiner Romane gelesen hatte. Allein schon die Vorstellung, dass sie die nicht gerade rar gesäten, aber dafür sehr expliziten Sexszenen lesen und wissen würde, dass sie meiner Fantasie entsprungen waren, ließ mich vor Scham im Erdboden versinken.

„Du weißt doch, dass ich keine Zeit zum Lesen habe, Schätzchen. Aber ich kaufe sie alle", tröstete sie mich. „Gestern hatte ich einen Termin beim Optiker und bei der Fußpflege, vorgestern war Betty zum Kaffee und Kuchen hier und morgen wird Timmy geimpft. Und dein Vater ist immer noch mit der Terrasse zugange. Wenn du mich fragst, ist er viel zu alt für solche Projekte, aber damit darf man dem Herrn ja nicht kommen." Sie schnaubte verächtlich Luft durch die Nase, bevor direkt neben dem Hörer ein tiefes Bellen erklang. „Oh, willst du Romy Hallo sagen, Timmy?" Die Stimme meiner Mutter schoss einige Oktaven in die Höhe und wurde butterweich. „Romy, sag du ihm mal Hallo", befahl sie.

„Er ist ein Hund, Mum." Ich musste lachen. „Er checkt nicht, wie man telefoniert!"

Meine Mutter schnalzte tadelnd mit der Zunge. „Sie meint es nicht so", tröstete sie ihr Fell tragendes Kind, seines Zeichens ein Pullover tragender, verwöhnter wie verfressener Kurzhaardackel.

Ich seufzte.

„Okay … hallo, Timmy. Viel Spaß bei der Impfung morgen!"

In meiner Hosentasche klingelte in dem Moment mein Handy mit dem Song *All of me* von John Legend, jenes Lied, das für mich insgeheim stets der Titelsong für *Royal Lovers* gewesen war.

„Wer ist das?", erkundigte meine Mum sich neugierig. „Ein Mann?"

„Ähm ... nein, sicher nicht", murmelte ich.

„Schade." Sie seufzte vernehmlich. „Wir werden ja nicht jünger, Schätzchen. Melanie vom Bingo hat schon drei Enkelkinder, wusstest du das?"

„Wusste ich nicht." Den Namen Melanie hörte ich außerdem zum ersten Mal. Ich biss mir auf die Unterlippe. Das Handy klingelte derweil penetrant weiter. „Keine Ahnung, wer das ist. Wahrscheinlich Edith."

„Und? Willst du nicht rangehen?"

Ehrlich gesagt – nein!

„Doch ... will ich", antwortete ich stattdessen.

„Na gut, Schätzchen, dann reden wir morgen nochmal. Ich muss jetzt Timmy und deinem Vater ihre Tabletten geben und Kaffee kochen", verabschiedete sie sich mit einem geschäftigen Unterton in der Stimme. Schon unterbrach ein langgezogener Piepton unser Gespräch. Wahnsinn. Immer diese vielbeschäftigten Rentner.

Kopfschüttelnd zog ich mein Handy aus der Tasche, das tatsächlich immer noch klingelte. Wie eine unheilvolle Warnung prangte Ediths Name auf dem Display.

„Hallo?", meldete ich mich zaghaft.

„Wieso gehst du nicht ans Handy? Ich dachte, du wärest tot."

„Nein, ich habe nur … viel am Laptop gesessen", erklärte ich. Und das war nicht einmal gelogen. Viel davor gesessen hatte ich. Nur eben nichts geschrieben.

„Okay." Edith klang skeptisch. „Und bist du fertig geworden?"

„Nicht ganz." Für einen kurzen Moment dachte ich darüber nach, alles zu leugnen, was in den drei Tagen nach ihrem Besuch mit mir geschehen war. „Ich glaube, ich habe eine Schreibblockade", brach es dann aus mir heraus. „Ich sitze fast rund um die Uhr da und starre auf den weißen Bildschirm. Aber mir fällt nicht ein Wort ein. Es ist fast so, als hätte ich das Schreiben verlernt!" Es auszusprechen, machte es um so vieles realer als es ohnehin schon war. Es erschütterte mich bis ins tiefste Mark. Dennoch tat es gut, mit jemandem darüber zu sprechen und mit diesem Gefühl der Ungewissheit nicht mehr allein sein zu müssen.

Eine ganze Weile lang schwieg Edith. Völlig unsicher, was mich erwarten würde, immerhin war sie nicht nur meine mütterliche Freundin, sondern auch meine Verlegerin, hielt ich den Atem an. Würde sie einen Ratschlag für mich haben, mich beruhigen, mich tadeln?

„Ich glaube, dass du einfach eine Pause brauchst", sagte sie schließlich sehr viel sanfter als erwartet.

„Eine … Pause?", wiederholte ich lahm.

„Ja, eine Pause von allem", erklärte sie. „Von deinem Laptop, von deinem Haus, vom Schreiben. Du veröffentlichst jetzt seit fünf Jahren, Romy. Wann hast du das letzte Mal etwas anderes gemacht als zu schreiben?"

Ich öffnete den Mund, um etwas zu erwidern.

„Abgesehen von deinen komischen Date-Katastrophen", kam Edith mir zuvor.

„Okay. Dann ... keine Ahnung. Nie?"

Edith lachte.

„Romy Devon, hiermit verurteile ich Sie zu einer Woche Urlaub." Ich hörte, dass sie zur Verdeutlichung irgendwo draufklopfte.

„Urlaub?" Ich lachte ungläubig. „Edith, du bist meine Verlegerin! Gerade du solltest wollen, dass ich das Manuskript pünktlich fertigstelle."

„Versteh mich nicht falsch. Ich *will* ja, dass du das Manuskript pünktlich lieferst. Selbstverständlich", erklärte Edith geduldig. „Und ich weiß, dass du das pünktlich schaffen wirst. Aber ich möchte, dass du dabei entspannt, glücklich und motiviert bist und dir nicht voller Verzweiflung irgendetwas aus den Fingern saugst, was dem Rest der Geschichte nicht gerecht wird. Das haben Jace und Catherine nicht verdient."

Zustimmend und wohl wissend, dass sie mich nicht sehen konnte, nickte ich.

„*Summerkiss Nightmares* ist das letzte Buch der Trilogie", fuhr Edith sanft fort. „Ich würde alles tun, was nötig ist, um dieser Story das Ende zu geben, das sie verdient hat. Aber gerade ist es vor allen Dingen nötig, dass die Schaffende dieses Werks Urlaub macht. Buch' dir ein hübsches Hotel", schlug sie vor.

„Ach, ich weiß nicht ..." Unwohl zog ich die Nase kraus. „In Hotels sind so viele Menschen."

Edith seufzte. „Dann eben in einem abgelegenen Motel. Oder in einem Ferienhaus. Irgendwo, wo du mal zur Ruhe kommen, gut essen, lange schlafen und spazieren gehen kannst. Vielleicht ..." Abrupt unterbrach sie sich selbst. „Oh mein Gott! Ich habe *die* Idee!"

„Ach ja?"

„Little Goldcoast!" Edith betonte jeden einzelnen Buchstaben dieses Namens, als würde sie über etwas absolut Göttliches sprechen. So sprach sie sonst nur über Sushi und Ryan Gosling.

„Little was?"

„Little Goldcoast", wiederholte sie mit einem plötzlichen Enthusiasmus in der Stimme, von dem ich mir unsicher war, ob er mir gefiel. „Das schmuckste kleine Küstenstädtchen, das du dir vorstellen kannst. Meine Familie hat dort ein Ferienhaus, ein mehr oder weniger kleines Cottage, habe ich das nie erzählt?"

Ohne meine Antwort abzuwarten, fuhr sie fort: „Allzu oft sind wir alle nicht mehr dort, seit der Familienverlag so gut läuft. Aber ich bin dort aufgewachsen. Als mein Vater damals den Verlag gegründet hat und wir nach LA ziehen mussten, hat er in Little Goldcoast ein Cottage gekauft, sodass wir jederzeit dorthin zurück können. George und ich waren damals schon erwachsen und haben anfangs fast jeden Urlaub dort verbracht. Aber irgendwann entwächst man der Kleinstadt."

Ich konnte mir Edith und auch ihren ernsten Bruder George beim besten Willen nicht als Kleinstadtmenschen vorstellen.

„Tolle Geschichte, aber was genau hat das mit mir zu tun?" Frustriert schielte ich in Richtung Schreibtisch, auf dem mein immer noch aufgeklappter Laptop stand. Bald würde er Staub ansetzen.

„Was das mit dir zu tun hat? Alles, Romy! *Du* brauchst Urlaub und *ich* habe ein Ferienhaus. Das passt doch perfekt. Ich buche dir einen Flug und bringe dich zum Flughafen. Und wenn du zurückkommst, bist du so erholt und inspiriert, dass du das Manuskript innerhalb einer Nacht fertigstellst, wetten?“

Ediths ausufernde Begeisterung brachte mich zum Lachen.

„Das ist ein liebes Angebot, danke, aber ich kann hier wirklich nicht weg“, entgegnete ich. „Eine ganze Woche ohne Schreiben kann ich mir gerade so kurz vor dem Abgabetermin echt nicht leisten.“

„Romy … ob du zu Hause rumtigerst und nicht schreibst oder dir ein paar schöne Tage machst und nicht schreibst, ändert doch an der Wörterzahl rein gar nichts“, versuchte Edith mich weiterhin zu überzeugen.

Ich verdrehte die Augen. Wieso war sie plötzlich so versessen darauf, mich in den Urlaub zu schicken? Ich hatte seit Jahren keinen gemacht und es hatte sie nie interessiert.

„Das ist mir viel zu spontan, Edith“, erklärte ich entschieden. „Ich weiß dein Angebot zu schätzen, aber nein danke. Ich werde definitiv *nicht* nach Little was auch immer fliegen!“

Kapitel 4

Auf dem Weg nach Little Goldcoast

Drei Tage später fand ich mich im Flugzeug wieder. Mit einem Brief in der Hand, den ich laut Ediths expliziten Anweisungen erst öffnen durfte, sobald wir in der Luft waren, und einem mulmigen Gefühl im Bauch, war ich tatsächlich auf dem Weg nach Little Goldcoast. Oder eher gesagt nach Belbridge, der nächstgrößeren Stadt, denn in Little Goldcoast direkt gab es offensichtlich weder einen Flughafen noch einen Bahnhof. Neugierig wie ich war, hatte ich im Internet nach dem Küstenstädtchen gesucht, war aber auf kaum mehr als einige für mich uninteressante geografische Daten sowie einen älteren Zeitungsartikel über einen verstorbenen Jugendlichen gestoßen.

Als der Steilflug endete, alle Passagiere ihre Gurte lösten und eine Reihe hinter mir ein Baby zu schreien begann, hielt ich es nicht mehr aus vor Spannung. Ohne mich abzuschnallen, riss ich neugierig Ediths Umschlag auf. Zwei handgeschriebene Briefe fielen heraus.

Mit einem Stirnrunzeln entfaltete und überflog ich
beide.

To-Do-Liste
- *Wein trinken (bediene dich gerne an Dads Vorrat, ich
  bin mir sicher, dass er nichts dagegen hat)*
- *den Stress wegtanzen (glaube mir, es bewirkt Wunder!)*
- *nackt oder in Unterwäsche rumlaufen (befreiend
  ohne Ende)*
- *am Golden Lake sitzen und einfach nur atmen*
- *schlafen (viel und lange!)*
- *gut und ausreichend essen (besuche unbedingt das
  Diner und grüß den großen, bösen Wolf von mir)*
-

Not-To-Do-Liste
- *keine Dates*
- *auf keinen Fall schreiben*
- *kein verfrühtes Abreisen*
- *kein Stress*

Den großen, bösen Wolf? Mit einem ungläubigen Kopfschütteln las ich beide Listen erneut, bevor ich sie wieder zusammenfaltete und im Umschlag verstaute. Ich
konnte immer noch nicht fassen, dass ich mich dazu
hatte breitschlagen lassen, diesen Zwangsurlaub anzu-
treten – an einem fremden Ort, in einem fremden Haus,
zu einer Zeit, in der es mir kaum hätte weniger in den
Kram passen können. Andererseits hatten meine eigenen vier Wände mich in den letzten Tagen beinahe verrückt werden lassen. Mir war ohne das Schreiben, das
normalerweise der Hauptbestandteil jedes Tages war

und mir nun paradoxerweise von meinem eigenen Kopf verwehrt wurde, die Decke auf den Kopf gefallen. Die Entscheidung, trotz meines anfänglichen Widerwillens nach Little Goldcoast zu gehen, war demnach eine Art Flucht gewesen. Außerdem hatte Edith mich mehr oder weniger dazu gezwungen.

Als ich aus dem Fenster blickte und dabei zusah, wie alles, was wir zurückließen, kleiner und unbedeutender wurde, zogen Erinnerungen an die Zeit vor *Royal Lovers* und meinen vier anderen Romanen in meinem Kopf vorbei. Mit Suri Lilianna hatte ich nicht nur ein melodisch klingendes Pseudonym, sondern auch die Möglichkeit gefunden, meine Kreativität ungezügelt und ungefiltert ausleben zu können. Kaum jemand wusste, wer hinter dem Namen stand, aus dessen Feder die Worte, die so viele berührten, wirklich flossen. Ich hatte nie bereut, unter einem anderen Namen als Romy Evelina Devon veröffentlicht zu haben. Auf die Aufmerksamkeit, das im Mittelpunkt stehen und die direkte Konfrontation mit den Lesern und der Presse konnte ich gut verzichten. Alles, was mich an Fanpost erreichte, bekam ich vom Verlag weitergeleitet und ich fühlte mich insgeheim geschmeichelt, wenn ich im Internet oder in Zeitschriften Artikel über meine Bücher las. Es gab Charakterkarten, Bücherkerzen, Lesezeichen und Schlüsselanhänger sowie jede Menge anderen Bücher-Merchandise, außerdem erstellten viele Leser Pinnwände auf Pinterest und diskutierten hitzig in diversen Foren über das mögliche Ende der Romance-Trilogie.

Das Gefühl im Bauch beim Anblick eines Buchhandlungsschaufensters, das komplett mit Plakaten der *Royal Lovers* Reihe gepflastert war, würde ich nie vergessen. Ein Kribbeln war nichts dagegen. Es war eher ein Brennen, das Gefühl, fast zu platzen, eine innere Wärme, die mich mehr ausfüllte, als ich glaubte aushalten zu können. So, und dessen war ich mir bis in die letzte Faser meines Körpers sicher, musste sich Liebe anfühlen. Echte, pure, reine Liebe. Liebe wie die zwischen Jace und Catherine. Wie traurig wäre denn die Welt, wenn es eine solche Liebe nicht gäbe?

Erschrocken fuhr ich in die Höhe, als mich eine Hand an der Schulter berührte.

„Die Ampel war *wirklich* grün! Der Hase lügt!", brach der Rest meines wirren Traums aus mir heraus und verursachte einen verdutzten Ausdruck im Gesicht der hübschen Stewardess, die sich leicht über mich gebeugt hatte. Einen Moment lang starrten wir einander sprachlos an.

„Wir ... sind gelandet, Miss", erinnerte sie sich schließlich wieder an ihre eigentliche Aufgabe und setzte das Lächeln, das ihr aus dem Gesicht gerutscht war, wieder auf. „Willkommen in Belbridge."

Ein Blick mit verschlafenen Augen durch den Innenraum der Maschine zeigte mir, dass der Rest der Passagiere bereits ausgestiegen war. Wie konnte ich das und die vorausgehende Landung komplett verschlafen haben?

Na ja, immerhin *hatte* ich endlich mal geschlafen und mich nicht stundenlang von einer auf die andere Seite gewälzt und mich wieder und wieder gefragt, wie es mit Jace und Catherine nach der heißen Nacht weitergehen würde. Falls es überhaupt weitergehen würde …

„Miss, Sie müssen jetzt bitte wirklich aussteigen." In der Stimme der Stewardess hielten sich süßliche Höflichkeit und leise Verzweiflung die Waage und mir wurde klar, dass ich immer noch mit leerem Blick dasaß und im Stillen mein ganzes Leben infrage stellte.

„Oh, natürlich." Wie aus einer Trance erwachend, schnallte ich mich ab, sprang auf und stieß mir in meinem Eifer den Kopf – so heftig, dass ich Sterne sah. Benommen fasste ich mir an die Stirn.

„Alles in Ordnung?", erkundigte die Stewardess sich vorsichtig. Wahrscheinlich hielt sie mich für betrunken, debil oder völlig übergeschnappt. Oder alles zusammen.

„Mit geht's gut", log ich unter Schmerzen mit Tränen in den Augen, schnappte mir mein Handgepäck und sah zu, dass ich endlich ausstieg. Übereilt taumelte ich durch das Gate, die Hand über die schmerzende Stelle am Kopf reibend, die in rasanter Geschwindigkeit zu einer wirklich beachtlichen Beule heranwuchs.

Ediths Brief in der einen und meine Tasche in der anderen Hand machte ich mich auf den Weg zum Gepäckband, um meinen Koffer abzuholen. In der steril geputzten, gänzlich weißen Halle herrschte das typische Flughafenklima. Menschen kamen und gingen, fielen einander in die Arme, warteten auf Verwandte, Bekannte, Kollegen, während über die knackenden Lautsprecher Flüge angesagt, Passagiere ausgerufen und Verspätungen mitgeteilt wurden. Fröhliche, verweinte, nervöse, unsichere, resignierte und müde Gesichter pflasterten meinen Weg. Für meinen Geschmack waren hier eindeutig zu viele Menschen unterwegs.

Unauffällig versuchte ich, in einem der vielen hohen Schaufenster einen Blick auf mich selbst zu werfen, was mir vor einem prunkvoll beleuchteten *Esprit* Shop schließlich gelang. Ich trug ein olivgrünes Jerseykleid mit Flatterärmeln und einem schmalen schwarzen Gürtel, dazu Ballerinas und eine schwarze Leggins. Egal, wie warm es war, ich trug *immer* Leggins unter meinen Kleidern und Röcken. Meine weißen Beine würden alle Umstehenden ansonsten binnen Sekundenbruchteilen zum Erblinden bringen, zumindest hatte sich diese Vorstellung in meinem Hinterkopf manifestiert und seit Jahren hartnäckig dort gehalten. Meine Haare hatte ich zu einem hohen Zopf am Hinterkopf zusammengebunden, aus dem sich während des Fluges einige Strähnen gelöst hatten, die mir nun wirr im Gesicht hingen. Meinen Pony hatte ich mit Haarklammern beiseite gesteckt, wie ich es fast immer tat. Ich verfluchte den Tag, an dem ich ihn mir aus einer Laune heraus hatte schneiden lassen und nun musste ich das Ganze aussitzen, bis diese Strähnen wieder lang genug waren, um sie zum Zopf zusammennehmen zu können. Ich sah ziemlich erledigt und ein wenig verwirrt aus und fühlte mich ehrlich gesagt auch so.

Erst als ich eine gute halbe Stunde später den Flughafen verließ, wurde mir so richtig klar, worauf ich mich da eigentlich eingelassen hatte. Die frische, warme Luft, die meine Lungen erfüllte, schien mich ein wenig zur Besinnung zu bringen. Plötzlich war ich – abgesehen von der immer noch heftig schmerzenden Beule – völlig klar im Kopf und realisierte die letzten Stunden.

Taxen und Menschenmassen strömten an mir vorbei, während ich einfach so dastand und angestrengt gegen den pochenden Schmerz in meinem Kopf und den stechenden in meinem Herzen atmete. Da war ich also … müde, grenzenlos überfordert, mutterseelenallein und mit etwas, das einem Schädelhirntrauma sehr nahekam, in einer fremden Stadt. Ich, die introvertierte Schriftstellerin, die ihre Tage am liebsten allein hinter verschlossenen Türen, beziehungsweise mit ihren selbst erfundenen Buchfiguren verbrachte. In der stillen Hoffnung, dieses Leben eines Tages mit dem perfekten Mann teilen zu können, der irgendwo da draußen in der großen weiten Welt auf mich wartete.

Auf einmal war mir nach Weinen zumute. Unwillkürlich fühlte ich mich an meine Klassenfahrt in der achten Klasse erinnert, während der ich aufgrund meines Heimwehs so heftig geweint hatte, dass die begleitenden Lehrer mich mit Verdacht auf Bindehautentzündung von meinen Eltern aus dem Schullandheim hatten abholen lassen. Ich zwang mich, die Schultern zu straffen und tief Luft zu holen. Ich war kein Kind mehr, sondern eine fünfundzwanzigjährige erwachsene Frau, die nicht mehr von ihren Eltern irgendwo eingesammelt und anschließend mit einer Wärmflasche und Gummibärchen vor den Fernseher gesetzt wurde. Leider …

Kapitel 5

Holpriger Start

Drei Dinge fielen mir hier sofort über die Taxen in Belbridge auf. Erstens: Sie waren in einem wenig hübschen Eierschalenweißton gehalten. Zweitens: Die Fahrer waren nicht wirklich freundlich. Zumindest wenn ich von ihrem Gesichtsausdruck und ihrer rücksichtslosen Fahrweise auf ihren Charakter schließen konnte. Und zu guter Letzt ... es brachte rein gar nichts, wie bei *Sex in the City* den Arm herauszustrecken und zu winken. Einer von ihnen winkte sogar zurück, als er breit grinsend an mir und meinem Gepäck vorbeifuhr.

Als ich mich endlich mit einem unterdrückten Seufzer auf eine freie Rückbank fallen ließ, war mein Kleid durchgeschwitzt, meine Geduld am Ende und mein Nervenkostüm dünner denn je.

„Wohin?", brummte der Fahrer einsilbig und warf mir einen skeptischen Blick durch den Rückspiegel zu. Er war ziemlich hager, mit einer glänzenden Halbglatze, und sah aus, als wäre er die letzten drei Wochen ohne Pause, Schlaf und Nahrung durchgefahren.

„Ähm … Little Goldcoast." Hektisch zog ich mein Smartphone aus der Tasche und suchte den Screenshot, den ich Tage zuvor aus dem WhatsApp-Verlauf mit Edith gespeichert hatte, in der sie mir die Adresse mitgeteilt hatte. „Parker Avenue 27."

Ohne jegliche Regung betrachtete der Fahrer weiterhin mein Gesicht im Spiegel.

„Parker Avenue 27 in Little Goldcoast", wiederholte ich zaghaft, nur für den Fall, dass er mich nicht verstanden hatte.

„Sicher, dass du dahin willst, Mädchen?", brummte er, nachdem er mich noch eine Weile zweifelnd begutachtet hatte.

Ich musste ein nervöses Lachen unterdrücken. *War* ich sicher? Bestimmt nicht. Ich wurde immer nervöser.

„Also … ich mache dort Urlaub", versuchte ich mich zu erklären. „Das Haus gehört einer Freundin und … nun ja, sie hat es mir sozusagen ausgeliehen. Ist es denn … so schlimm dort?", fügte ich nach kurzem Zögern hinzu.

„Schlimm is' Ansichtssache." Endlich wandte er den Blick ab und fuhr mit einer derart rasanten Wendung aus der Reihe der stehenden Taxis, dass es mich beinahe mit dem Kopf ans Fenster knallte. „Siehst nur nich' aus, als würdest du dahin passen."

Unsicher, ob ich diese Aussage als Beleidigung oder Kompliment auffassen sollte, schwieg ich.

Dem Fahrer schien es ganz recht zu sein, sich nicht mit mir unterhalten zu müssen. Kaum befanden wir uns auf dem Highway, drehte er die Jazzmusik im Radio so laut auf, dass ich Ohrenschmerzen bekam.

Nachdem ich eine ganze Weile lang aus dem Fenster gesehen und damit fortgefahren war, mein ganzes Leben infrage zu stellen, fielen mir siedend heiß Mum und Edith ein. Eilig schaltete ich den Flugzeugmodus im Handy aus und schaffte es gerade, WhatsApp zu öffnen, als bereits die ersten Text- und Sprachnachrichten eintrudelten.

Bist du gut angekommen? Melde dich bitte, sobald du gelandet bist. Und pass am Gepäckband auf. Es sind überall Terroristen mit Kofferbomben unterwegs. Kuss, Mum

Ich biss mir auf die Unterlippe. Typisch Mum. In allem und jedem sah sie eine Verschwörung, in jeder Situation eine potenzielle Gefahr. Kein Wunder, dass ich so ein Angsthase war. Eine weitere Nachricht von ihr, wenige Minuten nach der ersten abgeschickt, folgte.

Dad lässt natürlich auch grüßen. Er verlegt gerade Teppichboden im Wohnzimmer. Dieser Mann macht mich wahnsinnig. Kuss, Mum.

Ich musste mir beim Gedanken an meinen Vater ein Grinsen verkneifen. Ich konnte es förmlich vor mir sehen, wie er entschlossen, in voller Arbeitsmontur, auf dem Fußboden kniete und unter den skeptischen Blicken meiner Mutter Teppich verlegte. Seit ich vor zwei Jahren zu Hause ausgezogen war und mir meinen Bungalow gekauft hatte, startete er ein Projekt nach dem nächsten. Der Garten hatte als Erstes dran glauben müssen, anschließend war die gesamte Garage ausgeräumt und gestrichen worden, bevor er sich über die

Treppe und das Badezimmer hergemacht hatte. Manchmal war ich mir fast sicher, dass der Hauptgrund dafür jener war, dass er nicht ständig ohne Beschäftigung mit meiner Mutter zusammen sein wollte.

Hoffe, du bist gut gelandet. Wehe, du hältst dich nicht an meine Listen. Ich habe meine Spione überall.

Auf Ediths neuem Profilbild hielt sie ein Stück Pizza Margarita in der Hand und grinste breit.

P.S.: In Little Goldcoast gibt es den einen oder anderen ansehnlichen Junggesellen. Vergiss die Kein Date-Regel nicht! Nichts soll dich von deiner wohlverdienten Erholung abhalten! Auch kein Penis.

Kopfschüttelnd tippte ich erst eine kurze Antwort an Mum ein, dann eine an Edith, bevor ich das Handy wieder in meiner Tasche verstaute und weiter aus dem Fenster sah. Die Gegend wurde immer ruhiger, die Häuser waren spärlicher gesät, die Straßen schmaler und weniger befahren. Schließlich teilte der Fahrer mir einsilbig mit, dass wir die Stadt nun erreicht hätten. Im selben Moment passierten wir das abgewrackt aussehende Ortseingangsschild von Little Goldcoast und in meinem Bauch zog sich alles in einer wilden Mischung aus Sorge und Vorfreude zusammen.

Obwohl der Vorort von Los Angeles, in dem ich lebte, nicht gerade groß oder zentral gelegen war, war das, was wir nun erreichten, für meine Verhältnisse erstaunlich abgelegen. Der Fahrer fuhr nun im Schritttempo und ich drückte mir die Nase an der Fensterscheibe platt. Neben einer Menge freistehender süßer Häuser mit altmodischem Flair konnte ich unter anderem einen Secondhandladen, eine Grundschule, eine Kirche, einen Kiosk und das *Diner*, von dem Edith gesprochen hatte, ausmachen. Dazwischen taten sich immer wieder große Lücken mit Weiden, Spielplätzen und undefinierbaren Grasflächen auf. Obwohl mein Smartphone erst 21:36 Uhr anzeigte, hatte das Ganze etwas von einer Geisterstadt. Zwar brannten Lichter in den Häusern, doch auf den Straßen war weit und breit kein Mensch zu sehen.

„Ich hab ja gesagt, is' nichts für dich", brummte der Fahrer mit so etwas wie Genugtuung in der Stimme und musterte mein Gesicht im Rückspiegel. Offenbar deutete er meine überraschte Miene als Schock oder Abneigung Little Goldcoast gegenüber.

Schließlich erreichten wir eine schmale, mit Hecken umwucherte Gasse, vor der das Taxi hielt.

„Hier komm' ich nich' weiter", teilte der Fahrer mir ungerührt mit. „Du musst da lang." Er deutete auf die Gasse direkt vor uns. „Un' immer weiter der Nase lang. Gibt 'ne recht heftige Steigung, wenn ich mich noch richtig entsinne." Damit stieg er aus, öffnete den Kofferraum und beförderte meinen Koffer ins Freie.

In einer Art Schockstarre blieb ich sitzen, bis er an die Heckscheibe klopfte und mich rauswinkte.

„Ich soll dahin laufen ... zu Fuß?", fasste ich, nur um ganz sicherzugehen, entsetzt zusammen.

Nickend klopfte er auf meinen Koffer. „Ich sagte ja schon ... is' nichts für dich."

Allmählich begann dieser Spruch mich zu nerven. Entschlossen, mir nicht anmerken zu lassen, wie sehr ich befürchtete, dass er damit gar nicht so falsch lag, reckte ich das Kinn in die Höhe und verkniff mir die aufsteigenden Tränen der Verzweiflung.

„Ich glaube, das ist sehr wohl etwas für mich", erklärte ich so hoheitsvoll wie möglich (so, wie man es nur tun kann, wenn man kurz vor einem Nervenzusammenbruch steht, eine heftig schmerzende Beule am Kopf hat und mit gefühlt tausend Kilo schwerem Gepäck einen Feldweg mit Steigung vor sich hat).

Ich legte die Hand auf meinen Koffer, schulterte mein Handgepäck und blickte in die Ferne. Dabei stellte ich mir vor, ich wäre Catherine Beaumont und Jace würde gleich zu meiner Rettung erscheinen.

„Es gibt Wege im Leben, die man gehen muss, wenn es an der Zeit dafür ist. Ganz gleich, wie steinig und ungewiss sie auch sein mögen", zitierte ich meine weibliche Hauptfigur. „Und Sie, Mister, werden mir gewiss nicht sagen, dass ..."

Meine feurige Ansprache wurde vom Brummen des Motors unterbrochen. Der Taxifahrer war tatsächlich wieder eingestiegen und wortlos weitergefahren, ohne mir zuzuhören. Peinlich berührt blickte ich mich um und war erleichtert, dass weit und breit niemand zu sehen war.

„Dann mache ich das eben alleine. Danke für nichts", brummte ich, klappte die Rollen an meinem Koffer aus und machte mich auf den Weg, während ich sie innerlich alle verfluchte: Edith, die mich zu dieser dummen Aktion überhaupt erst überredet hatte, den Taxifahrer, der mich nach seinen nutzlosen Sprüchen hier einfach vollkommen hilflos hatte stehenlassen. Und vor allem mich selbst, da ich mich auf diesen Humbug eingelassen hatte.

Kapitel 6

Shake It Off

„Oje, das hatte ich ganz vergessen!" Edith lachte herzlich und ich konnte sie beinahe vor mir sehen, wie sie amüsiert den Kopf über sich selbst schüttelte, während sie an ihrer Tasse mit dampfendem schwarzem Kaffee nippte.

„Vergessen, dass man das Haus nur per Fußweg erreichen kann?", schnaufte ich und rieb mir mit dem Handrücken ungeduldig den Schweiß von der Stirn. „Dass hier überall Hecken voller Stacheln sind, der Boden ein aufgewühlter Feldweg ist und es zusätzlich noch bergauf geht? *Das* hast du vergessen?"

„Jetzt beruhige dich, Süße." Sie räusperte sich. „Frische Luft tut dir gut. Und wenn du erstmal da bist, kann dein Urlaub starten."

Angestrengt blieb ich stehen, um kurz zu verschnaufen. Die Rollen meines Koffers waren inzwischen komplett verdreckt, ebenso wie meine hübschen Ballerinas. Meinen Shopper, den ich als Handgepäck mit ins Flugzeug genommen hatte, hatte ich mir notdürftig wie eine Art Rucksack über die Oberarme gestülpt, da ich meinen gesamten Körper benötigte, um diesen blöden

Koffer vorwärts zu bewegen. Das Handy hatte ich mir zwischen Ohr und Schulter geklemmt, um meine schlechte Laune an Edith auszulassen, auch wenn kaum Luft dafür in meinen Lungen war.

Urlaub konnte ich jetzt mehr denn je gebrauchen. Dicht gefolgt von einer kalten Dusche, einem eisgekühlten Getränk und etwas zu essen, denn mein Magen knurrte bereits seit der Taxifahrt vernehmlich.

„Ich dachte, du wolltest mir Entspannung gönnen, nicht mich umbringen", murrte ich, als ich nach zwei tiefen Atemzügen erneut nach dem Koffer griff und ihn weiterzog.

Edith gluckste. „Ich kann dich beruhigen, Umbringen ist keine Option. Da würden mir ein paar Fans bestimmt die Hölle heiß machen", beruhigte sie mich.

Gerade setzte ich an, noch etwas zum Thema zu sagen, als sich unmittelbar hinter einer leichten Kurve vor mir ein breiterer Weg auftat, der in eine weitläufige Zufahrt mündete.

„Ich glaube, ich bin da", ächzte ich. „Melde mich später nochmal bei dir."

Wenige Meter weiter hoben sich dann tatsächlich die Umrisse des Ferienhauses, von dem Edith mir versprochen hatte, dass es die ganze Mühe des Aufstiegs wert wäre, vom Rest der grünen Landschaft ab. Auf den ersten Blick sah das Cottage ein wenig heruntergekommen, wenn auch behaglich aus. Alles hier war zugewachsen und deutlich erkennbar seit einer ganzen Weile nicht mehr genutzt worden. Das Haus war vielmehr eine übergroße Holzhütte mit vielen weiß gerahmten Fenstern und Fensterläden, Blumenkästen und einem umzäunten Balkon in der etwas kleineren oberen Etage. Unwillkürlich musste ich es mir im Schnee vorstellen. Das war sicher ein hübscher Anblick.

Für die letzten Meter mobilisierte ich noch einmal alle meine verbliebenen Energien und zog meinen Koffer so kräftig und schnell voran wie irgend möglich, bis ich unmittelbar vor der hölzernen Haustür zum Stehen kam. Mit schweißnassen, vor Anstrengung zitternden Händen nahm ich den Shopper von meinem Rücken, stellte ihn auf dem Koffer ab und zog den Haustürschlüssel heraus.

Er ließ sich ein wenig schwer umdrehen, aber er passte und als ich die Tür aufgestoßen und mein Gepäck über die Schwelle gehievt hatte, empfing mich ein warmer, etwas muffiger Geruch, der an alte Bibliotheken, Freilichtmuseen und Omas Wohnzimmer erinnerte. Erleichtert schlüpfte ich aus meinen Ballerinas und lief einmal barfuß durch die gesamte Hütte, um alle Fenster aufzureißen.

Edith hatte nicht übertrieben, als sie dieses Domizil so in den Himmel gelobt hatte. Abgesehen von dem einen oder anderen altmodischen Möbelstück und dem Staub, der sich fingerdick auf den Ablagen befand, war es ein beeindruckendes Haus, gemütlich und so ruhig gelegen, dass mich während meiner einwöchigen verordneten Pause sicher niemand stören würde.

Zimmer für Zimmer lief ich alles ein zweites Mal ab, um es mir etwas genauer anzusehen. Die Müdigkeit, Traurigkeit und Erschöpfung von vorhin waren wie weggeblasen. Stattdessen fühlte ich mich nun eher aufgedreht. Wie ein Kind, das mit seinen gerade erst ausgepackten Weihnachtsgeschenken zu spielen begann.

Schnell stellte ich fest, dass das Wohnzimmer während der nächsten sieben Tage definitiv mein Lieblingsraum in der ganzen Hütte werden würde. Ich hatte mal irgendwo gehört, dass man die Küche als Herz eines Hauses bezeichnete, aber das Herz *dieses* Hauses war ganz eindeutig das Wohnzimmer. Es hatte ein riesiges Fenster, vor dem das Sofa stand, ein beigefarbenes Ungetüm mit vielen bunten Kissen, das zwar optisch wenig hermachte, aber dafür sicher extrem weich und bequem war. Davor lag ein weicher weißer Flokatiteppich, auf dem ein runder Couchtisch mit einer leeren Vase stand. Der Fernseher im XXL-Format, das deckenhohe, voll ausgestattete Bücherregal und der Korb mit den vielen eingerollten Decken luden dazu ein, es sich gemütlich zu machen.

Die kleine, rustikale Küche, die beiden maritim eingerichteten Badezimmer und das Esszimmer, das mit einem ellenlangen Tisch und ganzen zwölf Armlehnstühlen in Wildlederoptik daherkam, waren auch nicht von schlechten Eltern. An den Wänden hingen unzählige Bilder, eine wilde Mischung aus alten Familienfotos, Porträts in Schwarzweiß und Zeichnungen bekannter sowie unbekannter Künstler in vielerlei unterschiedlich großen Rahmen. Im ganzen Haus war dunkles, edel wirkendes Parkett verlegt, auf dem der eine oder andere Teppich lag.

Obwohl alles zusammengewürfelt aussah und keinem bestimmten Einrichtungsstil oder Farbschema folgte, fügte es sich doch zu einem äußerst ansprechenden großen Ganzen zusammen. Es wirkte äußerst gemütlich und strahlte eine vollkommene Ruhe und Geborgenheit aus.

Meine Euphorie und Energie – woher auch immer letztere kam – nutzend, machte ich mich auf die Suche nach Reinigungsmitteln, einem Eimer und Lappen und fand alles in einem kleinen Abstellraum unter der Treppe. Nach einer schnellen Katzenwäsche für das Haus, bei der ich vor allem den ganzen Staub entfernte, schloss ich die Fenster wieder – der muffige Geruch war derweil dem des blumigen Putzmittels gewichen – und sah mich neugierig im Obergeschoss um.

Die vier Schlafzimmer hatten einen charismatischen Landhausstil mit schlichten großen, weiß lackierten Möbeln aus Holz und beträchtlichen Fenstern, die bei Tag wahrscheinlich alles wunderbar mit Sonnenlicht durchfluteten. Nun jedoch war es draußen bereits dunkel und ein Blick auf mein Smartphone verriet mir, dass es beinahe Mitternacht war. Schnell tippte ich noch eine kurze Nachricht ein, die ich sowohl an meine Mutter als auch an Edith versandte.

Bin gut im Ferienhaus angekommen. Es ist bezaubernd. Gute Nacht!

Auf einmal war ich todmüde. Ohne auf den Durst, den Hunger und das Bedürfnis, mich zu duschen, einzugehen, ließ ich mich der Länge nach auf das nächstbeste Bett fallen, zog mir die leichte weiße Decke bis zum Kinn und streckte mich aus. Herrlich. Absolut herrlich.

Ich musste unheimlich tief und unheimlich fest geschlafen haben, denn als ich irgendwann mit einem fremden Geruch in der Nase aufwachte und mich schlagartig im Bett aufsetzte, musste ich erst einmal gegen das grelle Sonnenlicht anblinzeln, das durch die Fenster fiel und meine Nase kitzelte. Es dauerte einen Moment, bis ich all die wirren Gedanken in meinem Kopf einigermaßen geordnet hatte und wieder wusste, wo ich war.

Kurze Flashbacks des Vortages zogen vor meinem inneren Auge vorbei: der Flug, die Taxifahrt, der verwucherte und steile Weg zum Feriendomizil. Gähnend reckte und streckte ich mich. Zu der Beule an meinem Kopf, die immer noch wehtat, hatte sich ein ziehender Schmerz in beiden Armen gesellt, den ich nach einem kurzen Nachdenken als Muskelkater identifizieren konnte. Den schweren Koffer das ganze Stück hinter mir herzuziehen, hatte etwas von Extremsport gehabt.

Nachdem ich meine volle Blase entleert und in meinem Koffer nach meiner Zahnbürste gesucht hatte, rumorte mein Magen so laut, dass ich mich vor mir selbst erschreckte. Mir fielen die Snacks ein, die ich in weiser Voraussicht im Handgepäck mit in den Flieger genommen hatte: ein Erdnussbutter-Marmeladen-Sandwich, eine Packung Schokocookies und eine Orange. Mit einer Art freudiger Erregung im Magen baute ich alles auf dem kleinen Küchentisch auf, fand ein Glas im Schrank, das ich mit Leitungswasser füllte und genoss das Ganze wie ein wahres Festmahl.

Die Aussicht aus dem Fenster erinnerte mich daran, wie einsam und abgelegen dieses süße Cottage eigentlich dalag und mir wurde schlagartig bewusst, dass ich, wäre ich am Abend zuvor nicht so müde gewesen, wahrscheinlich eine Heidenangst vor Einbrechern,

Mördern oder Geistern gehabt hätte – so mutterseelen-allein in diesem großen Haus. Niemand würde mitbekommen, wenn mir hier etwas geschehen würde. Plötzlich bekam ich eine Gänsehaut, während die Szenerie sich etwas deutlicher in meinem Kopf festsetzte. *Niemand* würde mitbekommen, wenn mir hier etwas geschehen würde!

Bevor meine Fantasie die Gelegenheit dazu bekam, mit mir durchzugehen, schnappte ich mir mein Smartphone und rief Edith an. Zu meinem Leidwesen nahm sie nicht ab. Wahrscheinlich befand sie sich gerade in einem Autorengespräch, prüfte ein Manuskript oder kümmerte sich um Layout, Druck, Marketing oder was auch immer gerade anstand. Sie war immer schwer beschäftigt, wenn sie sich nicht gerade etwas Zeit freischaufelte, um mit mir einen Kaffee zu trinken.

Seufzend legte ich das Handy beiseite und beschloss, im Wohnzimmer meinen Koffer auszuräumen. Dabei schaltete ich zur Ablenkung den Fernseher an. Jetzt bloß keine Filme über abgelegene Häuser, in denen es spukte oder in denen sich ein tot geglaubter Psychopath hinter den Wänden versteckte, um nachts durch alle Zimmer zu schleichen! Eine Gänsehaut kroch über meinen gesamten Körper. Manchmal verfluchte ich meine rege Fantasie.

Ich zappte zur Ablenkung ein wenig durch die Programme und blieb an einer Wiederholung von *Gilmore Girls* hängen.

Während ich Lorelai und Rory bei ihren unterhaltsamen Dialogen zuhörte, zog ich neben einer Auswahl an bequemen, leichten Kleidungsstücken für den Sommer auch *Hot Love* und *Dark Day*, den ersten und zweiten

Band von *Royal Lovers*, hervor. Kein Wunder, dass mein Koffer so schwer gewesen war! 460 und 511 Seiten mit Hardcover waren nun mal keine Fliegengewichte. Diese Autorenexemplare waren die allerersten, die gedruckt und verschickt worden waren, und hatten einen hohen sentimentalen Wert für mich. Sie waren wie Glücksbringer. Ich hatte es nicht übers Herz gebracht, sie zu Hause zu lassen. Außerdem hatte Edith mir zwar ausdrücklich verboten, während des Erholungsurlaubs zu schreiben, aber vom Lesen hatte sie nichts gesagt. Vielleicht musste ich Jaces und Catherines Geschichte einfach nochmal dort beginnen, wo sie ihren Ursprung hatte – im ersten Satz des ersten Kapitels vom ersten Buch – und mich dann langsam vorarbeiten.

Liebevoll bettete ich die beiden Bücher auf den Couchtisch und zog meinen Föhn, meine Kosmetiktasche, Handtücher und eine Packung Kaugummi hervor. Der Muskelkater in meinem Arm brannte unterschwellig bei jeder Bewegung, die ich tat. Es folgten Sonnenspray, Mückenschutz, Duschgel, Shampoo und Conditioner sowie zwei Paar Ballerinas, ein Paar Turnschuhe und ein Paar Riemchensandalen mit Keilabsatz. Allmählich wurde mir klar, dass ich beim Packen wahrscheinlich wesentlich sparsamer vorgegangen wäre, wenn ich von dem Kraftakt vom Taxi bis zum Haus vorher gewusst hätte. Außerdem ... wozu brauchte ich all das? Ich packte und lebte zwar stets nach dem Sicher-ist-sicher-Prinzip, doch dass hier während der nächsten sieben Tage irgendein schräges Worst-Case-Szenario entstand, bei dem ich mehr als ein Paar Schuhe benötigen würde, erschien mir plötzlich doch sehr weit hergeholt.

Als mein Koffer endlich leer war, trug ich die Kleidung nach oben und sortierte sie im Kleiderschrank des Zimmers ein, in dem ich die Nacht verbracht hatte. Ich hatte fantastisch geschlafen und würde das Zimmer für den Rest meines Urlaubs behalten. Auch wenn Edith mir mehrfach versichert hatte, dass es ausreichend Handtücher im Haus gab, hatte ich meine eigenen mitgebracht und verstaute sie mitsamt meiner Kosmetik im Badezimmer.

Die Zeit verging nicht. Obwohl ich lange geschlafen, meinen gesamten Kofferinhalt weggeräumt und drei Folgen *Gilmore Girls* angesehen hatte, war es gerade mal Mittag. Ein wenig gelangweilt machte ich einen erneuten Rundgang durch das Haus, entdeckte nichts Neues und beschloss, im Keller nach den Vorräten und Weinflaschen zu suchen, von denen Edith mir erzählt hatte. Obwohl sie mir noch auf der Fahrt zum Flughafen mehrfach erklärt hatte, dass ich mich einfach daran bedienen durfte, war ich noch unsicher, ob ich es tatsächlich tun würde.

Beim Anblick des großen Vorratsraums, dessen Ausstattung mehr an die eines Bunkers erinnerte, fiel mir fast die Kinnlade herunter. Alle Wände waren eng aneinandergedrängt mit Regalen versehen, die bis zur Decke reichten. Darin befanden sich, fein säuberlich sortiert, Unmengen von Konserven, Tütensuppen, Wasserflaschen, Nudeln, Mehl- und Zuckertüten sowie Gläser mit eingemachten Früchten. Eingeschweißte Großmengen von Eipulver, Dinkelmehl und Kaffee verrieten mir, dass Ediths Familie offensichtlich gern Vorkehrungen traf. Für was auch immer. Eine Zombieapokalypse? Den Dritten Weltkrieg? Oder einfach nur eine generelle Lebensmittelknappheit?

Zwei geräumige Tiefkühlgeräte beherbergten neben einer Menge TK-Pizza und Tüten voller Gemüse Unmengen von Tupperware mit beschrifteten Stickern, in denen sich laut Aufschrift diverse Eintöpfe und Suppen befanden. Das hier war das reinste Lebensmittelparadies. Wahrscheinlich könnte man fünf Jahre lang hier überleben und wäre am Ende nicht einmal hungrig. Kopfschüttelnd betrachtete ich ganze Ansammlungen von Marmeladengläsern, Dosenbrot und Salzgebäcken, Fisch in Dosen und Unmengen von Reis. Außerdem entdeckte ich einen riesigen Karton voller Energieriegel und lange haltbaren Süßigkeiten. Der Weinvorrat, den ich einen Raum weiter vorfand, war ebenfalls nicht von schlechten Eltern. Mindestens dreihundert Flaschen verschiedener Jahrgänge und Geschmäcker stapelten sich in Regalen mit X-förmigen Einschnitten übereinander. Aber ich konnte unmöglich eine davon nehmen – ich kannte mich mit Wein überhaupt nicht aus und würde bei meinem Geschick wahrscheinlich versehentlich die teuerste Flasche von allen köpfen.

Nachdem ich eine Weile lang unsicher um alles herumgeschlichen war, nahm ich mir eine Dose Tomatensuppe und eine Tafel Nussschokolade und beschloss, Edith das Geld nach meiner Rückkehr zurückzugeben.

Wieder im Erdgeschoss angelangt, beschloss ich kurzerhand, vor dem Essen ein Bad zu nehmen. Das würde bestimmt eine Stunde meiner Zeit totschlagen und mich zusätzlich entspannen. Und Entspannung stand schließlich ganz oben auf meiner Liste. Die hübsche Eckbadewanne füllte ich mit heißem, dampfendem Wasser, in das ich einen guten Schuss eines nach Eukalyptus duftenden Badezusatzes gegeben hatte. Dann schloss ich wohlig seufzend die Augen. *Das* war Entspannung! Obwohl draußen längst der Sommer eingekehrt war, konnte mich ein heißes Bad immer begeistern. Während ich bis zum Kinn eingetaucht dalag und immer schrumpeliger wurde, malte ich mir diverse Szenarien aus, die höchstwahrscheinlich nie eintreten würden: wie ich beispielsweise mein Autorenpseudonym aufgab, fortan unter meinem echten Namen veröffentlichte und bei einer Autogrammstunde auf den Mann traf, der sich beim Lesen der *Royal Lovers* Reihe in Jace mehrfach selbst wiedererkannt hatte. Natürlich kam er gerade vom Holzhacken, hatte ein geheimes Vermögen auf dem Konto und konnte eine unfassbar gute Pilztagliatelle kochen. Hach ja …

Mit einem sehnsüchtigen Seufzen stieg ich schließlich aus dem Wasser. Ich wickelte mich in eines meiner Handtücher und rubbelte mir die nassen Haare trocken. Als ich gerade BH und Slip angezogen hatte, blitzte plötzlich Ediths To-Do-Liste vor meinem inneren Auge auf.

- Wein trinken
- den Stress wegtanzen
- nackt oder in Unterwäsche rumlaufen

Nachdenklich blickte ich an mir herab. Rein theoretisch könnte ich diese drei Punkte jetzt gleichzeitig erfüllen und abhaken. Nein, lieber doch nicht. Kopfschüttelnd griff ich nach der Kleidung, die ich mir im Voraus zurechtgelegt hatte. Andererseits ... Ich hielt mit der Kleidung in der Hand inne. Wieso eigentlich nicht? Vor wem schämte ich mich? Vor mir selbst? Vor einem leeren Haus? Das war doch lächerlich! Und wer wusste schon, ob es womöglich tatsächlich so befreiend war, wie Edith so felsenfest behauptete.

Entschlossen ließ ich die Kleidung wieder auf den hellblau gefliesten Badezimmerboden fallen und lief, nur in Unterwäsche bekleidet, erneut in den Keller. Nach kurzer Zeit entschied ich mich für einen Rotwein, dessen Name meiner Meinung nach wohlklingend war, auch wenn ich absolut keine Ahnung hatte, ob er mir schmecken würde: *Château Le Pin.* Klang so Französisch und edel, dass er mit großer Wahrscheinlichkeit nicht schlecht sein konnte.

In der Küche fand ich nach etwas Sucherei einen Korkenzieher in der Besteckschublade. Die Flasche dann tatsächlich zu entkorken, gestaltete sich jedoch schwerer als erwartet und ich endete schließlich auf dem Küchenboden kauernd, die Flasche fest zwischen die Oberschenkel geklemmt, mit aller Kraft ziehend und vor Anstrengung schwitzend und japsend ... in Unterwäsche. Wahrscheinlich ein Bild für die Götter. Ich war mehr als dankbar, dass mich außer mir selbst gerade niemand sehen konnte. Ein erlösendes Plopp ertönte, ich erschrak und eine rote Lache schwappte unkontrolliert über den Flaschenhals, um sich über meinem Bein und den Küchenboden zu ergießen.

„Geschafft!", triumphierte ich, nachdem ich die Schweinerei mit einem Geschirrtuch entfernt hatte.

Ich sprang auf und nahm mein Smartphone zur Hand, um für die musikalische Untermalung sorgen zu können.

Während ich durch meine bevorzugten Songs scrollte, nippte ich bereits an der Weinflasche und verzog unwillkürlich das Gesicht. Er schmeckte ein wenig bitter, aber auch nach süßer, reifer Kirsche. Unsicher, ob ich ihn mochte oder nicht, nahm ich einen weiteren Schluck, gefolgt von einem etwas größeren dritten. Nun war die Flasche ja sowieso schon offen.

Was sollte ich bloß hören? Was passte zur Stimmung – oder eher gesagt, was würde sie etwas auflockern? *All Of Me* von John Legend, mein heimlicher *Royal Lovers*-Soundtrack? Zu schnulzig. *Shallow* von Bradley Cooper und Lady Gaga? Ich liebte den Song über alles und hörte ihn ständig während des Schreibens. Aber irgendwie fühlte ich mich gerade nicht danach.

Bei *Shake It Off* von Taylor Swift verharrte mein Finger schwebend über dem Display. Dieser Song war perfekt für mein Vorhaben. Ich startete ihn, erhöhte die Lautstärke und nahm das Handy mit ins Wohnzimmer, wo ich es auf dem Couchtisch platzierte. Paradoxerweise legte sich jäh ein Gefühl von Scham über mich, obwohl ich völlig alleine war. Diese Tatsache ärgerte mich. Das war wieder typisch. Immer schämte ich mich, verkniff mir Worte, die ich eigentlich gerne aussprechen würde, oder stand mir selbst im Weg.

„Jetzt erst recht", brummte ich, um mir selbst Mut zuzusprechen, nahm einen erneuten großen Schluck aus der Flasche und atmete noch einmal tief ein, als der Refrain einsetzte.

'Cause the players gonna play, play, play, play, play,
And the haters gonna hate, hate, hate, hate, hate

Zuerst bewegte ich nur meine Füße. Ohne wirklich im Takt zu bleiben oder eine Schrittfolge einzuhalten, tippte ich ein wenig vor, ein wenig zurück, dann etwas nach links und ein Stück nach rechts, bevor ich probeweise federnd auf- und abwippte. Das Schamgefühl stieg wieder in mir auf. Warum genau tat ich das eigentlich? Edith war nicht hier und wer wusste, ob sie mir überhaupt glauben würde, wenn ich behauptete, ihre To-Do-Liste durchgezogen und erfolgreich abgehakt zu haben? Meine Schritte wurden langsamer.

Baby, I'm just gonna shake, shake, shake, shake, shake,
Shake it off, I shake it off

Shake … schütteln. Alles einfach abschütteln. Eine gute Idee. Wie bei einer Lockerungsübung im Sportunterricht der Schule ließ ich meine Arme an meinem Körper herabbaumeln, bevor ich sie erst zaghaft, dann immer kräftiger schüttelte. Ein zaghafter Hüftschwung kam hinzu, schließlich ein mehr oder weniger gekonntes Powackeln und schlussendlich ließ ich alle restlichen Bedenken fallen, stellte Taylor auf Dauerschleife und tanzte mit meiner Weinflasche, aus der ich immer wieder einen Schluck nahm, durch das ganze Haus. Edith hatte recht gehabt – es *tat* gut! Es *war* wirklich befreiend!

Mit einer finalen Tanzeinlage, bei der Shakira vor Neid erblassen würde, stieg ich zwei, drei, vier Stufen der Treppe zum Obergeschoss hinauf, schwang meine Hüften, trank einige Schlucke Wein und sprang mit etwas, das man mit einem recht gewagten Ballettsprung vergleichen konnte, herunter.

Es war exakt der Moment, in dem meine angestrengt gespreizte Fußspitze den Boden berührte, als ich ihn sah. Er musste schon länger da gewesen sein, denn er stand an der Haustür, die Hände in den Hosentaschen versenkt, den Blick mit geweiteten Augen auf mich geheftet – ein wildfremder, bärtiger Mann!

Es dauerte einen Moment, bis mir klar wurde, dass dieser Kerl echt war und keine Halluzination aufgrund meines ungewohnt hohen Weinkonsums oder meiner dicken Beule am Kopf. Einen weiteren Moment brauchte es, um mich daran zu erinnern, dass ich nur Unterwäsche trug. Panisch und auch ziemlich wirkungslos versuchte ich, mit der Weinflasche und meiner freien Hand irgendwie jedes Stück Haut an meinem Körper zu bedecken, während mir tausend Gedanken durch den Kopf schossen. War er ein Einbrecher? Ein Mörder? Der totgeglaubte Psychopath, der in den Wänden wohnte? Wie war er hier hereingekommen? Würde ich mich verteidigen müssen? Und wenn ja … wie?

„Wer sind Sie?", brachte ich endlich atemlos hervor. „Und was tun Sie hier?"

„Nun …" Der Mann nahm die Hände aus den Hosentaschen und fuhr sich nachdenklich über das bärtige Kinn. „Erstens: Ich genieße seit ungefähr fünf Minuten die außergewöhnliche Show. Zweitens: Ich frage mich, was zur Hölle Sie in meinem Haus zu suchen haben!"

Kapitel 7

Ein mies gelaunter Typ

„Wie meinen Sie das – *Ihr* Haus?" Ich hatte mir das nächstbeste Kleidungsstück geschnappt, das sich in meiner Reichweite befand, eine übergroße Jeansjacke, die an der Garderobe neben der Treppe hing, und mich notdürftig darin eingewickelt. Ein rauchiger Geruch ging von ihr aus.

„Wie kann man das wohl meinen – es ist mein Haus." Der bärtige Fremde deutete auf seine Brust. „*Meins.*" Dann machte er eine weit ausholende Bewegung, die alles um uns herum umfasste.

„Ich bin nicht dumm, ich verstehe nur nicht, wie das Ihr Haus sein kann!", begehrte ich auf und schlang die Arme um meinen Körper. Trotz meiner vorherigen Tanzeinlage und der sommerlichen Wärme war mir plötzlich kalt. „Ich habe die Schlüssel von einer Freundin bekommen, der dieses Haus gehört. Sie sagte, ich solle hier Urlaub machen und dass es sowieso seit Ewigkeiten leer steht. Ich werde jetzt die Polizei rufen", setzte ich hinzu, wesentlich mutiger klingend, als ich mich tatsächlich fühlte.

„Das können Sie gern tun. Die können dann direkt vor Ort meine Anzeige wegen Hausfriedensbruchs aufnehmen", entgegnete er gleichgültig. „Alles in diesem Haus ist mein Eigentum und das meiner Familie. Die Jeansjacke, die Sie da tragen, zum Beispiel. Das ist meine. In der linken Tasche befindet sich eine alte Kinokarte. Überzeugen Sie sich selbst, wenn Sie mir nicht glauben."

Unsicher tastete ich danach, ohne ihn aus den Augen zu lassen. War das ein Trick? Verunsichert zog ich einen zerknitterten Zettel aus dickem Papier hervor, der sich beim Auseinanderfalten tatsächlich als Kinokarte entpuppte. Er hatte recht.

„Ich ... aber meine Freundin hat gesagt ...", setzte ich an und verstummte. Der Wein tat sein Übriges und mir entfuhr ein Geräusch, das wie eine Mischung aus Schluchzen und Würgen klang. Tränen traten mir in die Augen. War ich ein Einbrecher? Würde ich im Gefängnis landen?

„Okay, okay, beruhigen Sie sich." Der Fremde hob abwehrend die Hände. „Heißt Ihre Freundin zufälligerweise Edith Abercrombie?"

Ich nickte. Erst zaghaft, dann heftiger.

„Verstehe." Kopfschüttelnd fuhr er sich mit der Hand über den Nacken. „Ich bin Jonah Abercrombie. Ediths Bruder."

„Das ... kann nicht sein." Ich schüttelte heftig den Kopf. „Ich *kenne* Ediths Bruder! Er heißt ..."

„George und sieht mir kein Stück weit ähnlich, ich weiß", beendete der Fremde meinen Satz. In seiner rauen Stimme lagen Ungeduld, Gereiztheit und Müdigkeit so dicht beieinander, dass sie miteinander verschmolzen. „Ich bin der Jüngste aus der Familie … und wenn es Sie beruhigt, das schwarze Schaf, das man nicht gern erwähnt. Wahrscheinlich redet Edith deshalb nicht viel über mich. Oder *gar nicht*, denn ich gehöre wie all die anderen nicht zum angesehen, wohlhabenden Familienverlagsgeschäft, sondern mache mein eigenes Ding. Sehr zum Leidwesen aller.“ Er musterte mich kurz, dann verdrehte er die Augen. „Sie glauben mir nicht.“

„Kein bisschen“, stimmte ich ihm zu, das Kinn leicht vorgereckt, die Stimme zittrig.

„Dann rufen wir sie an, damit das Ganze sich aufklärt. Ich bin nämlich müde und hätte gern meine Ruhe.“ Mit einem ungeduldigen Kopfschütteln zog er sein Handy aus der Tasche und entsperrte es mit seinem Fingerabdruck, während er leise vor sich hinmurmelte, dass ich eigentlich bereits Glück gehabt hatte, dass er mich nicht hochkant aus dem Haus geworfen hatte.

„Warten Sie!“ Ich beeilte mich, mein eigenes Handy vom Couchtisch zu holen. „*Ich* rufe sie an! Wer weiß, ob Sie Ediths Stimme nachher mit einer künstlichen Intelligenz kopieren und mir dann weismachen wollen, dass sie selbst es ist.“

„Ihre Stimme kopieren?“ Der Fremde hob eine Augenbraue. „Sind Sie paranoid oder so?“

Ich nicht. Aber meine Mutter. Und offensichtlich färbte das allmählich auf mich ab.

Wortlos schüttelte ich den Kopf, während ich Ediths Nummer wählte und den Lautsprecherknopf betätigte. Es klingelte dreimal, ehe sie abhob.

„Romy, ich habe in fünf Minuten ein wichtiges Autorengespräch, kann ich dich zurückrufen?", erkundigte sie sich mit typisch geschäftigem Unterton in der Stimme. Im Hintergrund quietschte eine Tür.

„Nein, kannst du nicht." Das war der Fremde. „Wie kommst du eigentlich darauf, unser Haus an irgendwelche Leute auszuleihen, die Dads Weinkeller plündern und halbnackt zu Taylor Swift tanzen?"

Beschämt senkte ich den Blick. Wieso tat sich bloß der Erdboden nicht für mich auf?

„Jonah?" Edith klang völlig perplex. „Jonah, bist du das? Ich dachte, du bist in …"

„Falsch gedacht", unterbrach er sie nahezu ungehalten. „Es gab eine Planänderung. Und jetzt bin ich hier, um ein bisschen für mich allein zu sein."

„Allein? Oh, Jonah, das tut mir leid."

„Muss es nicht." Er machte eine wegwerfende Handbewegung. „Sag einfach deiner Taylor Swift-Prinzessin, dass ich dein Bruder bin und sie die Fliege machen soll."

„Ist er … wirklich dein Bruder?" Ich klang furchtbar zaghaft.

„Ja", gab Edith zerknirscht zu. „Tut mir leid, Süße. Jonah ist nicht gerade das, was man ein zuverlässiges Familienmitglied nennt, deshalb habe ich nie mit dir über ihn gesprochen."

„Ich kann dich übrigens hören", teilte Jonah ihr missmutig mit.

„Ja, ist mir klar." Im Hintergrund hörte man ihre Schuhe auf dem Fliesenboden klackern. „Romy, Jonah ist mein jüngster Bruder. Er hat das Haus seit Ewigkeiten nicht betreten, ebenso wenig wie er unsere Familie in den letzten Jahren besucht hat. Das ist einfach ein ganz dummes Timing. Jonah, Romy ist eine gute Freundin von mir und braucht diese Auszeit wirklich *sehr*."

„Ja, das sehe ich", brummte er und musterte mich vom nassen Haaransatz bis hin zu den nackten Füßen.

„Es tut mir ganz furchtbar leid, wie das gelaufen ist. Aber was soll's. Ihr beide werdet euch da irgendwie einig werden müssen. Das Haus ist groß genug ... geht euch aus dem Weg oder kommt irgendwie miteinander klar", verlangte Edith und klang auf einmal wie eine strenge Lehrerin, die ihre Schüler ausschimpfte.

Unauffällig ließ ich meinen Blick über mein Gegenüber gleiten. Jonah sah Edith und George wirklich kein bisschen ähnlich. Während die beiden Älteren hager und hochgewachsen waren, unbändige Locken hatten, ihre hellblauen Augen sich hinter schmalen Brillengestellen befanden und sie immer schwer beschäftigt waren, sah Jonah nicht nur gute zehn Jahre jünger aus, sondern erinnerte mich mit seiner Körperstatur unwillkürlich an Jason Momoa. Er sah mit den langen, zum Dutt gebundenen dunklen Haaren und dem unrasierten Kinn, das schon kein Zehntagebart, sondern eher ein Dreißigtagebart zu sein schien, gut aus, auch wenn er wirklich nicht mein Typ war. Zu mies gelaunt, zu unrasiert und – wie Edith nun mit hochgezogener Braue ergänzen würde – zu *real*.

Unerwartet kam er mir in diesem Moment so nah, dass er mir problemlos das Handy aus der Hand nehmen, den Lautsprecher ausschalten und damit ungerührt in den nächsten Raum gehen könnte. Ich brachte nur ein lahmes *Hey* über die Lippen und folgte ihm ins Wohnzimmer, wo er sich mit einem erschöpft klingenden Seufzen auf das Sofa fallen ließ, das ich bereits zum

Entspannungsort für die nächsten Tage auserkoren hatte. Sein Blick fiel auf die beiden *Royal Lovers*-Bände, die auf dem Couchtisch lagen, und ich war mir fast sicher, etwas wie Abneigung über sein Gesicht huschen zu sehen.

„Ist mir egal, ob sie deine Freundin ist, Edith", brummte er in mein Handy. „Ich bin hierhergekommen, weil ich eine Auszeit brauche und nicht, um Babysitter zu spielen."

„Ich bin fünfundzwanzig, ich brauche keinen Babysitter", hörte ich mich selbst viel zu leise einwerfen. Was dachte er sich? Er konnte kaum älter sein als ich!

Er bedachte mich mit einem kurzen, genervten Blick, als wäre ich ein ungeduldiges Kleinkind, das während des gesamten Telefonats penetrant an ihm zog und zerrte und ihn zum Spielen aufforderte. Edith sagte gerade offenbar etwas, das ihn sehr verärgerte. Seine Stirn legte sich in Falten und er schnaubte lautstark Luft durch die Nase.

„Wieso ich schon wieder eine Auszeit brauche?! Es geht dich gar nichts an, *wie oft* ich mir eine Auszeit zu nehmen habe!" Seine Stimme klang kühl. „Dann ist das eben die dritte in kurzer Zeit. Na und? Ich sage dir schließlich auch nicht, wie du deine Bücher zu vermarkten hast oder dass du keinen Schrott verlegen sollst." Dabei streifte sein Blick, nun war es eindeutig, wieder meine Bücher.

Ich biss mir auf die Unterlippe, während ich Ediths Stimme gedämpft hören, aber nicht verstehen konnte, was sie ihrem Bruder an den Kopf warf.

„Und ich sage dir, dass es auch mein Haus ist. Es gehört genauso mir, wie es dir oder George, Dad oder

Mum gehört!", zählte er schließlich entschieden auf. „Und wenn ich hierherkommen will, dann tue ich das. Punkt, Ende, aus!" Wieder folgte ein kurzes Schweigen, während dem er Edith mit ungeduldiger Miene zuhörte.

„*Wehe*, du machst das! Edith, du sagst es *nicht* Mum und Dad! *Wieso nicht?* Das fragst du noch? Weil sie mich dann wieder ewig nerven und mit Fragen löchern werden!" Sichtlich gestresst schnaubte er Luft durch die Nase. „Okay okay, du hast gewonnen. Unter dem Vorbehalt, dass sie mir nicht auf den Sack gehen wird. Verklickere ihr das!" Er nickte mir knapp zu. „Hey, Prinzessin, gute Nachrichten für dich. Ich lasse dich nicht verhaften. Du kannst bleiben. Hier, fang." Mit einer abrupten Bewegung, mit der ich nicht gerechnet hatte, warf er mir mein Handy zu.

Ich riss unbeholfen die Arme hoch, bekam es gerade so zu fassen und spürte, wie die Jeansjacke, die ich mir umgewickelt hatte, sich wieder löste. Viel zu schnell klappte sie auf und präsentierte Jonah meinen in rosa Spitzenunterwäsche steckenden Körper. Und er besaß nicht einmal den Anstand, wegzusehen.

„Ja, Edith." Zitternd vor Ärger wandte ich mich von ihm ab und schlang die Jacke mit einem Arm unbeholfen um meinen Körper. „Ich fasse nicht, dass er dein Bruder ist."

„Ja, ich weiß." Sie seufzte tief. „Er ist eine kleine Nervensäge. Immer gewesen. Mum sagt, er wäre als Baby mal vom Wickeltisch gefallen, vermutlich ist da irgendwas kaputtgegangen."

Ich atmete tief ein und wieder aus.

„Soll ich vielleicht einfach wieder abreisen?“, schlug ich vor, auch wenn ich die ganzen Strapazen, die den Weg hierher gepflastert hatten, ungern für nichts und wieder nichts auf mich genommen hätte. Außerdem mochte ich das Haus und hatte zum ersten Mal seit vielen Tagen gut geschlafen.

„Unsinn, du bleibst, wo du bist“, entgegnete Edith mit einem Anflug von oberlehrhaftem Unterton in der Stimme. „Das Haus ist groß genug, dass ihr euch aus dem Weg gehen könnt. Jonah ist wie ein großer Fünfjähriger. Lass ihn fernsehen, Cornflakes essen und ignorier’, dass er alles rumliegen lässt, dann werdet ihr schon irgendwie miteinander auskommen.“

„Na gut“, seufzte ich widerwillig. So hatte ich mir meinen Urlaub nicht vorgestellt. Bei der Vorstellung, mir das niedliche Ferienhaus mit einem mies gelaunten Fremden teilen zu müssen, meldete sich ein mulmiges Gefühl in meiner Magengegend zu Wort. Mit einem unterdrückten Seufzen presste ich eine Hand auf meinen Bauch.

„Und sag ihm, er soll dich mit ins *Diner* nehmen“, schlug Edith, wie immer praktisch veranlagt, vor. „Dann musst du nicht danach suchen oder allein rumirren. In Little Goldcoast kann man sich zwar nicht wirklich verlaufen, aber getreu nach deinem Lebensmotto *Sicher ist sicher* solltest du das Angebot annehmen.“

„Hm …“, murmelte ich wenig überzeugt.

„Also gut, ich muss mich jetzt wirklich um meine Autorin kümmern, Süße“, erinnerte Edith mich sanft. „Tu mir den Gefallen und nimm das Ganze nicht so schwer. Ihr bekommt das schon hin. Mach’s gut.“

„Mach's gut", wiederholte ich trübsinnig. Das Gefühl von Heimweh bei der Klassenfahrt war wieder zurück und ließ meinen Magen zunehmend schmerzen und meine Augen brennen. Wenn ich vor dem miesepetrigen Jonah Abercrombie nicht weinen wollte, musste ich schleunigst hier weg.

Mit ein paar schnellen Schritten beeilte ich mich, den Raum zu verlassen. Zu meiner Überraschung folgte er mir, überholte mich und blieb vor mir stehen, sodass ich gezwungen war, ebenfalls stehen zu bleiben.

„Was?", brummte ich, ohne ihn anzusehen.

„Hat sie noch irgendwas gesagt?"

„Dass du ein großer Fünfjähriger bist", erinnerte ich mich, was meinem Gegenüber tatsächlich ein kurzes Prusten entlockte.

„Da könnte ein wenig Wahrheit dran sein", gab er zu.

„Und dass du mich mit zum *Diner* nehmen sollst", ergänzte ich leise. Ich wollte zwar nicht wirklich mit Jonah dorthin gehen, aber noch weniger wollte ich das alleine tun. Und dass ich das würde, *musste*, war schlichtweg Teil des Plans.

Wieder prustete Jonah, dieses Mal jedoch nicht amüsiert, sondern eher ungläubig.

„Auf gar keinen Fall", stellte er klar. „Wie gesagt, ich bin kein Babysitter."

„Wie gesagt, *ich* brauche keinen." Ich zwang mich, ihn anzusehen und schob das Kinn vor. „Ich bin erwachsen! Tu nicht so, als wärest du alt genug, um mein Babysitter zu sein."

„Ich bin achtundzwanzig", erklärte er knapp angebunden.

„Wow. Was für ein *Wahnsinnsunterschied!*", murmelte ich sarkastisch. „Du hast recht, ich bin im Gegensatz zu dir wirklich ein Baby."

„Immerhin war ich schon im Kindergarten, als du noch Windeln getragen und dich von Milch ernährt hast", entgegnete er.

Ich starrte ihn weiterhin wütend an, doch mir fiel keine gute Antwort mehr ein. Stattdessen murmelte ich bloß erneut: „Ich brauche keinen Babysitter."

„Na, dann ist ja alles klar." Er machte den Weg frei und deutete eine übertrieben einladende Handbewegung an, um mich an sich vorbeizuwinken. „Ach, eine Sache noch, Prinzessin …"

„Ich heiße Romy! Nicht Prinzessin. Ich nenne dich ja auch nicht …" Mir kam partout nichts Schlagfertiges in den Sinn, also starrte ich ihm bloß in die Augen und wartete verzweifelt auf eine Eingebung. „*Legolas.*"

Jonah legte die Stirn in Falten. „Wieso zur Hölle solltest du mich Legolas nennen?"

„Na, ich sagte ja gerade, dass ich es *nicht* tun werde. Weil es unter meinem Niveau ist, mir dumme Spitznamen für irgendwelche Leute zu überlegen", sagte ich so erhaben wie irgend möglich. „Auch wenn du aussiehst wie dieser bärtige Waldläufer aus *Herr der Ringe.*"

„Du meinst Aragorn." Jonah schüttelte den Kopf und sah mich an, als hätte ich gerade Wassermelonen mit Kartoffeln verwechselt. „Meine Schwester kennt wirklich merkwürdige Leute. Apropos Leute … ich gehe noch ins *Diner*, ein paar alte Bekannte begrüßen. Bevor du fragst: Nein, du kannst nicht mitkommen. Aber es wird sicher kühl, bis ich zurückkomme und dafür schuldest du mir noch was."

Ich runzelte die Stirn. „Und zwar?"

Ein höhnisches Grinsen huschte über sein Gesicht und er deutete auf meinen Oberkörper.

„Genau diese Jeansjacke."

Kapitel 8

Kein Fan von Royal Lovers

Es dauerte ewig, bis ich an diesem Abend in den Schlaf finden konnte. Während es draußen immer dunkler wurde und Jonah ewig im *Diner* blieb, ärgerte ich mich, wie schon so oft in meinem Leben über mich selbst. Ständig fielen mir, oft erst Stunden nach dem eigentlichen Konflikt, schlagfertige Dinge ein, die ich hätte sagen oder tun können. Ich hätte cooler sein, gleichgültiger wirken, überlegener auftreten können. Um ehrlich zu sein, gab es viele Dinge, die mir nun einfielen, die ich hätte tun können, statt mich nur in Unterwäsche bekleidet vor ihm zum Affen zu machen und schlussendlich fast zu weinen.

Ab sofort, entschied ich für mich selbst, würde ich Ediths nervigem Bruder einfach aus dem Weg gehen. Sie hatte recht, das Haus war groß genug und wenn er sowieso viel fernsah und stundenlang im *Diner* versackte, würden wir uns wohl nicht allzu oft über den Weg laufen. Im Hotel wäre ich schließlich auch nicht der einzige Mensch gewesen und mein Zimmer hatte ich nach wie vor für mich allein.

Mit einem tiefen Ausatmen rieb ich mir mit beiden Händen über die Augen. Meine Lider waren bereits heiß und schwer, doch obwohl ich müde war, konnte ich nicht schlafen. Ich hatte das Gefühl, die ganze Aufregung der letzten Stunden würde mir noch in den Gliedern stecken und mich davon abhalten, entspannen zu können.

Als es mir endlich doch gelang einzuschlafen, zwangen Edith und Jonah mich im Traum, mir alle *Herr der Ringe* Filme anzusehen, damit ich den Unterschied zwischen Legolas und Aragorn lernte, während Jace mit einem Blumenstrauß aus hundert roten Rosen vor der Haustür stand und auf mich wartete.

Ich schreckte schweißgebadet in die Höhe, als die Haustür laut ins Schloss fiel. Ein Poltern verriet, dass Jonah zurück war. Offensichtlich hatte er einiges getrunken.

„Danke fürs Aufwecken!", konnte ich mir nicht verkneifen zu rufen, ehe mir einfiel, dass ich eigentlich vorgehabt hatte, ihn zu ignorieren.

„Keine Ursache, Prinzessin!", rief er mit belegter Stimme zurück.

Ich verdrehte die Augen und drehte mich auf die andere Seite. Was für ein Kerl! Kein Wunder, dass Edith ihn nie erwähnt hatte.

Als ich am nächsten Morgen aufwachte, sah die Welt schon wieder anders aus. Ich schob die bildgewaltige Erinnerung an meine peinliche Tanzeinlage beiseite und konzentrierte mich auf positive Gedanken. Dieser Urlaub sollte mich entspannen, mich beruhigen und bestenfalls inspirieren. Das würde ich mir nicht kaputtmachen lassen, schon gar nicht von so einem dahergelaufenen Jason Momoa-Verschnitt mit mieser Laune.

Deutlich entspannter ging ich ins Badezimmer, stieg unter die Dusche, putzte mir die Zähne und schlüpfte in eine locker fallende schwarze Stoffhose und ein rosafarbenes Spaghettitop. Meine nassen Haare kämmte ich gründlich, bevor ich sie zu einem straffen Dutt zusammennahm und ein klein wenig Wimperntusche und Lippenpflege auftrug. Dann begann der merkwürdige Teil meiner Morgenroutine. Zumindest war ich mir sicher, dass er seltsam war und dass niemand außer mir das tat. Ich starrte mein Spiegelbild an und versuchte mir vorzustellen, dass ich mich durch die Augen von jemand anderem sah, von einem potenziellen Partner beispielsweise. Ich versuchte mich anzusehen, als sähe ich mich zum ersten Mal, um herauszufinden, ob sich jemals irgendjemand in mich verlieben könnte.

Ich war keine Catherine, weder gertenschlank noch naturschön. Meine dunkelbraunen welligen Haare ließ ich seit meinem fünfzehnten Lebensjahr regelmäßig mit blonden Strähnchen versehen und meinen Kleidungsstil konnte man unter dem Motto bequem und unauffällig verbuchen: Locker fallende Kleider mit Leggins und Ballerinas in den warmen, Schal, Stiefel und Strickjacke in den kalten Jahreszeiten. Ich hatte blaugrüne Augen und war oft so blass, dass ich gefragt wurde, ob es mir gutging. Meine Figur war, soweit ich das beurteilen konnte, durchschnittlich. Keine Muskeln, Plus Size-Model-Tendenz oder Untergewicht. Irgendwas in der großen Grauzone dazwischen.

Wie gerne hätte ich einmal, ein *einziges* Mal, erfahren, wie es war, mich in einen Raum kommen zu sehen. Wie empfand mein Gegenüber, mein Date, ein Fremder mich beim ersten Anblick? Ich würde es wohl nie erfahren.

Mit einem Seufzen wandte ich mich vom Spiegel ab und lief ins Erdgeschoss, wo ich meinen Mitbewohner auf Zeit erhaben ignorierte. Nicht dass er in irgendeiner Art und Weise Notiz von mir genommen hätte. Als hätte man ihn K.o. geschlagen, lag er auf dem gemütlich aussehenden Sofa, alle Viere von sich gestreckt, ein Bein auf dem Couchtisch ruhend, und schlief.

Ich wollte gerade in der Küche nach etwas zum Frühstück suchen, als ich die Ecke von etwas Lilafarbenem am Boden erblickte. War das etwa … ein Schritt in Richtung des Sofas zeigte mir, dass ich recht hatte. Jonah hatte doch tatsächlich meine *Royal Lovers* Bücher auf den Boden geworfen, um Platz für sich zu schaffen! Innerlich fuhr ich ihn deswegen an und schlug ihm die dicken Romane mehr als einmal auf den Kopf. Äußerlich schnaubte ich bloß und bemühte mich, möglichst leise und ohne Jonahs ausgestrecktes Bein zu berühren, zwischen dem Sofa und dem Couchtisch auf die Knie zu gehen, um meine beiden Schätze aufzulesen. Behutsam legte ich erst Band 2, dann Band 1 zurück auf den Tisch und schob beide an die gegenüberliegende Kante, sodass sie keinem weiteren Anschlag zum Opfer fallen würden.

Missmutig betrachtete ich den schlafenden Übeltäter. So aus nächster Nähe betrachtet und dafür, dass er ein Vollidiot und absolut verkatert war, sah er ziemlich ansehnlich aus. Ein großer, muskulöser Mann mit wilder

Mähne und den Jason Momoa-Vibes, die ich beim ersten Anblick bereits bemerkt hatte ... oder eben Aragorn-
Vibes. Wie auch immer. Was für eine Verschwendung
von Attraktivität für einen solchen Blödmann. Das
weiße Shirt, das seine beeindruckende Bräune betonte,
war am Oberarm Richtung Schulter ein wenig hochgerutscht und gab den Blick auf ein Tribal-Tattoo frei, das
sich bis zum Ellenbogen hinzog. Es waren breite
schwarze Linien, die ineinander übergingen und nach
außen hin zu feinen Spitzen ausliefen. Wie weit es
wohl nach oben reichte? Mein Blick wanderte neugierig zurück auf sein Gesicht.

Jäh entfuhr mir ein überraschter Laut. Jonah war
wach. Aufmerksam und auch ein wenig irritiert sah er
mich an, während sich nur wenige Zentimeter zwischen unseren Gesichtern befanden. Vor Schreck
wollte ich aufspringen, verlor aber mein Gleichgewicht
und prallte unsanft gegen sein Bein. Dabei fiel ich wie
ein Käfer auf den Po.

„Das ist die wahrscheinlich merkwürdigste Art, mit
der mich je jemand geweckt hat", stellte Jonah trocken
fest, seine Stimme ganz rau und heiser von der Nacht
und allem, was in dieser geschehen war.

Der Anflug von Faszination oder was auch immer es
gewesen war, was mir gerade für ein paar Sekunden-
bruchteile die Sinne vernebelt hatte, verpuffte schlagartig. Eilig und mit hochrotem Kopf rappelte ich mich
auf und stellte mich auf die andere Seite des Tisches,
von wo aus ich ihn finster anfunkelte.

„Ich hatte nicht vor, dich zu wecken. Ich wollte nur
nachsehen, ob du tot bist", entgegnete ich und freute

mich insgeheim, dass mir endlich mal etwas Schlagfertiges eingefallen war. „Nicht dass es mich interessieren würde, ob du tot oder lebendig bist", ging ich noch etwas weiter. „Es ging mir bloß um Edith. Sie müsste sich um die Beerdigung kümmern."

Jonah hielt sich mit Daumen und Zeigefinger der linken Hand den Nasenrücken und schloss die Augen, als hätte er Schmerzen.

„Redest du eigentlich immer so viel?", brummte er.

„Du hast doch angefangen, mit mir zu reden", entgegnete ich.

„Ja, aber doch nur, weil du mir ins Gesicht geatmet und mich angestarrt hast, als würdest du mich gleich ausziehen und bespringen wollen." Ein breites Grinsen huschte über sein Gesicht, seine Augen waren immer noch geschlossen.

„Also wirklich, du bist ja wohl ..." Mir fehlten die Worte. „Ich würde dich nicht mal bespringen, wenn ich eine Million dafür bekommen würde!"

„Ach nein?" Jonah blinzelte zu mir hoch, als würde ich ihn blenden. „Wie sieht's mit zwei aus?"

„Denkst du etwa, ich wäre käuflich?" Meine Stimme klang viel schriller als gewöhnlich.

„Na, wer hat denn mit den Verhandlungen angefangen?" Er grinste selbstzufrieden. Zu allem Übel begann er auch noch, *Shake It Off* zu summen. Ich hätte ihn erwürgen können.

Kopfschüttelnd nahm ich meine Bücher in die Arme und setzte dazu an, den Raum zu verlassen. Ich würde mich nicht auf sein Niveau herablassen und weiterhin mit ihm diskutieren.

„Sag bloß, du bist ein Fan dieser *Autorin.*" Jonah hatte das Wort Autorin ausgesprochen, als wäre es ein Synonym für wässrigen Durchfall.

Ich blieb im Türrahmen stehen.

„Wieso?"

„*Wieso?*", wiederholte er ungläubig. Er setzte sich auf und sah plötzlich gar nicht mehr so verkatert aus. „Weil jedes Wort, das sie abtippt, ein Verbrechen an der Kunst der Schriftstellerei ist. Sie produziert mehr Müll, als auf eine Mülldeponie passt. Auf eine wirklich *gigantische* Mülldeponie. Jeder Cent, den sie dafür bekommt, wäre bei Drogenhändlern besser aufgehoben. Sie ..."

„Schon gut, schon gut!" Ich versuchte zu schlucken, aber es ging nicht. In meinem Hals hatte sich ein riesiger Kloß gebildet, der partout nicht verschwinden wollte. „Dir gefallen die Bücher nicht. Das war deutlich. Aber ... wieso?"

Obwohl ich Jonah nicht mochte und auch schon durchaus negative Rezensionen gelesen hatte, brach mir die Abneigung, mit der er über meine Werke sprach, das Herz. Es fühlte sich an, als hätte ich ein Kind und jemand hätte dieses gerade todernst als das hässlichste, dümmste und widerlichste Lebewesen des Planeten bezeichnet, welches es nicht verdiente, unseren Sauerstoff zu atmen.

„Meine Ex hat diese Romane verschlungen." Jonah machte eine knappe Handbewegung in Richtung meiner Bücher, die allmählich schwer wurden. „Ständig hat sie mich mit dieser Hauptfigur verglichen. Andauernd hieß es ...", er verstellte die Stimme, bis sie einige Oktaven höher war, „... *oh, Jeff küsst seine Geliebte im Re-*

gen. Oh, Jeff hat ein millionenschweres Erbe für seine Geliebte ausgeschlagen. Oh, Jeff und seine Geliebte haben sich gegenseitig Zöpfe in die Schamhaare geflochten."

Ich verkniff mir zu entgegnen, dass sein Name Jace war und nicht Jeff und dass die Schamhaar-Szene definitiv nicht existierte.

„Viele Frauen lesen gern", murmelte ich.

„Ich habe nichts gegen lesende Frauen." Jonah zuckte gleichgültig mit den Schultern. „Ist sie an Literatur interessiert, ist das super. Lies etwas von Jane Austen oder Stephen King oder Kafka. *Richtige* Bücher. Aber dieser Schund dort ...", wieder ein abwertend wirkender Wink Richtung *Royal Lovers*, „... ist keine Literatur. Diese Suri irgendwas hat meine Beziehung zerstört."

„Oh", machte ich dumpf.

Jonah öffnete seine Haare, wuschelte sie mit allen zehn Fingern kurz durch und band sie wieder zu einem wenig perfekten Dutt zusammen. Zu einem, der mir selbst mit zwei Stunden Vorbereitung und diversen Haarpflegeprodukten nicht gelingen würde. Eine betretene Stille breitete sich zwischen uns aus.

„Sie hat irgendwann mal ein Interview gegeben", fügte er nach einer gefühlten Ewigkeit hinzu.

„Suri Lilianna?", fragte ich zaghaft und versuchte, mich an all die Interviews zu erinnern, die ich unter dem Deckmantel meines Pseudonyms gegeben hatte.

„Ja." Er nickte mit missmutigem Ausdruck im Gesicht. „Sie sagte unter anderem, sie würde allen Frauen ans Herz legen, sich nicht mit Männern zufriedenzugeben, die unter der hoch angesetzten Messlatte dieses Büchertypen liegen."

„Oh", machte ich erneut, in Ermangelung passenderer Worte.

Der Kloß in meinem Hals wurde größer. Ich erinnerte mich an das Interview und daran, dass Edith mir gesagt hatte, dass meine Wortwahl womöglich etwas zu harsch gewesen war und dass ich daran denken sollte, welchen Einfluss meine Meinung auf junge Frauen haben könnte. Damals waren mir meine Äußerungen nicht unpassend vorgekommen.

„Also tu dir selbst einen Gefallen ..." Jonah erhob sich, reckte und streckte sich und ging dicht an mir vorbei, um im Flur in seine Schuhe zu schlüpfen. „Verbrenn die Dinger und vergiss den Inhalt. Und wenn du sie noch nicht gelesen hast, aber es vorhattest ... lass es. Die bringen nichts mit sich als unerfüllbare Erwartungen und gebrochene Herzen."

Ich nickte mechanisch.

„Wohin gehst du?", brachte ich leise hervor.

Er hob skeptisch eine Augenbraue. „Bist du jetzt mein Bewährungshelfer?"

„Nein, ich ... will nur vorbereitet sein, falls du ... vergiss es."

„Ich gehe ins *Diner*", ließ er sich zu einer Antwort hinreißen. „Frühstücken. Besitzt du Schuhe?"

„Schuhe?", echote ich lahm. Keine Ahnung, worauf er hinauswollte.

„Fußkleidung", erklärte Jonah mit triefendem Sarkasmus in der Stimme. „Ist echt praktisch. Man kann die Füße damit zum Beispiel vor Verletzungen und Wettereinflüssen schützen."

„Ich *weiß*, was Schuhe sind, Jonah Abercrombie! Ich verstehe nur nicht, wieso ich mir welche anziehen soll.

Ich laufe im Haus immer barfuß ... Ist doch sonst unbequem.“

Jonah seufzte und blickte kurz kopfschüttelnd ins Leere, als wäre ich ein Erstklässler, der partout den Unterschied zwischen Addition und Subtraktion nicht verstehen wollte.

„Keine Ahnung, was ich mir dabei eigentlich denke“, brummte er dann und fuhr sich mit der Hand einmal über das ganze Gesicht, als würde er Spinnweben fortwischen wollen. „Aber du brauchst Schuhe, weil du mit mir ins *Diner* kommst, Prinzessin.“

Kapitel 9

Das Goldies

In meinem ganzen Leben – immerhin fünfundzwanzig lange Jahre – hatte ich noch nie eine echte Jukebox gesehen. Ich kannte sie bloß aus älteren Filmen und Fotos und stand nun seit einer gefühlten Ewigkeit davor, um sie anzustarren und mich zu fragen, ob und wie genau sie funktionierte. Man musste, soweit ich wusste, eine Münze einwerfen, aber wie ging es dann weiter? Es gab eine ganze Menge Knöpfe an dem altmodisch anmutenden Gerät, dessen Gehäuse aus lackiertem Holz bestand, während die Front in leuchtend blauer Beleuchtung daherkam.

Das Diner hieß *Goldies.* Es war mit einer langen Theke und einer Handvoll Barhockern sowie mehreren frei stehenden, kleinen Tischen ausgestattet, die ein gewisses *Gilmore Girls*-Flair versprühten. Auf den Tischen standen Ketchupflaschen und prall gefüllte Serviettenhalter. Alles war in Holz- und hellen Blautönen gehalten, die Fliesen, die Tische, die Deko und auch die besagte Jukebox. Es war schlicht und übersichtlich und hier und da blätterte ein wenig der Lack ab, doch alles war sauber, einladend und gemütlich. Was für eine inspirierende Umgebung! Fast konnte ich mich selbst vor mir sehen, wie ich mit meinem Laptop an einem der kleinen Tische saß, einen Karamell-Latte Macchiato schlürfte und eifrig in die Tasten haute. Wobei es eher unwahrscheinlich war, dass hier Karamell-Latte Macchiato serviert wurde.

Ich fühlte mich sofort wohl, was sicherlich auch daran lag, dass das *Diner* an diesem Morgen recht leer war. Außer einem alten Mann mit einer roten Nase, der schweigend seinen Kaffee trank, waren nur der Barkeeper, Jonah und ich da. Dass er mir beim Eintreten nicht die Tür aufgehalten und seitdem auch so getan hatte, als würde er mich nicht kennen, war mir egal. Es war der zweite Tag eines siebentägigen Urlaubs und anschließend würde ich diesen Kerl nie wieder sehen. Zum Glück.

„Dass du überhaupt geradeaus laufen kannst ...“ Der Barkeeper, ein Typ, der viel eher Jonahs Bruder hätte sein können als George, schüttelte den Kopf, während er ein paar Gläser polierte. Er hatte dichtes schwarzes Haar, das ihm bis in den Nacken reichte, und einen gut getrimmten Dreitagebart. Seine Arme waren über und über mit Tattoos bedeckt und wirkten noch etwas muskulöser als Jonahs.

„Hab' schon Schlimmeres erlebt.“ Jonah, der auf einem Barhocker saß, zuckte gleichgültig mit den Achseln und nippte an dem schwarzen Kaffee, den er bestellt hatte.

„Hm“, brummte der Barkeeper zurück. Sein Blick wanderte zu mir und musterte mich kurz prüfend. „Kaffee?“

„Gerne." Ich nickte dankbar. „Haben Sie Karamell-Latte Macchiato? Oder ... ganz normalen Latte Macchiato?"

Die beiden Männer tauschten einen Blick miteinander, den ich nicht deuten konnte. Er wirkte aber, wenn ich mich nicht irrte, ein wenig verurteilend.

„Mach ihr einen Kaffee mit Milch und Zucker", übersetzte Jonah.

„Jo." Der Barkeeper bedachte mich mit einem letzten prüfenden Blick, bevor er sich abwandte und eine Tasse hervorholte.

Etwas unsicher nahm ich ebenfalls auf einem Barhocker Platz, ließ jedoch zwei zwischen Jonah und mir frei. Beim Anblick der Speisekarte lief mir das Wasser im Mund zusammen. Ich hatte einen Riesenhunger, aber es war mir unangenehm, vor Jonah und dem kurz angebundenen Barkeeper etwas zu bestellen. Mein Magen rumorte vernehmlich. Hoffentlich hatte es niemand gehört. Mich unwohl fühlend sackte ich auf dem Barhocker etwas in mich zusammen und versuchte so, meinen Bauch zum Schweigen zu bringen.

Wortlos stellte der Barkeeper schließlich eine große Tasse mit milchigem Kaffee vor mir auf dem Tresen ab. Dazu gab es einen Löffel und ein paar Tütchen Zucker, die auf dem Unterteller lagen.

„Danke", bemühte ich mich, wenigstens höflich zu wirken, wenn sie mich schon für meine Latte Macchiato-Vorliebe verurteilten.

Er nickte knapp. Nacheinander riss ich alle drei Zuckertütchen auf und rührte sie in meinen Kaffee.

„Und … Grayson …“ Jonah nahm einen Schluck aus seiner Tasse. „Mach ihr doch bitte auch ein *Goldies Breakfast*.“

„Ich … habe keinen Hunger. Machen Sie sich keine Umstände“, wehrte ich eilig ab. „Als Barkeeper hat man doch sowieso so viel zu tun. Ich bin keine schwierige Kundin oder so. Mir reicht mein Kaffee. Der ist übrigens köstlich.“

Keine Ahnung, was genau ich da eigentlich redete. Um mir selbst den Mund zu stopfen, trank ich schnell etwas von meinem Milchkaffee. Er war viel zu heiß und ich verbrannte mir die Zunge daran, bemühte mich aber, mir nichts anmerken zu lassen.

Der Barkeeper, der also Grayson hieß, musterte mich schweigend, dann wandte er sich ab und verschwand im hinteren Teil des *Diners*.

„Er ist übrigens nicht der Barkeeper, sondern der Besitzer“, erklärte Jonah gedehnt. „Und du *hast* Hunger. Dein Magen knurrt so laut, dass ich vorhin dachte, ein Grizzly steht vor der Tür. Habe mir gedanklich schon das Gewehr dort geschnappt.“ Er nickte in Richtung einer langen schwarzen Schusswaffe, die wie eine Trophäe an der Wand hing.

Ich verdrehte die Augen. Latte Macchiato schlürfende, Schundroman lesende, schlafende Männer begattende Grizzlybärin – so sah er mich also. Ohne ihn weiterhin zu beachten, rührte ich grundlos lange in meinem Kaffee und sah schließlich aus dem Fenster. Obwohl das **Goldies** mitten in der Stadt lag, war kaum etwas los. Kein Trubel, keine Autos, nichts. Nur hin und wieder eine Person, die vorbeiging und im Nirgendwo verschwand.

„Ist dir zu still hier, was, Prinzessin?" Jonah war unbemerkt auf den Barhocker neben mich gerutscht. Das Kinn in die Hand gelegt, musterte er mich.

„Überhaupt nicht. Ich mag Stille", gab ich zu.

„Da haben wir ja tatsächlich eine Sache gemein. Wer hätte das gedacht?"

Die wenigen Stunden, die ich Jonah Abercrombie bisher bereits kannte, hatten mich gelehrt, dass man nie sicher sein konnte, wie er etwas meinte. War er gerade zynisch? Überrascht? Ernst? Ich konnte es weder an seiner Stimme noch an seinem Gesichtsausdruck ablesen, also sagte ich einfach gar nichts. Zum ersten Mal fiel mir auf, dass er grün-braune Augen hatte, mit dutzenden goldenen Sprenkeln darin und einem dichten dunklen Wimpernkranz darum herum. Ich schluckte und wandte den Blick ab.

Just in diesem Moment stand Grayson wie aus dem Nichts vor mir und schob mir gekonnt einen großen blauen Teller über den Tresen. Darauf befanden sich drei Pancakes mit Sirup, Rührei mit Speck, zwei Würstchen und ein belegter Bagel. Beim bloßen Anblick des üppigen Menüs zog mein Magen sich vor Vorfreude zusammen, auch wenn ich mir sicher war, die Portion kaum zur Hälfte schaffen zu können.

„Danke", wandte ich mich an ihn, der bereits wieder beschäftigt war.

„Jap", nickte er knapp.

„Er ist nicht gerade der große Redner und etwas eigenbrötlerisch", erklärte Jonah mir unnötigerweise und stahl sich ein Würstchen von meinem Teller.

„Das erklärt, wieso ihr beiden euch so gut versteht", nuschelte ich mit einem großen Bissen Pancake im Mund. Er schmeckte einfach *herrlich*.

Für einen Sekundenbruchteil zuckten Jonahs Mundwinkel nach oben.

„Oh, du glaubst also, mich zu kennen, Prinzessin?" Abwartend sah er mich an.

„Du glaubst doch auch, mich zu kennen", murmelte ich und machte mich über den Bagel her. Frischkäse, Tomate und fein geschnittene Putenwurst – meine Geschmacksknospen explodierten.

„Ist nicht gerade schwer, jemanden wie dich zu durchschauen", erklärte er mit einem Anflug von Überlegenheit in der Stimme. „Ihr überarbeiteten Citygirls seid doch alle gleich. Trinkt literweise überteuerten Sirupkaffee, rennt ständig zum Friseur, seht euch kitschige Filme an, lest schnulzige Bücher und wundert euch dann, dass ihr Mr. Right nicht findet." Hatte er anfangs auch noch sarkastisch geklungen, wurde nun jedes seiner Worte bitterer, während sich ein Schatten über sein Gesicht legte. „Ihr versucht, irgendeinen Sinn im Leben zu finden, sei es die Dekoration eurer kleinen teuren Wohnung oder eine Brustvergrößerung. Und worum es wirklich geht, checkt ihr nicht einmal, wenn es euch gerade im selben Moment geschieht." Damit nahm er einen meiner Pancakes, rollte ihn gekonnt zusammen, biss hinein und schüttelte mit leerem Blick den Kopf. Etwas Sirup tropfte auf seine Hose.

„Ich bin nicht so", brachte ich etwas eingeschüchtert hervor.

„Ach ja?" Jonah schaute mich zweifelnd an. „Welcher dieser Punkte trifft denn nicht auf dich zu?"

„Ich … habe noch nie über eine Brustvergrößerung nachgedacht“, log ich lahm und ergänzte etwas aufrichtiger: „Und ich habe keine kleine teure Wohnung, sondern ein eigenes Haus.“

„Geschieden?“, riet Jonah trocken.

„Was? Nein!“ Verärgert sah ich ihn an. „Selbst finanziert! Ich habe für dieses Haus gearbeitet, Jonah!“

Mit dem Schreiben der Geschichten, die deine Beziehung zerstört haben, fügte ich stillschweigend hinzu, wich seinem Blick aus und nahm einen Schluck Kaffee.

Ob es daran lag, dass meine letzte Aussage ihn beeindruckt hatte oder ob er schlichtweg das Interesse daran verloren hatte, sich mit mir zu unterhalten, wusste ich nicht genau. Aber schließlich stand er auf und setzte sich wieder auf den Barhocker, auf dem er zuerst gesessen hatte, um sich mit Grayson kurz und knapp über irgendein Spiel zu unterhalten, das wohl am Vorabend im Fernsehen gelaufen war. Football? Baseball? Keine Ahnung.

Obwohl er mitgegessen hatte, gelang es mir nicht, den Teller ganz zu leeren. Ich fühlte mich, als würde ich gleich platzen, als ich mir schließlich mit einer Serviette den Mund abwischte und Messer und Gabel auf den Teller legte. Im selben Moment sah ich im Augenwinkel, dass Jonah im Begriff war, das *Diner* zu verlassen.

„Gehen wir?“, rutschte es mir überrascht heraus.

„Wir?“ Er verharrte in der Tür. „*Ich* gehe, ja. Wusste nicht, dass ich mich bei dir abmelden muss. Reicht es mündlich oder brauchst du es schriftlich?“

„Du musst dich nicht bei mir abmelden." Ich spürte, wie mir eine heiße Röte in die Wangen stieg. „Ich dachte nur …"

„Okay, bis dann", verabschiedete er sich knapp und ging hinaus.

Überrumpelt sah ich ihm nach, wie er am Fenster vorbeiging, die Hände in den Taschen seiner knielangen hellen Jeans verborgen, auf der der Sirupfleck noch deutlich sichtbar war. Ich erschrak, als sich der Teller vor mir bewegte. Grayson hatte ihn mitsamt der Tasse auf die andere Seite des Tresens gezogen.

„Ist kein schlechter Kerl", erklärte er rau. „Macht nur gerade 'ne harte Zeit durch."

„Verstehe …", war alles, was ich hervorbrachte. Die Trennung von seiner Ex-Freundin nahm ihn wohl doch mehr mit, als ich gedacht hatte. Ich zog mein Portemonnaie hervor, um zu zahlen, doch er winkte ab.

„Ist dein erstes Frühstück hier. Geht auf's Haus", brummte er.

„Das ist sehr großzügig. Dankeschön", beeilte ich mich höchst verlegen zu sagen.

Grayson nickte knapp. „Komm heute Abend wieder. Da sind mehr junge Leute hier."

„Oh", machte ich überrascht, weil der laut Jonahs Beschreibung eigenbrötlerische Grayson mich eingeladen hatte. Und weil es junge Leute in diesem verschlafenen Städtchen gab.

Kapitel 10

Neue Bekanntschaften

„Hast du überhaupt eine Ahnung, wie schwierig es ist, in diesen Schuhen zu laufen?"

„Soweit ich weiß, hat dich niemand gezwungen, sie anzuziehen."

Der Tag neigte sich dem Ende zu und wir waren auf dem Weg zum *Diner*. Oder eher gesagt Jonah war auf dem Weg dorthin und ich ebenfalls. Zufälligerweise zur selben Zeit, aber er bemühte sich aus Kräften, nicht mit mir Schritt zu halten. Der Abstand zwischen uns wurde größer und größer und obwohl meine Riemchensandalen – nebenbei gesagt die hübschesten Schuhe, die ich eingepackt hatte – einen nicht sehr hohen Absatz hatten, fiel es mir schwer, darin über die uneben gepflasterten Straßen von Little Goldcoast zu laufen.

Ich hätte den Abend lieber allein verbracht, in Ruhe, vielleicht in der Badewanne oder mit einem guten Buch beziehungsweise einem kitschigen Film auf dem bequemen Sofa und dem Bewusstsein, die vier Wände des Hauses für mich allein zu haben. So, wie es ursprünglich auch der Plan gewesen war. Aber erstens war es nicht meine Art, Einladungen auszuschlagen und zweitens zog sich die Zeit ohne meinen eigentlichen Stundenfüller, das Schreiben, nach wie vor zäh wie Kaugummi in die Länge. Ein wenig Abwechslung würde mir guttun, außerdem stand auf Ediths To-Do-Liste, dass ich im *Diner* essen sollte. Und wenn das Abendessen dort nur annähernd so gut war wie das *Goldies Breakfast*, lohnte sich der beschwerliche Weg in diesen verdammten Schuhen definitiv.

„Wirst du eigentlich ein schlechtes Gewissen haben, wenn ich überfallen oder entführt werde?", rief ich Jonah nach, der inzwischen so weit vorausging, dass ich die Stimme erheben musste, um ihn damit zu erreichen.

Im Laufen wandte er sich um und warf gleichgültig die Arme in die Luft. „Es ist Little Goldcoast, nicht Detroit, Prinzessin."

Offenbar genügte das als Erklärung. Während ich weiter hinter ihm herlief und mich wie ein ausgesetzter Hund zu fühlen begann, schaute ich mich um. Hier auf einen Entführer, Mörder oder Taschendieb zu treffen, war in etwa so wahrscheinlich wie über einen Goldbarren zu stolpern oder von einer Bullenherde aufgespießt zu werden.

Für eine so kleine und ruhige Stadt gab es hier viele Geschäfte, unter anderem einen niedlichen Secondhand-Laden mit Sommerhüten, Handtaschen in Leopardenoptik und teuer anmutenden Opernkleidern im Schaufenster sowie einen Kiosk mit blinkendem Neonschild, bei dem das O vom Wort Kiosk nicht mitblinkte. *Kisk.* Außerdem erinnerte ich mich an eine kleine Grundschule, die ich beim Vorbeifahren mit dem Taxi gesehen hatte und an eine Kirche. Ein großes Schild über einem breiten roten Haus verkündete *Millers Mom-and-Pops Store.*

„Fertig mit dem Sightseeing-Programm oder willst du eine Extrastunde buchen?“ Jonah war vor dem *Diner* angekommen und blickte mir genervt-belustigt entgegen.

Ich beeilte mich aufzuholen, auch wenn das hieß, ein gelegentliches Stolpern zu riskieren.

„Warum ist es hier so … leer?“, fragte ich.

„Weil das eine Kleinstadt ist, Prinzessin. Nicht New York City.“

„Ich rede nicht von New York City, Jonah.“ Ich verdrehte die Augen. „Hier sind Läden, Einkaufs- und Shoppingmöglichkeiten und niemand besucht sie.“

„Die meisten fahren nun mal nach Belbridge in die Mall.“ Er zuckte gleichgültig mit den Schultern. „Little Goldcoast war mal viel voller und lauter als es heute ist. Aber es zieht fast alle junge Leute in die Welt hinaus und bis auf eine Handvoll, die hier bleibt, wird die Bevölkerung immer älter und ruhiger.“ Dieses Mal hielt er mir die Tür auf und ließ mich eintreten. Jedoch so, dass ich unter seinem Arm hindurchschlüpfen musste. „Die meisten Läden hier haben nur noch nicht geschlossen, weil sie seit Ewigkeiten in Familienbesitz sind. Der Secondhand-Laden zum Beispiel. Die Urenkelin des ersten Besitzers ist inzwischen fast achtzig Jahre alt und kann mit ihrer Hornbrille Hoodies nicht von Jogginghosen unterscheiden. Verwandtschaft hat sie, soweit ich weiß, keine. Wenn sie also stirbt, wird der Laden sicher dichtgemacht.“

„Das ist traurig“, schloss ich und blieb nach dem Eintreten erstmal stehen.

„So ist das Leben, Prinzessin.“ Mit diesen Worten streifte er im Vorbeigehen meine Schulter und näherte sich dem hinteren Teil des *Diner*s, in dem eine größere Gruppe junger Leute lachend beisammensaß. Schüchtern blieb ich neben der Tür stehen und überlegte, ob ich mich auf einen der Barhocker setzen oder einfach direkt wieder gehen sollte, als sich eine junge Frau vom Tisch erhob, Jonah gegen den Arm boxte und sich mir näherte.

„Entschuldige seine Manieren. Er wurde von Gorillas großgezogen“, erklärte sie und streckte mir ihre rechte Hand entgegen. „Ich bin Luna. Du musst Romy sein. Jonah hat gestern Abend von dir berichtet.“

Entsetzt musste ich unwillkürlich an meine halbnackt abgehaltene Tanzeinlage denken. Hoffentlich hatte er nicht ausgerechnet davon erzählt. Ich schüttelte Lunas schmale Hand. Sie trug ein breites rotes Haarband, das ihre üppige schwarze Pocahontas-Mähne zurückhielt, hatte unzählige Sommersprossen im Gesicht und ein auffälliges Tattoo am Hals, das aus vielen schwarzen Sternen bestand.

„Setz dich zu uns“, bot sie freundlich an und nickte in Richtung der restlichen Gruppe.

Schweigend folgte ich ihr an den Tisch, an dem sich außer Jonah und Luna noch vier andere junge Erwachsene befanden, die alle in meinem Alter zu sein schienen. Unsicher, wie immer, wenn ich auf fremde Menschen und vor allem Gruppen traf, verschränkte ich die Arme vor der Brust und rang mir ein Lächeln ab. Jonah tat, als würde er mich nicht kennen. Stattdessen stellte Luna mich vor.

„Das ist Romy", sagte sie und rückte mir einen Stuhl zurecht. „Setz dich, Romy. Das sind Ilay, Max und Maya."

„Und ich bin Drake", seufzte der Einzige, den sie nicht vorgestellt hatte.

Ich lächelte jeden kurz an und machte mir insgeheim ein Bild von ihnen. Auf den ersten Blick wirkten sie alle offen und freundlich. Keine Großstadtmenschen, wie ich ihnen beim Einkaufen begegnete, aber auch definitiv keine Hinterwäldler, wie das Vorurteil für Kleinstadt- oder Dorfmenschen oft lautete. Max hatte eine dunkelblonde Kurzhaarfrisur mit Seitenscheitel und war etwas schicker gekleidet als die anderen, während Maya mit ihren dunklen Locken und dem enganliegenden Sommerkleid sehr kurvig und selbstbewusst schien. Hätte ich für den jungen Mann namens Ilay ein Wort finden müssen, wäre es wahrscheinlich **nett** gewesen. Seinem unauffälligen Kleidungsstil, den streng zurückgekämmten, dunklen Haaren und den großen braunen Rehaugen nach zu urteilen, konnte er keiner Fliege etwas zuleide tun. Drake, der offensichtlich gerade Streit mit Luna hatte, war hochgewachsen und schlank, hatte kurze blonde Haare, einen Dreitagebart und trug ein ärmelloses weißes Shirt. Er erinnerte mich etwas an einen übernächtigten Rockstar.

„Und das da ist Poppy", ergänzte Luna, als sie sich neben mich setzte, und deutete auf ein zartes weißblondes Mädchen, das etwas jünger als der Rest zu sein schien. Sie saß allein am Tresen und kritzelte gedankenverloren in ein Notizbuch. Als sie ihren Namen hörte, blickte sie kurz überrascht auf, winkte in unsere Richtung und wandte sich wieder ihrem Buch zu.

„Magst du dich zu uns setzen?", bot Luna an.

„Nein, danke", lehnte Poppy höflich ab, ohne von dem aufzusehen, was sie gerade tat.

„Frag' sie das doch nicht jedes Mal." Drake verdrehte die Augen.

„Du darfst ja auch bei uns sitzen", brummte Luna.

„Also, Romy." Maya lächelte mich über den Tisch hinweg an. „Wie ist es so, sich mit Jonah ein Haus zu teilen? Ist er lieb zu dir?"

Die anderen lachten. Ich spürte, wie mir eine heiße Röte ins Gesicht stieg. Lieb war maßlos übertrieben, aber ich wollte Jonah vor seinen Freunden auch nicht in die Pfanne hauen.

„Passt schon", erklärte ich so neutral wie möglich.

„Und versteht ihr euch gut?", bohrte Maya weiter.

Ehe ich antworten konnte, meldete sich Jonah zu Wort. „Sie ist für mich das, was Luna für Drake ist", erklärte er.

Die anderen kicherten, abgesehen von Luna und Drake. Ein merkwürdiger Insiderwitz, den ich nicht verstand.

In dem Moment näherte sich Grayson dem Tisch. Er begrüßte mich mit einem Nicken, fragte, was ich trinken wollte und nahm noch weitere Getränkebestellungen der anderen auf, ehe er wieder hinter dem Tresen verschwand.

„Du bekommst kein Bier von mir, solange du nicht einundzwanzig bist, Poppy", hörte man ihn wenig später, während er geschäftig mit Flaschen und Gläsern hantierte. „Hör endlich auf, mich danach zu fragen. Dein Vater würde mich umbringen.“

„Lassen“, ergänzte der rehäugige Ilay trocken. „Umbringen *lassen*.“

Alle am Tisch lachten.

„Es ist eine Lüge, dass er Berufskiller beauftragt!“ Poppy klappte ihr Notizbuch zu und drehte sich auf ihrem Barhocker um. „Das war ein Missverständnis damals.“

„Poppys Vater ist Ross Geraldine“, erklärte Maya. „Von *Geraldine Industries*.“

„Oh. Wow“, war alles, was mir dazu einfiel. Ich kannte *Geraldine Industries*. Wer kannte es nicht? Das Technologieunternehmen war innerhalb der letzten Jahre neben Apple, Google und Facebook aus dem Nichts heraus aufgetaucht und zu einem der bekanntesten der Welt geworden. Dass seine Tochter ausgerechnet im verschlafenen Little Goldcoast lebte, war mehr als ungewöhnlich.

„Bist du hier, um deinen Schatz beim Arbeiten zu unterstützen?“, scherzte Drake, was ihm ein Augenrollen von Luna einbrachte.

Poppys sogenannter Schatz, wie mir dessen Blick verriet, war ein kurzhaariger Jüngling mit einem spitzen, blassen Gesicht, der mich an Draco Malfoy erinnerte. Er war mir zuvor nicht aufgefallen. Mit einem blauen Tuch wischte er unnötigerweise über den ohnehin schon sauberen Tresen.

„Die beiden sind verlobt“, steckte Luna mir, der mein Blick aufgefallen war.

„*Verlobt?*", wiederholte ich erstaunt flüsternd. „Ich meine … wie alt sind die beiden? Fünfzehn?" Sie wirkten auf mich wie Teenager.

„Zwanzig." Luna verzog das Gesicht, als hätte sie in eine Zitrone gebissen. „Als *ich so alt* war … na ja, lassen wir das."

„Besser ist das. Ist nicht jugendfrei", stimmte Jonah ihr zu und fing sich dafür einen leichten Schlag gegen den Hinterkopf ein.

Ich musste grinsen.

„Wie lange kennt ihr euch schon?", traute ich mich zu fragen, da alle so locker und nett wirkten, dass ich wohl ein wenig die Fühler aus meiner Komfortzone strecken konnte.

„Seit unserer Kindheit", antwortete Maya und strich sich eine widerspenstige Locke hinter das Ohr. „Wir sind alle zusammen aufgewachsen und einige von uns waren sogar in derselben Klasse. In der Schule, in der unser Max hier nun selbst arbeitet."

„Du bist Lehrer?", erkundigte ich mich interessiert.

„Schuldig im Sinne der Anklage", antwortete er mit einem Zwinkern und erhob die Hände.

Ich lachte höflich.

„Max' Witze haben Seniorenniveau, du musst nicht darüber lachen", stichelte Maya.

„Nicht so frech, junge Frau." Max schnalzte mit der Zunge und schüttelte mit gespielter Entrüstung den Kopf.

„Wieso nicht? Lässt du mich sonst nachsitzen?" Maya und Luna kicherten.

„Und was macht ihr anderen?", taute ich, als sie sich wieder beruhigt hatten, ein wenig mehr auf, offenbar zu Jonahs Leidwesen, der mit mürrischem Gesichtsausdruck dasaß und vor sich hinstarrte.

„Ich bin KFZ-Mechaniker", erklärte Ilay schlicht.

„Er hat schon früher immer alle unsere Fahrräder repariert", ergänzte Max und die beiden prosteten sich zu.

„Ich mache zurzeit ein Jahr Pause von meinem Job als tiermedizinische Fachangestellte", erklärte Luna, streckte sich und offenbarte dabei einen perfekten flachen Bauch mit gepierctem Nabel. „Couchsurfing, Reisen, Selbstfindung, Bergsteigen, das ganze Programm", zählte sie auf, als wäre nichts dabei.

„Oh wow, wie lange machst du das schon?", erkundigte ich mich aufrichtig beeindruckt. Luna hatte in ihrem Leben wahrscheinlich schon mehr erlebt, als ich es in zehn Leben schaffen könnte.

„Seit ungefähr dreiundzwanzig Monaten. Das Jahr hat sich *etwas* verlängert", antwortete sie mit einem Grinsen. „Gerade bin ich wieder eine Weile lang hier, um meine Eltern und alte Freunde zu besuchen, aber nächste Woche geht es wieder los Richtung Bali. Mich hält nichts lange an einem Ort."

„Nicht mal ein Mann", ergänzte Max mit einem Zwinkern in meine Richtung.

„*Vor allem* kein Mann." Luna schüttelte entschieden den Kopf, als Grayson an unserem Tisch erschien und die Getränke verteilte.

Jonah, Max, Ilay, Drake und Luna tranken Bier, Maya und ich hatten einen Cocktail namens *Goldies Soul* bestellt, der zwar ohne Schirmchen, Obst am Rand und anderen Klimbim daherkam, aber in einem übergroßen Glas mit Strohhalm serviert wurde und überaus köstlich nach Mango und Orange duftete. Nachdem Grayson Poppy einen Milchshake mit einem knappen „Auf's Haus" vor die Nase gestellt hatte, setzte er sich zu meiner Überraschung zu uns. Auf den zweiten Blick jedoch wurde mir klar, dass das *Diner* bis auf Poppy und die Handvoll Menschen, mit denen ich am Tisch saß, gänzlich leer war. Außerdem hatte er ja Poppys Schatz zur Unterstützung, der derweil ein paar Gläser spülte und sich so wohl ein wenig leicht verdientes Geld erarbeitete.

„Ich bin Dolmetscherin", ergriff die kurvige Maya das Wort und setzte genau da an, wo die Getränke uns vorhin unterbrochen hatten. „Früher haben Luna und ich in einer WG gewohnt, direkt schräg gegenüber vom *Diner*. Momentan leben Poppy und ich dort."

Mich wunderte, dass die Tochter eines so unbeschreiblich reichen Mannes in einer WG lebte. Das war fast noch merkwürdiger als die Tatsache, dass sie in Little Goldcoast wohnte. Aber ich wollte nicht neugierig wirken und nachhaken.

„Krankenpfleger." Drake nahm kurz das Bier vom Mund und prostete mir zu. „Pflegedienstleitung im *Saint Brown Memorial Hospital* drüben in Belbridge."

Dass Max Lehrer war, wusste ich bereits. Abwartend sah ich Jonah an.

„Was?", brummte er, ohne mich anzusehen, als würde er meinen Blick auf seinem Gesicht spüren.

„Als was arbeitest du?", fragte ich unschuldig und nippte an meinem Cocktail. Er schmeckte noch besser als er roch. Nach Mango, Orange und irgendetwas leicht Säuerlichem, das mir bekannt vorkam, das ich aber nicht einordnen konnte.

„Rate doch", schlug Jonah mit vor Sarkasmus triefendem Unterton in der Stimme vor. „Wo du doch so gut darin bist, über mich zu urteilen."

Normalerweise hätte dieser verbale Angriff mich verstummen und vermutlich sogar erröten lassen. Ich hätte nach Worten gesucht und keine gefunden. Doch nicht dieses Mal.

„Hm … wahrscheinlich eher nichts mit Menschen", riet ich und kratzte mich mit gespielter Nachdenklichkeit am Kinn. „Und mit Tieren kann ich mir dich auch schwer vorstellen. Verantwortung, Belastung und Zuverlässigkeit fallen ebenfalls flach … irgendwas mit Steinen vielleicht? Bist du ein … wissenschaftlich anerkannter, geprüfter Steinsammler?"

Ein wenig stolz auf mich, dass mir das so spontan eingefallen war, trank ich etwas von meinem Cocktail und bemühte mich, mir nichts anmerken zu lassen. Jonahs Freunde lachten. Vielleicht dachten sie, ich wäre immer so. Dagegen hatte ich nichts.

„Wie kann es sein, dass sie dich jetzt schon so gut kennt, Alter?" Drake schlug ihm prustend auf den Rücken. „Wissenschaftlich anerkannter, geprüfter Steinsammler! Könnte man sich eins zu eins so auf's Shirt drucken lassen."

Ungerührt leerte Jonah seine Bierflasche, ließ Poppys Schatz mit einer knappen Geste wissen, dass er eine weitere haben wollte und zeigte schließlich damit auf mich.

„Jetzt bin ich dran. Du bist … Showtänzerin von Taylor Swift? Oder nein, warte … Unterwäschemodel. Hm, auch nicht … jetzt weiß ich es! Kinder-Animateurin im

Hotel. Du weißt schon, diese Typen, die immer so übertrieben tanzen und dabei wild mit den Armen fuchteln. Kann mir dich irgendwie richtig gut so vorstellen." Wortlos nahm er die neue Bierflasche entgegen, trank einen großen Schluck und sah mir überlegen in die Augen.

Ich spürte, wie sich eine heiße Röte in meinen Wangen ausbreitete. Die Erinnerung daran, dass er mich in einem Moment gesehen hatte, in dem ich mich eigentlich vor mir selbst geschämt hatte, war viel zu peinlich, um es in Worte zu fassen. Vermutlich würde ich noch als Großmutter erröten, wenn ich nur daran dachte.

Jonahs Freunde warfen gespannte Blicke zwischen uns hin und her, als wären wir eine sehr unterhaltsame Comedy-Show.

„Ich bin Anwaltsgehilfin. Aber interessante Fantasien, die du da hast", erklärte ich so erhaben wie irgend möglich. Ein Ausredejob, den ich mir schon vor Jahren zurechtgelegt hatte, damit nicht jeder von meiner Schriftstellerkarriere und dem Pseudonym erfuhr. Für die meisten Menschen war ich eine Anwaltsgehilfin. Ich fand, dass das ziemlich cool und spannend klang, aber nicht so außergewöhnlich, dass die Leute merkwürdige Fragen stellten oder weiter nachhakten.

Während schließlich mehrere Einzelgespräche entfacht wurden, zog ich mich mit meinem Cocktail und der Ausrede, kurz meine Mails checken zu müssen, Richtung Jukebox zurück. Ich brauchte ein wenig Abstand. Vor allem von Jonah. Mir war heiß und ich ärgerte mich darüber, dass ich mich ständig auf sein Niveau herabließ und mit ihm diskutierte. Irgendetwas an ihm reizte mich. Wieso musste er sich auch unbedingt gerade *jetzt* von seiner Freundin trennen und das Cottage als Fluchtstätte nutzen? Hätten sie nicht noch eine einzige verdammte Woche zusammenbleiben können? An meinem Abreisetag hätte ich ihm das ganze Quartier anstandslos überlassen – sogar frisch geputzt und durchgelüftet. Nicht, dass es ihn jucken würde. Ich schätzte Jonah Abercrombie nicht als einen Menschen ein, der oft putzte oder lüftete.

Obwohl ich weder Mails noch Anrufe oder zumindest Nachrichten bekommen hatte, bemühte ich mich, beschäftigt zu wirken. Ich scrollte durch Instagram und las mir ein paar Kommentare unter einem Reel durch, das ein weiblicher Fan über die *Royal Lovers* Story gedreht hatte. Als Hintergrundmusik hatte sie *I will always love you* von Whitney Houston gewählt. Wie passend.

*Ich kann es kaum erwarten, Band 3 zu lesen. Habe mir extra eine Woche Urlaub genommen. *grins**

Finger weg, Mädels, Jace gehört mir!

Mein Freund ist eifersüchtig auf Jace. Haha.

Ich habe mir ein signiertes Exemplar mit Charakterkarte vorbestellt und zähle die Tage runter, bis es erscheint! Ich liebe, liebe, liebe es!

Suri Lilianna for president

„Alles in Ordnung?" Eine weibliche Stimme ließ mich hastig das Display des Smartphones verdunkeln und es wanderte eilig in meine Tasche zurück. Es war Maya. Mit zwei neuen Cocktails in den Händen lächelte sie mir zu und reichte mir einen davon.

„Oh ... danke." Dabei hatte ich den ersten noch nicht mal ausgetrunken. Schnell bemühte ich mich, das nachzuholen. „Viele Mails", antwortete ich dann endlich auf ihre Frage, ob alles in Ordnung wäre, und zuckte mit den Schultern. „Mein Chef hatte ein paar Terminfragen und einige seiner Klienten haben mir geschrieben."

„Oh, wow, nicht mal im Urlaub hast du deine Ruhe? Du Arme!" Maya schüttelte beeindruckt den Kopf. „Für welche Kanzlei arbeitest du?"

Das hatte mich tatsächlich noch nie jemand gefragt. Die meisten gaben sich mit der einfachen Berufsbezeichnung zufrieden, sodass ich mein Lügennetz nicht unnötig ausweiten und einen Zusammenbruch desselben provozieren musste. Vielleicht lag es aber auch einfach daran, dass ich kaum Kontakt mit anderen Menschen hatte und demnach selten darüber sprach.

Maya blickte mir geduldig entgegen. Um etwas Zeit zu schinden, kostete ich den neuen Cocktail, der nach Kokos, Sahne und Vanille schmeckte und mit einer schweren klebrigen Süße auf der Zunge verweilte. „Ähm ... Kanzlei Claude und Töchter." Es war das Erste, was mir in den Sinn kam.

Maya blickte nachdenklich drein. „Wie diese französische Komödie?"

„Wie?", tat ich unwissend.

„Du weißt schon. Monsieur Claude und seine Töchter", erklärte sie.

„Oh … ja, das hören wir ständig." Ich rang mir ein Lächeln ab. Es war mir unangenehm, sie anzulügen, wo sie sich doch die Mühe gab, sich nach meinem Wohlbefinden zu erkundigen, obwohl ich bloß eine Woche in Little Goldcoast bleiben würde.

„Hör mal, Maya, was bedeutete das, was Jonah vorhin gesagt hat?", erkundigte ich mich vorsichtig und wechselte somit auch das Thema.

„Was meinst du?" Sie zupfte an ihrem Ausschnitt herum, der tiefe Einblicke auf ihre beneidenswert üppige Oberweite offenbarte.

„Dass ich für ihn das bin, was Luna für Drake ist", erklärte ich.

Maya lachte und entblößte zwei Reihen perfekter Zähne zwischen ihren roten Lippen. „Luna und Drake sind quasi Erzfeinde. Irgendwann ist mal irgendwas vorgefallen, worüber die beiden absolutes Stillschweigen bewahren und was wohl die absolute Feindseligkeit geschürt hat. Doof nur für die beiden, dass sie sich ein und dieselbe Clique teilen. Wo sie sich doch so dermaßen hassen."

Hassen? Ich schluckte. Jonah hasste mich? Und wieso zum Teufel juckte mich das überhaupt? Ich mochte ihn doch auch nicht. Kein bisschen.

„Aber er meint das nicht so", beeilte Maya, der mein betretener Gesichtsausdruck offenbar sofort aufgefallen war, sich zu sagen. „Jonah kann ein Arsch sein, aber er ist auch gerade echt in einer blöden Lage. Job weg, Freundin weg, Wohnung weg …"

„Oh", murmelte ich. Von der Freundin hatte ich gewusst, von der Wohnung und dem Job nicht.

„Ich glaube nicht, dass er dich hasst", fügte Maya mit einem sanften Lächeln hinzu, das ihren dunklen Mandelaugen Glanz verschaffte. „Im Gegenteil. Ich glaube sogar, dass es eine echt spannende Energie zwischen euch beiden gibt und dass ihr auf irgendeine verrückte Art und Weise bestimmt ein cooles Pärchen wäret. Ich spüre so was." Sie legte eine Hand auf ihr Herz, das sich irgendwo tief unter ihrer linken prallen Brust befand. „Du bist bei ihm irgendwie am richtigen Ort ... aber zur falschen Zeit." Sie prostete mir zu und ergänzte: „Lass dich nur nicht vergraulen. Komm wieder zu uns, sobald du mit deinen Mails fertig bist."

Ich nickte. „Danke für den Cocktail."

Am richtigen Ort ... zur falschen Zeit ...

Ich warf einen Blick in Richtung des Tisches und bemerkte, dass Jonah mich ansah. Er blickte ertappt drein, dann verdunkelte sich sein Gesicht. Einige Sekunden lang starrten wir einander in die Augen, bevor er sich mit einem Kopfschütteln abwandte. Mayas Worte wiederholten sich dumpf in meinem Kopf.

Am richtigen Ort ... zur falschen Zeit ...

Kapitel 11

Ein Mann im Schlafzimmer

Der dritte Tag meines zwangsverordneten Urlaubs begann mit einem derart frühen Anruf von Edith, dass ich völlig verschlafen nach dem Handy angelte, das unter meinem Kopfkissen lag.

„Hm?", grunzte ich, unfähig, direkt ein ganzes Wort über die Lippen zu bringen.

„Guten Morgen, Sonnenschein!", trompetete Edith viel zu fröhlich. „Geht's dir gut? Lässt mein Bruder dich in Ruhe?"

„Er …", ich rieb mir gähnend den Schlaf aus den Augen, streckte und reckte mich, „ … ist erträglich."

Mehr Positives konnte ich dem Zusammenleben mit Jonah nun wirklich nicht abgewinnen. Nach dem gestrigen Abend war er ohne mich ins Ferienhaus zurückgekehrt. Immerhin hatten die anderen sich zusammengetan und mich begleitet, sodass ich nicht allein hatte gehen müssen. Als ich, leicht erheitert durch die beiden süßen Cocktails, aber noch weit entfernt von echter Trunkenheit, zur Tür hereingekommen war, hatte er bereits auf dem Sofa gelegen und sich schlafend gestellt. Oder aber tatsächlich schon geschlafen. Wer wusste das schon ...

„Hast du inzwischen ein paar Punkte meiner To-Do-Liste abarbeiten können?", erkundigte Edith sich mit jenem typisch geschäftigen Unterton in der Stimme, den sie immer anschlug, wenn sie sichergehen wollte, dass ich tat, was sie sagte.

„Ähm ... sozusagen", wich ich der unangenehmen Unterwäsche-Wein-Jonah-Situation aus, deren ständig aufblitzende Erinnerungen in meinem Kopf ich nicht öfter als nötig sehen wollte.

„Gut, gut." Sie schien zufrieden mit mir. „Dann will ich dich mal nicht weiter davon abhalten, dich voll und ganz auszuruhen und neue Energien zu tanken. Warst du schon am Golden Lake?"

„Das habe ich für heute fest eingeplant", log ich.

„Prima. Genieß die Aussicht", riet sie mir. Es klang wie ein Befehl. „Ich muss jetzt noch weitere Manuskripte sichten. Wir hören uns."

„Wir hören uns", wiederholte ich die Floskel und legte auf. Mein Handy vibrierte knapp. Es hatte nur noch zwanzig Prozent Akku. Gewohnheitsgemäß fummelte ich unter dem Kissen nach dem Ladekabel, um es einzustecken, ehe der Tag richtig begann, als mir siedend heiß bewusst wurde, dass ich gar kein Ladegerät eingepackt hatte.

„Verdammt!", schimpfte ich.

Nicht mal an die blöde Powerbank hatte ich gedacht, die ich doch normalerweise immer mit mir herumtrug. Sicher war es das Klügste, das Smartphone einfach auszuschalten und somit Akku zu sparen. Damit war ich unterhaltungstechnisch zwar auf Bücher und Fernseher angewiesen, aber lieber für den Notfall vorsorgen, als später bereuen, es nicht ausgeschaltet zu haben.

Plötzlich blendete mich ein so grelles Licht, dass ich den Ärger über meine Vergesslichkeit vergaß und schützend die Hände vor meine Augen schlug.

„Du sprichst, wenn du schläfst."

Jonah? Angestrengt blinzelte ich in die Helligkeit hinein und konnte in der Ecke neben dem Bett einen schemenhaften Umriss im Schaukelstuhl ausmachen. Offensichtlich hatte er eine Taschenlampe auf mein Gesicht gerichtet.

„Was zur Hölle machst du hier?", fuhr ich ihn zu Tode erschrocken an.

„Ich warte, dass du aufwachst, beziehungsweise dein Telefonat beendest", erklärte er, als wäre überhaupt nichts Merkwürdiges dabei, seine schlafenden Mitmenschen wie der letzte Psycho aus einer Ecke heraus zu beobachten.

Der Schreck, der mein Blut in Wallung versetzt hatte, wurde durch blanken Zorn ersetzt.

„Bist du eigentlich aus irgendeiner geschlossenen Anstalt geflohen oder so?", fauchte ich, die Bettdecke schützend bis unter mein Kinn gezogen und die Augen zu schmalen Schlitzen verengt. „Verpiss dich aus meinem Zimmer, Jonah Abercrombie!"

„Na na na." Tadelnd schnalzte er mit der Zunge. „Solche Worte aus deinem Mund? Das erschüttert mein Bild von dir, Prinzessin."

„Ich kenne noch ganz andere Wörter!", drohte ich ihm aufgebracht. „Wenn du jetzt nicht endlich diese verdammte Taschenlampe ausmachst ..."

„Woher kennt meine Schwester eine Anwaltsgehilfin?", fragte Jonah seelenruhig, als wäre ich nicht gerade kurz davor, den Raum gedanklich nach Gegenständen abzusuchen, mit denen ich ihn K.o. schlagen könnte.

„Was?" Ich schüttelte den Kopf. „Wie kommst du auf diese Frage? Wir haben uns auf einer Buchmesse kennengelernt!"

Jonah schnalzte tadelnd mit der Zunge. „Maya hat es gestern Abend beiläufig erwähnt", erklärte er mit betont fester Stimme. „Anwaltsgehilfin ... ganz schön beschäftigt, bla bla bla. Maya ist eine leichtgläubige Person. Aber ich nicht. Ich glaube dir nicht."

Verärgert schnaubte ich Luft durch die Nase. „Ist das ein Verhör?"

„Sag du es mir. *Musst* du verhört werden?"

„Jonah!" Ich legte die Hände über meine Augen, zwang mich zu mehreren ruhigen Atemzügen und appellierte innerlich an meine Vernunft. Ich war die Erwachsene in diesem Raum. Offensichtlich.

„Jonah", wiederholte ich etwas ruhiger. „Ich kenne Edith schon seit ein paar Jahren, wie sie dir auch am Telefon selbst bestätigt hat. Und es ist ziemlich unhöflich und außerdem äußerst gruselig, sich heimlich in die Zimmer schlafender Leute zu schleichen und ihnen schräge Fragen zu stellen, während man sie mit einer 3000 Watt-Taschenlampe fast erblinden lässt. Bitte verschwinde jetzt, ich habe nicht viel an und möchte gern aufstehen und mich anziehen."

„Nichts, was ich nicht schon gesehen hätte", verwarf Jonah, ohne sich vom Fleck zu bewegen und mit einer

Gleichgültigkeit in der Stimme, die die Wut in mir direkt wieder auflodern ließ. „Außerdem, wenn man es genau nimmt, ist das hier mein Haus, nicht deins und demnach auch mein Schlafzimmer. Aber zurück zum Thema: Schickt Keira dich?"

„Wer zur Hölle ist Keira?" Allmählich war ich richtig sauer.

„Meine F … Ex-Freundin", korrigierte er sich und räusperte sich vernehmlich.

Womöglich bildete ich es mir bloß ein, aber ich glaubte fast, seine Stimme einen Moment lang zittern zu hören. Ein kurzes, kaum wahrnehmbares Flattern, das Mitleid und etwas anderes in mir aufsteigen ließ, von dem ich nicht sagen konnte, was genau es war.

„Mach jetzt bitte diese Taschenlampe aus", forderte ich erneut und versteckte mein Gesicht unter der Decke, bis er meiner Aufforderung endlich nachkam.

„Ich kenne keine Keira", erklärte ich dann nach einer kurzen Pause, immer noch versteckt, da ich wahrscheinlich wie ein kleiner Waschbär aussah, nachdem ich mich nach dem Abend im *Diner* nicht abgeschminkt hatte. „Und Edith und ich sind Freundinnen, das kannst du mir ruhig glauben."

Ich gab mir einen Ruck. Es war einfacher, wenn ich ihm nicht direkt ins Gesicht sehen musste.

„Ich weiß nicht, was zwischen dir und … Keira vorgefallen ist. Aber es tut mir leid. Auch das mit der Wohnung und deinem Job … ich habe es gestern im *Diner* zufällig erfahren. Und ich habe rein gar nichts damit zu tun, das musst du mir glauben. Ich bin wirklich nur hier, weil ich dringend Urlaub brauche. Ich liebe meinen Job, aber er stresst mich wirklich oft. Er ... er frisst mich geradezu auf."

Es war das erste Mal, dass ich das aussprach und auch das erste Mal, dass es mir selbst überhaupt bewusst wurde. „Ich bin nichts mehr als dieser Job. Ich stecke absolut *alles* da rein. In diese ... Anwaltskanzlei. Meine ganze Energie, meine Liebe, meine Aufmerksamkeit, meine Zeit. Ich arbeite 24/7 an diesem unheimlich fantastischen Projekt ... und wenn ich das doch mal kurz nicht tue, weil ich schlafe, esse oder dusche, dann *denke* ich permanent daran. Das klingt doch total verrückt, oder?"

Ich lauschte in die Stille hinein. Unter der Bettdecke wurde der Sauerstoff allmählich knapp.

„Oder?", wiederholte ich etwas lauter.

Wieder nichts. Ich zog mir die Decke vom Kopf. Der Schaukelstuhl, auf dem Jonah vorhin noch gesessen hatte, war leer. Nur die Taschenlampe lag noch darauf. Nicht sein Ernst!

Ich presste mir die Bettdecke erneut ins Gesicht, um meinen Wutschrei zu dämpfen. Was stimmte denn nicht mit diesem Kerl?

Nachdem ich mich geduscht, angezogen und fertig gemacht hatte, war mein Ärger immer noch nicht verflogen. Ich fand Jonah in der Küche vor, wo er mit unbedarftem Blick und nur in Boxershorts und weißem Shirt bekleidet die Schränke durchwühlte. Der Anblick seiner trainierten Beine beeindruckte mich nicht im Geringsten. Ich öffnete gerade den Mund, um etwas zu sagen, als er mir eine XXL-Packung Cornflakes vor das Gesicht hielt.

„Meinst du, die kann man noch essen?"

„*Was*?"

„Sind seit zwei Jahren abgelaufen." Nachdenklich überflog er die Zutatenliste. „Andererseits bestehen die fast nur aus Farbstoffen und Zucker. Und Zucker wird nicht schlecht … richtig?"

„Ich … keine Ahnung, Jonah." Ich verdrehte die Augen und atmete tief ein und wieder aus. „Wo warst du? Ich habe mit dir geredet und du bist einfach aus dem Raum gegangen!"

„Du hast geredet?" Jonah lugte über die Cornflakesschachtel und zog skeptisch eine Braue in die Höhe. „Bist du dir sicher?"

„Ob ich … ja, verdammt, ich bin sicher! Bis wohin hast du mir zugehört?"

Jonah zuckte die Schultern. „Ich glaube, bis *Ich kenne keine Keira*. Das war alles, was ich wissen wollte." Er holte eine Schüssel und einen Löffel hervor und öffnete den Kühlschrank. „Oh. Der ist leer." Er rümpfte die Nase. „Und müffelt."

„Wenn seit ein paar Jahren niemand hier war … logisch, dass da nichts drin ist und er müffelt."

Ich dachte an die unnötig hohe Stromrechnung, die der dauerhaft am Netz steckende ungefüllte Kühlschrank in den letzten Jahren verursacht haben musste, aber dann fiel mir ein, dass die Familie Abercrombie mit dem Verlagsgeschäft so gut verdiente, dass es sich dabei wohl nur um Peanuts handelte.

„Für welche Anwaltskanzlei arbeitest du?", erkundigte Jonah sich unbedarft und füllte seine Schüssel Cornflakes doch tatsächlich unter dem laufenden Hahn mit Leitungswasser. „Was denn? Milch ist alle.

Und ich habe keine Lust, mir eine Hose anzuziehen und neue zu kaufen.“

Ich seufzte tief.

„Claude und Töchter“, erinnerte ich mich an das, was ich Maya erzählt hatte. „Ist aber auch egal. Und geht dich nichts an. Ist eine kleine, altmodische Kanzlei ohne Website und so“, fügte ich so gleichgültig wie möglich hinzu, ehe er noch auf die glorreiche Idee kam, das Internet danach zu durchsuchen. Früher oder später würde er höchstwahrscheinlich sowieso erfahren, wer ich wirklich war. Und wenn es nach mir ging, dann würde das eher später als früher sein.

Kapitel 12

Kampf um die Couch

„Du kannst keine *Couchzeit* beantragen!" Jonah starrte mich an, als wäre ich völlig durchgeknallt und setzte das Wort Couchzeit mit seinen Finger in Anführungszeichen. „Das ist hier kein Hotel mit Reservierungswünschen."

„Aber du liegst schon seit Stunden darauf!", protestierte ich und verschränkte die Arme vor der Brust. „Du hast dich keinen Zentimeter von der Stelle bewegt, seit du deine Wasser-Cornflakes gefrühstückt hast."

„Die übrigens nicht wirklich lecker waren", ergänzte er und wandte sich wieder dem Fernseher zu, in dem gerade ein Baseballspiel übertragen wurde.

Ich räusperte mich und stellte mich direkt ins Bild.

„Ich bin jetzt auch mal an der Reihe!", bestand ich auf meinen Willen. „Ich brauche die Erholung mindestens genauso sehr wie du. Du bist nicht der Einzige, der gerade eine harte Zeit durchmacht."

„Ach ..." Unbeeindruckt schielte er an mir vorbei. „Der Fernseher ist groß. Du überschätzt deine Körperbreite, Prinzessin."

Ich schnaubte verärgert. In den Stunden, in denen ich zuvor in meinem Zimmer auf- und abgelaufen war, hatte ich mir das Ganze anders ausgemalt. So selbstbewusst und streng, wie ich aufgetreten war, hätte Jonah rein theoretisch respektvoll den Platz räumen müssen. Dass er mich wie Luft behandelte, ließ die Vorstellung eines gemütlichen Nachmittags auf dem so einladend weich aussehenden Sofa in weite Ferne rücken. Dabei hatte ich doch bereits bei meiner Ankunft hier diesen Raum als meinen Lieblingsplatz auserkoren. Und nun sollte ich ihn wegen eines faulen, selbstsüchtigen Kerls wie Jonah Abercrombie in den Wind schlagen?

„Jonah, ich verlange …", setzte ich an.

Im selben Moment riss er beide Arme in die Luft und brüllte in voller Lautstärke: „Home Run!"

Ich fuhr erschrocken zusammen.

„Hast du was gesagt?", erkundigte er sich daraufhin milde und steckte sich eine Handvoll Nüsse im Teigmantel in den Mund.

Jetzt war Schluss! Meine Zündschnur war vielleicht lang, aber nicht unendlich. Mit einem gezielten Satz landete ich neben Jonah auf dem Sofa, schnappte mir die Fernbedienung, schaltete den Fernseher aus und setzte mich auf selbige, damit er bloß nicht in Erwägung zog, das Spiel wieder einzuschalten.

„Wow." Jonah musterte mich mit einer Mischung aus Ärger und Belustigung im Gesicht. Aus seinem unordentlichen Dutt hingen unzählige lose Strähnen, die sein Gesicht einrahmten. „Glaubst du wirklich, dein Körper hält mich davon ab, an diese Fernbedienung zu gelangen?"

„Versuch es doch", entgegnete ich mit herausfordern-
dem Blick, während mein Herz ganz schön schnell
raste und ich ihn innerlich anflehte, es nicht zu tun.
Wenn Jonah es wirklich darauf anlegen würde, hätte
ich keinerlei Chancen gegen ihn und er hätte sowohl
die Macht über den Fernseher als auch die über das
Sofa wiedererlangt. Zu meiner Erleichterung lehnte er
sich seufzend zurück und kratzte sich am Kopf.

„Was soll ich denn deiner Meinung nach sonst tun,
wenn ich mir das Baseballspiel nicht ansehen darf?"

„Keine Ahnung. Warst du schon duschen?"

„Diesen Monat meinst du?"

Ich rümpfte die Nase, was Jonah ein lautes Lachen
entlockte.

„Könnte ich mal wieder in Angriff nehmen", sagte er
schließlich, bewegte sich aber nach wie vor nicht von
der Stelle.

Eine Weile lang saßen wir schweigend da, ohne dass
ich wusste, was ich tun sollte. Bis zum Sonnenunter-
gang auf der Fernbedienung sitzen bleiben und mich
nicht vom Fleck bewegen, ehe er sie sich mit einer gekonnten Bewegung doch noch unter den Nagel riss?

„Auch verlassen worden?", murmelte er irgendwann,
als ich darüber nachdachte, ob es das Ganze überhaupt
wert war.

„Was?" Irritiert sah ich ihn an.

*„Ich brauche die Erholung mindestens genauso sehr wie
du"*, machte er mich mit aufgesetzt piepsiger Stimme
nach. *„Du bist nicht der Einzige, der gerade eine harte Zeit
durchmacht."*

Er konnte also *doch* zuhören.

„Also erstens klinge ich nicht so“, setzte ich an und bemühte mich, eine ganze Oktave tiefer zu sprechen, als ich es gewöhnlich tat. „Und zweitens geht …“ Abrupt hielt ich inne und beschloss, doch nicht wie geplant zu sagen, dass es ihn einen feuchten Dreck anging, wieso ich Erholung brauchte.

„… ähm … es ist im Leben manchmal einfach so“, beendete ich stattdessen den Satz. „Wir … brauchten eine Pause. Wir waren zu … na ja … fixiert aufeinander.“

Ich schluckte. Ich war fixiert gewesen. Er war fiktiv gewesen.

„Klingt ungesund“, stimmte Jonah mir überraschenderweise zu und stützte das Kinn auf die Hand. „Ging die Trennung von ihm aus oder von dir?“

Moment mal. Führten wir hier gerade tatsächlich so etwas wie ein ernsthaftes, erwachsenes Gespräch miteinander? Wenn man mal großzügig beiseiteließ, dass er immer noch keine Hose angezogen hatte, ich nach wie vor auf der Fernbedienung saß und wir über Couchzeiten verhandelten.

„Von ihm“, hörte ich mich selbst sagen.

„Na dann …“ Jonah rappelte sich mit einem Seufzer von der Couch auf. „Jetzt haben wir bereits zwei Dinge gemein. Nicht dass wir uns nachher noch einigermaßen leiden können.“

„Puh, auf keinen Fall.“ Ich schüttelte den Kopf.

„Das wäre merkwürdig“, stimmte er mir zu.

„Und unwahrscheinlich“, ergänzte ich.

Er setzte an, den Raum zu verlassen, ehe er sich plötzlich noch einmal umdrehte, seine Hände links und rechts neben mich auf die Couch legte und sein ganzes Gewicht darauf verlagerte, sodass das weiche Polster unter uns nachgab. Sein Gesicht war meinem plötzlich ganz nah. Ich konnte seinen warmen Atem auf der Haut spüren und in seinen grün-braunen Augen blitzte etwas Provokantes auf.

„Nur für's Protokoll, Prinzessin", raunte er mit rauer, leiser Stimme. „Du hast den Kampf gewonnen. Nicht den Krieg."

Und damit wandte er sich von mir ab, stolzierte aus dem Raum und ließ mich kopfschüttelnd zurück.

Als ich mir sicher sein konnte, dass er das Zimmer tatsächlich verlassen hatte, schnappte ich mir die Fernbedienung, schaltete den Fernseher wieder an und beeilte mich, das langweilige Baseballspiel zu überspringen. Bei einem älteren Film mit Meg Ryan blieb ich hängen, lehnte mich entspannt zurück und seufzte wohlig. So hatte ich mir meinen Urlaub vorgestellt. So und nicht anders.

Als ich hörte, dass oben das Wasser in der Dusche lief, grinste ich unwillkürlich. Ich schnappte mir den Rest von Jonahs ummantelten Erdnüssen und sah Meg Ryan dabei zu, wie sie sich in Tom Hanks verliebte. Und zum ersten Mal seit einer gefühlten Ewigkeit dachte ich nicht an Jace.

Kapitel 13

Streitigkeiten

Nichts hätte mich auf das vorbereiten können, was an diesem Tag noch folgen sollte. Nachdem ich mich ein paar Stunden lang herrlich faul auf dem Sofa herumgefläzt, vom Leben ausgeruht, Filme angesehen und keinen Gedanken an Jace, Catherine oder die Zukunft der *Royal Lovers* verschwendet hatte, meldete sich mein Magen mit einem vernehmlichen Knurren zu Wort. Nach einem ausgiebigen Gähnen und Strecken erhob ich mich, schaltete den Fernseher, über den gerade die legendäre Szene von *Dirty Dancing* flimmerte, aus und beschloss, noch einmal in die Stadt zu gehen. Wenn man Little Goldcoast überhaupt als solche bezeichnen konnte ... Die Aussicht auf einen leckeren, von Grayson zubereiteten Snack im *Goldies* motivierte mich dazu, über meine eigentliche Komfortzone hinauszugehen und das gemütliche Häuschen zu verlassen. Das, was hier an Essbarem noch schlummerte, konnte mich nun wirklich nicht reizen. Wäre ich zu Hause geblieben, hätte ich mir vermutlich bloß eine Thunfischpizza bestellt, sie kontaktlos vor die Haustür liefern lassen und online gezahlt. Aber dieses Küstenstädtchen war anders – *alles* war anders: die Menschen, der Ort, das Feeling. Hätte ich dort gelebt und nicht in einem gesichtslosen Vorort von LA, dann hätte ich womöglich sogar so was wie ein Sozialleben entwickelt.

Nachdem ich mich nochmal umgezogen hatte – dieses Mal trug ich in weiser Voraussicht meine Turnschuhe zu einer engen dunklen Jeggins und einem schlichten weißen Shirt mit *Levis*-Aufdruck – klopfte ich behutsam an Jonahs Schlafzimmertür. Zuerst hatte ich einfach kommentarlos gehen wollen, aber das hätte sich nicht richtig angefühlt. Ich war ein zurückhaltender Mensch, kein unhöflicher.

Es war leicht zu erkennen, in welches der Zimmer er sich zurückgezogen hatte, in jenes, welches meinem direkt gegenüber lag. Die Türen der anderen standen weit offen und vor der geschlossenen lagen ein paar dreckige Socken. Ich verdrehte die Augen. Wie seine ehemalige Wohnung ausgesehen hatte, wollte ich mir gar nicht vorstellen.

„Ich gehe ins *Goldies*“, rief ich durch die verschlossene Tür, als sich im Inneren des Raums nichts regte, und fügte etwas leiser hinzu: „Und danach vielleicht noch zum Golden Lake, mal sehen.“

Als immer noch keine Reaktion kam, klopfte ich erneut an und drückte behutsam die Klinke herunter – was ich im nächsten Moment sofort bereute.

Jonah lag auf seinem Bett, die Hände hinter dem Kopf verschränkt und den Blick konzentriert auf sein Handy gerichtet, das er zwischen den Knien der aufgestellten Beine eingekeilt hatte. Ein eindeutiges weibliches Stöhnen drang aus den Lautsprechern des Smartphones. Er drehte den Kopf und sah mir direkt in die Augen. Ich wurde sofort knallrot.

„Oh nein, ich … sorry, ich dachte … ich wusste nicht, dass du … ich gehe wieder", stammelte ich, stolperte rückwärts und knallte die Tür so schnell wieder zu, dass sie mir gegen die Stirn schlug. „Ich habe nichts gesehen!", erschien es mir noch notwendig, hinterherzurufen.

Im Inneren des Zimmers begann Jonah, offensichtlich nach einem kurzen Schockmoment, zu lachen.

„Mach die Tür wieder auf", forderte er amüsiert.

„Spinnst du? Nein!" Mein Herz raste immer noch wie verrückt. Ich würde ihm nie wieder in die Augen sehen können.

Gerade wollte ich so schnell wie möglich verschwinden, als sich die Tür von innen öffnete und Jonah, immer noch lachend, mit dem Handy in der Hand, im Türrahmen erschien. Seine langen dunklen Haare waren noch nass vom Duschen und zu einem ordentlicheren gekämmten Dutt hochgesteckt. Dennoch trug er nach wie vor nicht mehr als ein Shirt und eine Boxershorts – immerhin eine frische, wie mir beiläufig auffiel. Aus dem Handy drangen immer noch deutlich vernehmbare stöhnende Laute. Hätte er nicht zumindest den Anstand besitzen und es ausschalten können?

Aus irgendeinem paradoxen Grund hielt ich mir die Hände vor die Augen.

„Mach die Augen auf", verlangte Jonah zwischen zwei prustenden Lachern.

„Auf keinen Fall!", entgegnete ich. „Es … es ist dein Ding, wenn du dir Pornos ansehen willst. Aber ich gucke bestimmt nicht mit, vergiss es!" Meine Stimme zitterte.

Jonah lachte erneut. „Mach die Augen auf", wiederholte er und ganz unerwartet spürte ich seine warmen Hände auf meinen, die mit sanfter Gewalt jeden Finger einzeln lösten. „So", sagte er entschieden und hielt mir das Handy vors Gesicht. „Und jetzt sieh hin."

Widerwillig tat ich, was er sagte. Auf dem Display seines Smartphones war gerade die Nahaufnahme einer Weiß tragenden, jungen Frau mit erhitzten Wangen und hohem Zopf zu sehen, die sich mit dem Handrücken den Schweiß von der Stirn wischte. Als die Kamera von der Nahaufnahme zurückzoomte, wurde mir alles klar.

„Oh …" Ich war peinlich berührt.

„Tennis, Prinzessin." Jonah ließ das Display schwarz werden und warf sein Handy mit einer gekonnten Bewegung zurück ins Bett. „Es ist nur Damentennis. Und du …", er stupste sanft meine Nase an, „… solltest nicht so vorschnell urteilen."

„Du hast recht, tut mir leid." Unwohl fuhr ich mir mit der Hand über den Nacken, als ich mich jäh an den eigentlichen Grund meines Anklopfens erinnerte. „Ich gehe ins *Diner*!", verkündete ich schnell.

„Aha." Jonah, immer noch grinsend, sah verwundert auf mich herunter. Er überlegte ganz offensichtlich gerade, warum ich ihm das überhaupt erzählte. Tatsächlich fragte ich mich genau das inzwischen auch. Hätte ich doch bloß nicht auf mein Gewissen gehört und

wäre einfach gegangen! Er hätte es höchstwahrscheinlich nicht einmal bemerkt.

„Und ich dachte ... also ...", stammelte ich, immer noch
mit glühenden Wangen. „Wenn du Lust hast, dann ...
ähm ..."

Jonahs Blick brannte förmlich auf meinem Gesicht.
„Oh, du möchtest mich um ein Date bitten", schloss er
mit einem betont lässigen Gesichtsausdruck. „Sorry, da
muss ich passen. Bin frisch getrennt und gerade nicht
auf der Suche." Gleichgültig zuckte er mit den Schultern. „Außerdem bist du nicht wirklich mein Typ." Und
damit ließ er mich stehen, verschwand wieder in seinem Zimmer und schloss die Tür vor meiner Nase.

Fassungslos blieb ich davor stehen. Es dauerte einen
Moment, bis ich mich wieder gesammelt hatte.

„Ich will ganz bestimmt kein Date mit dir!", fauchte
ich schließlich. „Ich wollte dir nur Bescheid geben, dass
ich kurz weg bin und dich fragen, ob du mitkommen
möchtest. Das nennt man *Anstand*! Scheint ja ein
Fremdwort für dich zu sein!"

Verärgert stürmte ich die Treppe herunter, schnappte
mir meine Tasche und verließ das Cottage. So ein arro-
ganter Flegel! Kurz zog ich in Erwägung, die Tür dramatisch zuzuknallen, entschied mich dann jedoch dagegen. Er sollte bloß nicht denken, dass seine Abwei-
sung mich in irgendeiner Art und Weise verärgert
hätte. Dann hatte er eben kein Interesse an mir. Na
und? *Ich* hatte schließlich auch keins an *ihm*. Null
Komma null Prozent! Und dass ich nicht sein Typ war,
war mir auch völlig egal. Er war ja auch nicht meiner!
Zu bärtig, zu langhaarig, zu träge und vor allem zu un-
verschämt.

Als ich im *Diner* ankam, fühlten meine Wangen sich vor Ärger und Scham immer noch leicht erhitzt an. Doch da draußen ein heißer Sommerwind wehte, fiel es nicht weiter auf.

Ich grüßte Grayson, der die Theke abwischte und mit einer fragend erhobenen buschigen Braue und einem knappen *Hey* antwortete, und nahm auf einem der Barhocker Platz. Im Hintergrund dudelte eine leise Melodie, während auf dem kleinen, hoch oben platzierten Fernseher ein Footballspiel lief. Das *Goldies* war komplett leer.

„Durst?", erkundigte Grayson sich knapp. „Hunger?"

„Beides", antwortete ich und strich mir die Haare hinter die Ohren. „Kann ich vielleicht ... so einen bekommen?" Ich wies schüchtern auf ein Bild an der Wand, auf dem ein saftiger Burger abgebildet war, dessen bloßer Anblick mir das Wasser im Mund zusammenlaufen ließ. „Und eine Cola Light?"

„Jap", nickte Grayson und machte sich sofort ans Werk.

Während er damit beschäftigt war, den Burger hinter der schmalen Durchgangstür zuzubereiten, sah ich mir gelangweilt das Spiel an und schlürfte mein Getränk. Unter normalen Umständen hätte ich mich wahrscheinlich am Handy durch Instagram und diverse Fanseiten gescrollt, Rezensionen gelesen oder mir Notizen zu *Royal Lovers* gemacht. Aber mein Handy lag mangels Ladekabel ausgeschaltet unter dem Kopfkissen. Ich unterdrückte ein Seufzen.

Kaum stellte Grayson mit einem rauen *Voilà* einen Teller voller Pommes, Salat und einem grandios aussehenden Burger vor mir auf die Theke, wurde die Tür aufgestoßen. In der Hoffnung, dass es jemand wäre, den ich bereits kennengelernt hatte, wie Maya, Luna oder ein anderes Mitglied der netten Clique, wandte ich den Kopf zur Tür. Zu meiner Überraschung trat Jonah ein.

„Ich dachte, du willst nicht ins *Diner*.“ Enttäuscht wandte ich mich wieder ab und biss in meinen Burger. Es war der mit Abstand beste, den ich je in meinem Leben gegessen hatte. Das konnte ich mit ziemlicher Gewissheit bereits beim ersten Bissen behaupten. Heiße Sauce rann mir über das Kinn und tropfte auf mein weißes *Levis*-Shirt. Mist.

„Hab' ich so nie behauptet.“ Unbedarft nahm er zwei Barhocker weiter links Platz. Er und Grayson grüßten einander mit einem wortlosen Nicken.

„Ich sagte, ich wollte nicht *mit dir* ins *Goldies*.“ Und mit einem Blick auf Grayson, der ihm wortlos ein Bier servierte, fügte er hinzu: „Sie wollte ein Date mit mir.“

Grayson musterte mich kurz mit leicht erhobener Augenbraue. Leider war mein Mund gerade voller Burgerbrötchen, Fleisch und köstlicher Sauce, sodass ich angestrengt kauen und alles herunterschlucken musste, ehe ich antworten konnte.

„Das ist nicht wahr!“, protestierte ich mit einem heftigen Kopfschütteln, schnappte mir eine Serviette vom Stapel auf der Theke und begann, auf dem Fleck auf meinem Shirt herumzureiben, was das Ganze nur noch schlimmer machte. „Er ist überhaupt nicht mein Typ!“

Grayson bedachte mich mit einem desinteressierten Blick, ehe er erneut in der Küche verschwand. Ich wandte mich wieder meinem Burger zu, der um Längen besser schmeckte als alles, was die Fast Food-Ketten der

Großstädte zu bieten hatten. Die Pommes dazu waren dicker und knuspriger als die, die ich gewohnt war, und mit einer köstlichen braunen Gewürzmischung bedeckt. Für den Rest meines Lebens hätte ich jede Mahlzeit im *Goldies* einnehmen können und ohne mit der Wimper zu zucken im Gegenzug dafür noch ein ganzes Dutzend meiner Lieblingsshirts mit Sauce ruinieren können.

„Was ist denn dein Typ?", erkundigte Jonah sich schließlich, nachdem er ein paar Schlucke Bier getrunken hatte und setzte die Worte *dein Typ* mit den Fingern in Anführungszeichen, als wäre das Ganze so lächerlich, dass er es besonders hervorheben müsste.

„Nun …" Ich angelte mir eine Pommes, zog sie durch die Sauce und biss genüsslich ein Stück davon ab, ehe ich antwortete. „Ich mag Männer, die Frauen die Haus- und die Wagentür aufhalten. Die gebildet sind und kochen können. Männer, die ehrlich sind, aufrichtig, loyal und leidenschaftlich", zählte ich an meinen Fingern ab. „Die die Frau wie eine Königin behandeln und sich selbst zurücknehmen. Die nur Augen für ihre Partnerin haben. Die stark, beschützend und mutig sind, aber auch keine Angst davor haben, ihre wahren Gefühle zu zeigen. Männer, die Sport treiben, aber nicht ins Fitnessstudio gehen, weil da zu viele andere Frauen herumlaufen. Männer, die niemals einer anderen Frau auf den Po gucken und jeden Tag …"

Jonah unterbrach meine feurige und zugegebenermaßen etwas aus dem Ruder gelaufene Anrede durch ein übertriebenes, langgezogenes Gähnen.

Kurz war Jace O'Kelly vor meinem inneren Auge aufgetaucht. Er verkörperte all das, was ich aufgezählt hatte – und noch eine ganze Menge mehr. Doch das weichgezeichnete Bild zerplatzte just wie eine Seifenblase.

„Sorry, bin kurz weggenickt", erklärte Jonah trocken und deutete an, sich ausgiebig zu strecken. „Was war noch gleich das Thema? Moderne Versklavung?"

Augenrollend ließ ich die Pommes, die ich mir gerade hatte in den Mund stecken wollen, wieder sinken.

„Es hat rein gar nichts mit Versklavung zu tun, wenn der Mann seine Frau zur Priorität macht", erklärte ich so erhaben wie irgend möglich. „Aber von solchen Dingen verstehst du offensichtlich nichts."

Jonah schwieg einen Moment lang und ich genoss die Ruhe und die Pommes. Eine schmeckte besser als die andere. Es war, als wäre ich im Schlaraffenland gelandet.

„Genau das hat meine Ex auch gesagt", stimmte er mir schließlich tonlos zu.

„Eine kluge Frau", murmelte ich und steckte mir den letzten Bissen Burger in den Mund.

„Ja. Das ist sie wohl. Cheers." Mit einem bitteren Ausdruck im Gesicht prostete Jonah mir zu und leerte das gesamte Bierglas, ehe er sich von seinem Barhocker erhob, ein paar Münzen auf den Tresen knallte und Grayson zum Abschied zunickte.

Ein einziger Blick in sein nunmehr verdunkeltes Gesicht reichte, um mir klarzumachen, dass ich zu weit gegangen war. Der Burger in meinem Mund schmeckte mit einem Mal nicht mehr und wurde furchtbar zäh und pappig. Das Schuldbewusstsein hatte ihm einen bitteren Beigeschmack verliehen. Nur unter Anstrengung und mit einem großen Schluck Cola Light gelang es mir, den Bissen schlussendlich doch noch herunterzuwürgen.

„Jonah, warte bitte!", rief ich ihm nach, doch er hatte längst die Tür geöffnet und ignorierte mich. „Danke für das köstliche Essen", beeilte ich mich, Graysons Kochkunst ausreichend zu huldigen, sprang vom Barhocker herunter und zog einen Schein aus meiner Handtasche. „Der Rest ist Trinkgeld", fügte ich auf dem Weg nach draußen mit bestimmtem Unterton in der Stimme hinzu, ehe er noch auf den Gedanken kam, mir das zu viel Gezahlte zurückzugeben.

Vor dem gut klimatisierten *Goldies* empfing mich ein heißer Sommerabend. Es fühlte sich an, als würde ich direkt vor eine Wand laufen. War es vorhin schon so heiß gewesen? Während ich mit zusammengekniffenen Augen ausmachte, in welche Richtung Jonah lief, fächerte ich mir mit beiden Händen Luft zu. Zum Glück trug ich heute meine Turnschuhe. Einen spontanen Sprint hinlegend, hatte ich Jonah trotz seiner langen Beine und schnellen Schritte binnen kurzer Zeit eingeholt.

„Es tut mir leid", sagte ich kleinlaut, während ich bemüht war, mit ihm Schritt zu halten.

„Wieso?", brummte er tonlos, ohne mich anzusehen.

„Weil es nicht fair von mir war, mich in dein Privatleben und deine Beziehung einzumischen und darüber zu urteilen", erklärte ich.

Obwohl du ein schrecklicher Stinkstiefel bist und mich auch nicht gerade respektvoller behandelst, fügte ich in Gedanken hinzu.

„Egal." Gleichgültig zuckte er mit den Achseln. „Hättet euch gut verstanden, du und Keira."

Unsicher, ob das ein Kompliment oder eine Beleidigung sein sollte, entschied ich, dass es klüger war, diese Bemerkung unkommentiert zu lassen und hüllte mich in Schweigen.

„Erwartet *alles* von einem Mann, und wenn er alles tut … noch mehr tut, als er eigentlich imstande ist zu tun, dann ist es auch wieder nicht richtig", murmelte er, wohl mehr zu sich selbst, als zu mir und wurde noch ein wenig schneller. Allmählich fiel es mir ernsthaft schwer, mit ihm Schritt zu halten.

„Können wir vielleicht etwas langsamer gehen?", regte ich atemlos an.

„*Wir* können gar nichts." Er bedachte mich mit einem knappen Seitenblick und legte noch einen weiteren Zahn zu. „Ich gehe hier lang und das so schnell, wie ich gehen möchte. Was du machst, ist mir egal."

Passend zu seinen Worten stolperte ich just in diesem Moment über ein besonders ungerade gepflastertes Stück der generell sehr schlecht gepflasterten Straße und blieb, nachdem ich mich wieder gefangen hatte, abrupt stehen.

„Dann lauf doch, wohin du willst, du … du … beleidigte Leberwurst!", rief ich ihm mangels kreativerer Beleidigungen hinterher und fügte noch atemlos ein *Arschloch* hinzu, ehe ich auf der Stelle kehrtmachte und kopflos in die andere Richtung eilte. „Ich gehe jetzt zum Golden Lake! Allein!"

Kopfschüttelnd murmelte ich noch ein paar unschöne Worte vor mich hin, lief erneut am *Goldies* vorbei, blinzelte in die helle Abendsonne und schüttelte den Kopf über so einen sturen Kerl. Nicht mal entschuldigen konnte man sich bei ihm! Wie hatte seine Ex es bloß mit ihm aushalten können?

Ein durchdringender Pfiff, wie der eines Herrchens, das seinen jagenden Hund zurückrief, ließ mich innehalten und umdrehen. Wenige Meter hinter mir stand Jonah, die Hand aufgrund der grellen Sonne flach an die Stirn gelegt, um seine Augen mit ihrem Schatten zu schützen. War er mir etwa gefolgt?

„Lass mich. Ich gehe zum Golden Lake", erklärte ich kühl und eilte mit großen Schritten weiter.

„Ist ja schön und gut", brummte Jonah.

Er hatte mich eingeholt und bedachte mich mit einem Blick, als wäre ich ein nerviges kleines Kind, das im Laden alles anfasste und sich ständig heulend auf den Boden warf. „Allerdings läufst du in die falsche Richtung, Prinzessin."

Kapitel 14

Golden Lake

„Im Sommer ist der Golden Lake am schönsten." Jonah hob einen besonders flachen dunklen Stein vom Boden auf, begutachtete ihn abschätzend und ließ ihn dann mit einer gekonnten, ruckartigen Bewegung aus dem Handgelenk über die Wasseroberfläche hüpfen. Vier ganze Male schaffte er es, ehe er unterging.

„Respekt." Ich deutete einen Applaus an.

„War nicht mein bester Wurf." Er hob gespielt gleichgültig die Schultern. „In der Regel hüpfen sie mindestens zehnmal, bevor sie versinken."

„Wow, wirklich?"

„Nein, das war gelogen. Viermal hab' ich bisher noch nie geschafft", gab er zu. „Bin selbst gerade etwas beeindruckt von mir und meinem Können."

Ich musste lachen.

Der Golden Lake war der mit Abstand schönste See, an dem ich je gesessen hatte. Wobei es realistisch betrachtet auch der *einzige* See war, an dem ich je gesessen hatte, zumindest soweit ich mich zurückerinnern konnte. Die Häuser Little Goldcoasts schmiegten sich mit den Rücken in einem großen Halbkreis an die

Seenküste, deren Strand aus dunklem Sand und feinen kleinen Steinchen bestand, die schmerzhaft in meine nackten Füße stachen. Ich hatte die Schuhe ausgezogen und mich hingesetzt, was sowohl unbequem als auch erdend war. Mit jedem Atemzug, den ich tat, wurde mir mehr klar, wie recht Edith gehabt hatte, mich hierher zu schicken und wie sehr ich diesen Urlaub wirklich gebraucht hatte. Wie sehr ich gerade diesen Ort gebraucht hatte.

Die untergehende Sonne ließ nicht nur die surrende Hitze aus der Luft allmählich schwinden, sondern sorgte auch für einen surreal aussehenden goldfarbenen Glanz auf der Wasseroberfläche und dem Sand. Das Gefühl, mich mitten im Motiv einer besonders hübschen Postkarte zu befinden, ergriff von mir Besitz. Es war so schön, dass eine Mischung aus Demut, Sentimentalität und etwas wie Weltschmerz mir die Kehle zusammenschnürte.

„Alles ... in Ordnung?" Jonah hatte unbemerkt neben mir Platz genommen und schien mir die Nachdenklichkeit an der Nasenspitze abzulesen. Er wog einen dunklen glatten Stein in den Händen hin und her.

„Ich ... ja, klar", beeilte ich mich mit möglichst gleichgültig klingendem Unterton in der Stimme zu antworten. „Ich denke nur gerade nach."

„Über ihn?"

„Wen?" Ich runzelte die Stirn.

„Deinen ... Ex?", half er mir auf die Sprünge.

Ich nickte hastig. Stimmt, das hatte ich ihm ja mehr oder weniger so erzählt, da er nicht wissen sollte, dass ich die Autorin war, die seine Beziehung zerstört hatte. Lügen über Lügen. Unwohl schlang ich die Arme um meinen Körper und antwortete vage: „Auch. Und über alles andere. Das Leben und so."

„Verstehe. Das Gefühl kenne ich." Jonah nickte. Sein Blick glitt über die goldene Wasseroberfläche und wurde ein wenig glasig, als würde er in der Ferne etwas entdecken, das niemand außer ihm zu sehen vermochte. Vielleicht erinnerte dieser See ihn an irgendetwas. Oder an irgendjemanden. Unauffällig betrachtete ich sein Profil. Er hatte hohe Wangenknochen, die optisch aus seinem ohnehin schon markanten Gesicht herausstachen. Seine grün-braunen Augen konnten nicht nur herausfordernd dreinblicken, sondern, wie ich nun erkannte, auch nachdenklich, intelligent und wenn ich mich nicht irrte, sogar ein wenig wehmütig. Er war kein Jace O'Kelly, eindeutig nicht, aber dennoch ein attraktiver Mann, der mir eventuell sogar gefallen könnte, wenn er sich mal rasieren, ein paar Manieren zulegen und seine Starallüren in den Griff bekommen würde.

„Starrst du mich etwa an?" Jonah wandte mir abrupt das Gesicht zu. Die bloße Selbstgefälligkeit, die in seinem Blick lag, machte alles Positive zunichte, was ich gerade noch über ihn gedacht hatte.

„Höchstens angewidert", gab ich hoheitsvoll zurück und richtete meinen Blick wieder auf die wesentlich interessantere Aussicht des vor uns liegenden Sees. Die inzwischen fast gänzlich untergegangene Sonne hatte den Goldton, den sie zuvor auf die Wasseroberfläche gezaubert hatte, derweil in ein sattes Goldrot verwandelt.

„Dann bin ich ja erleichtert." Er erhob sich beneidenswert sportlich von dem unbequemen Untergrund und streckte mir die Hand entgegen. „Hatte schon befürchtet, du hättest dich in mich verknallt."

Ich prustete. „In dich? Keine Sorge. In einer Million Jahre nicht!" Seine Hand missachtend, rappelte ich mich, zu meinem Leidwesen weitaus weniger sportlich als er, ebenfalls auf.

„Das beruht auf absoluter Gegenseitigkeit", stimmte er mir zu und ließ jedes Wort auf der Zunge zergehen.

Mit einer geschickten Handbewegung schickte er den Stein zu seinem Vorgänger in den See. Dieser hüpfte nur zwei Male auf der Wasseroberfläche, ehe er unterging. Jonah klatschte abschließend in die Hände. „Und jetzt auf nach Hause, Prinzessin, ehe du dich wieder verläufst und irgendwo in Hongkong auftauchst. Ich weiß nicht, ob deine Shake It Off-Tanzeinlage da genauso gut ankommt wie hier."

Ich wollte entgegnen, dass ich einen hervorragenden Orientierungssinn besaß und das Ferienhaus definitiv auch ohne seine so ungalant dargebotene Hilfe finden würde. Aber es entsprach erstens nicht der Wahrheit und zweitens war ich wenig scharf darauf, in der Dunkelheit allein herumzulaufen – selbst dann nicht, wenn es sich um ein abgelegenes Küstenstädtchen wie Little Goldcoast handelte, in dem sich Fuchs und Hase gute Nacht sagten.

Und während er den ganzen Rückweg über unauffällig auffällig *Shake It Off* summte, konnte ich mit absoluter Gewissheit sagen, dass ein Mann wie Jonah Abercrombie meinem Herzen nicht gefährlich werden würde.

Ob es die Nachwirkungen vom Anblick des wunderhübschen *Golden Lakes* war oder aber Graysons Hamburger, der mir schwer im Magen lag – obwohl es bereits ziemlich spät war, lag ich hellwach im Bett und konnte partout nicht einschlafen. Nachdem ich mich eine gefühlte Ewigkeit lang von der einen auf die andere Seite und wieder zurückgewälzt hatte, zog ich mein Handy unter dem Kopfkissen hervor und schaltete es ein. Zwanzig Prozent waren immer noch besser als gar nichts, redete ich mir selbst gut zu. Und wenn ich mir drei oder vier davon gönnte, um mich ein wenig von meiner Schlaflosigkeit und Langeweile abzulenken, dann würde das schon nicht schaden.

Fest entschlossen, es danach sofort wieder auszuschalten und den Rest des Akkus für den absoluten Notfall oder die Kommunikation mit Edith vor meiner Heimreise aufzubewahren, schaltete ich es an und fand sogleich eine hitzige Onlinediskussion mit dem Titel *Wer sollte bei einer Buchverfilmung Jace O'Kelly spielen* vor.

Amüsiert und gespannt zugleich und auch ein wenig geschmeichelt, denn immerhin ging es hier um *mein* Werk, *meine* Worte, *meine* Buchbabys, las ich mir die ersten Antworten durch. Chris Hemsworth und Ryan Gosling wurden häufig genannt, ebenso wie Zac Efron, Channing Tatum und Jensen Ackles. Bei so einer hervorragenden Auswahl konnte ich mich kaum entscheiden, welchem User ich zustimmen sollte. Während ich mir verschiedene Schlüsselszenen durch den Kopf gehen ließ und diese nacheinander mit all den genannten Schauspielern durchging, spürte ich widerwillig, wie meine Augenlider immer schwerer wurden, bis sie schließlich so schwer waren, dass aus der aktuellen Vorstellung nahtlos ein Traum wurde.

„Chris Ryan Tatum", hörte ich mich selbst nuscheln, während ich, irritiert über das helle Licht, das mich blendete, aus dem Schlaf gerissen wurde.

Im ersten Moment war ich mir sicher, dass Jonah mich wieder mit der Taschenlampe ärgerte, bis mir dämmerte, dass die Helligkeit von der Sonne kam. Ich hatte nach dem Besuch des *Golden Lakes* weder die Rollladen heruntergelassen noch die Vorhänge zugezogen, da es bereits dunkel gewesen war. Das hatte ich also nun davon.

Gegen das grelle Licht anblinzelnd, rieb ich mir verstohlen mit dem Handrücken den Speichel vom Mundwinkel und schlurfte durch die angelehnte Tür ins Bad. Gähnend schlüpfte ich aus meinem Schlafshirt, warf einen Blick in den Spiegel und stellte fest, dass ich dafür, dass ich keinen Tropfen Alkohol getrunken hatte, ganz schön verkatert aussah. Ich legte mir ein Handtuch bereit, schaltete das Wasser an, damit es die perfekte Temperatur hatte, wenn ich darunter stieg, fummelte nach meinem BH-Verschluss ... und vernahm ein diskretes Räuspern.

Binnen Sekundenbruchteilen war ich hellwach. Jonah saß auf dem Badewannenrand, eine Zahnbürste im Mundwinkel und etwas Schaum an der Unterlippe. Er schien nicht ganz zu wissen, ob er belustigt oder verwirrt sein sollte.

„Was machst du hier?", fuhr ich ihn an, riss mein Schlafshirt vom Boden hoch und hielt es mir vor den fast nackten Körper.

„Was machst *du* hier?" Er deutete auf die Zahnbürste in seinem Mund. „Ich sitze hier in aller Seelenruhe und putze mir die Zähne und du kommst einfach rein und legst einen Striptease hin. Ist doch nicht meine Schuld." Er zuckte mit den Schultern. „Wird wohl langsam zur Gewohnheit. Wollte dich nicht aufhalten. Mach ruhig weiter." Gleichgültig schlurfte er zum Waschbecken, spülte sich den Mund aus, hielt seine Zahnbürste kurz unter den Wasserstrahl und verließ ohne ein weiteres Wort das Badezimmer.

Nachdem ich mit hochrotem Kopf die Tür von innen verschlossen und mich unterdrückt seufzend dagegen gelehnt hatte, verbarg ich das Gesicht in meinen Händen. Wie zum Teufel war es möglich, dass ich ihn beim Betreten des Raums nicht gesehen hatte? Ich wollte gar nicht darüber nachdenken, dass ich mich völlig vor ihm entblößt hätte, hätte er sich nicht geräuspert.

Tag vier in Little Goldcoast und Ediths kleiner Bruder hatte mich bereits zweimal in Unterwäsche gesehen. Hoffentlich würde er es ihr nicht erzählen. Diese peinlichen Momente würde ich bei meiner Abreise nur allzu gern in dem kleinen Küstenstädtchen zurücklassen.

Ich stieg unter die Dusche, schloss die Augen und ließ das heiße Wasser über meinen Körper laufen, in der Hoffnung, es möge die Scham fortspülen. Was musste Jonah nur von mir halten? Wahrscheinlich glaubte er immer noch, ich wäre in ihn verknallt und würde die dummen Situationen zwischen uns absichtlich heraufbeschwören.

Frisch geduscht, wenn auch nicht minder peinlich berührt, brachte ich meine benutzte Kleidung ins Zimmer, um sie in meinem Koffer zu verstauen. Als mein Blick nebenbei das auf dem Kopfkissen liegende Handy streifte, wurde mir mit Schrecken bewusst, dass ich über die Schauspielerdiskussionen hinweg eingeschlafen war und es nicht wie geplant ausgeschaltet hatte.

„Mist, verdammter!", entfuhr es mir, als ich beim Blick darauf feststellte, dass nur noch vier der eigentlichen zwanzig Prozent verblieben waren. Verärgert schaltete ich es aus und verfluchte meinen schwachen Moment vom Vorabend innerlich. Mir blieb wohl nichts anderes übrig, ich musste Jonah nach einem Ladekabel fragen.

Schweren Herzens nahm ich meine langen Haare zu einem hohen Zopf am Hinterkopf zusammen, steckte mechanisiert den Pony zurück und sprach mir selbst Mut zu. Es war egal, dass ich mich vor ihm zum wiederholten Male zum Affen gemacht hatte. Immerhin würde ich in wenigen Tagen abreisen und ihn nie wiedersehen. Davon würde ich mir meinen Kurzurlaub nicht vermiesen lassen. Und die Aussicht auf ein vollständig aufgeladenes Handy, mit dem ich telefonieren, im Internet surfen und Kontakt zur Außenwelt aufnehmen konnte, versetzte mir einen zusätzlichen Motivationsschub.

Betont gleichgültig, als wäre das, was vorhin passiert war, nicht wirklich real gewesen, lief ich die Treppe herunter ins Erdgeschoss des Hauses. Ich trug eine schwarze Leggins und ein hellblaues, weit fallendes Sommerkleid mit dünnen langen Flatterärmeln. Eines meiner Lieblingsoutfits, in dem ich mich ein wenig selbstbewusster fühlte als normalerweise. Ich hatte es bereits bei drei Dates getragen. Die waren zwar katastrophal gewesen, aber immerhin hatte ich mich hübsch gefühlt.

Mein Mitbewohner auf Zeit hatte sich auf das Sofa gefläzt, snackte irgendetwas und sah sich einen alten Western im Fernsehen an.

„Hallo, Jonah. Wie ich sehe, machst du gerade … ähm … nichts", begann ich das Gespräch aufgesetzt freundlich, betrat das Wohnzimmer und blieb prompt mit einem meiner Ärmel an der Türklinke hängen, sodass ich abrupt zurücktaumelte.

Jonah wandte sich mir zu. Seine Mundwinkel zuckten amüsiert nach oben. Peinlich berührt machte ich mich von der Klinke los und räusperte mich.

„Würdest du mir vielleicht dein Ladekabel leihen?", fragte ich, als wäre nichts passiert.

Jonah schaltete den Fernseher lauter und schüttelte knapp den Kopf.

„Was?" Ich war fassungslos. „Wieso nicht?"

„Hab' keins", antwortete er ungerührt, knüllte einen Streifen Alupapier in der Hand zu einer kleinen Kugel zusammen und beförderte diese mit einem gezielten Wurf auf die Fensterbank.

„Du hast kein Handy?", murmelte ich ungläubig, was einfach nicht sein konnte, immerhin hatte ich ihn gerade gestern beim Ansehen von Frauentennis erwischt.

„Kein Ladekabel", antwortete er mit einem Achselzucken.

Ich biss mir auf die Unterlippe. Log er mich an? Wieso besaß er keins, hatte denn nicht heutzutage jeder eins?

Als er feststellte, dass ich mich auch nach zwei weiteren Minuten nicht vom Fleck bewegte, stöhnte er genervt, schaltete den Fernseher leiser und wandte sich mir zu.

„Ich bin ziemlich überstürzt hierhin aufgebrochen", erklärte er so langsam und deutlich, als wäre ich ein begriffsstutziges Kleinkind und fügte angesäuert hinzu: „Nach einer *Trennung*, Prinzessin, wie du weißt."

„Oh, richtig." Unwohl fuhr ich mir mit der Hand über den Nacken.

„Ich habe nur das Wichtigste eingepackt und einiges vergessen. Mein Akku ist seit gestern leer", ergänzte er gleichgültig. „Vielleicht besorge ich mir drüben in Belbridge demnächst mal ein neues Ladekabel. Nach meiner Auszeit."

„Okay." Ich nickte betrübt. „Meins ist auch aus."

Jonahs Blick ruhte einen Moment auf mir. Einen Moment zu lang. Es fiel mir schwer, zu sagen, ob er dabei urteilend, mitleidig, genervt oder einfach nur nachdenklich aussah.

„Na dann ..." Er schaltete den Fernseher ab, klopfte sich mit beiden Händen gleichzeitig auf die Oberschenkel und erhob sich von dem bequemen Sofa.

„Na dann?", wiederholte ich irritiert. „Na dann was?"

„Wir haben beide keine Handys, im Fernseher läuft nur Mist und dass du dich ständig vor mir ausziehst, verliert auch langsam seinen Reiz. Mir ist lang-wei-lig", erklärte Jonah betont lässig, kam auf mich zu und deutete auf den Ärmel, mit dem ich mich gerade noch an der Türklinke festgehängt hatte. „Zieh dir was an, womit du dich nicht versehentlich umbringst und komm mit, ich zeige dir Little Goldcoast."

„Ich kenne Little Goldcoast doch schon“, entgegnete ich skeptisch.

Wahrscheinlich suchte Jonah wieder bloß einen Grund, um mich aufzuziehen. Besonders groß oder voller Sehenswürdigkeiten war die Kleinstadt ja nun nicht gerade.

„Du hast Little Goldcoast aus den Augen einer Prinzessin gesehen“, erinnerte er mich mit erhobenem Zeigefinger. „Ich zeige dir, wie ich es sehe.“

Irgendwie war diese Aufforderung trotz aller peinlichen Vorgängeraktionen das Verlockendste, was mir an diesem Tag passiert war.

Kapitel 15

Waffenstillstand

Little Goldcoast war nun wirklich keine Weltmetropole. Das war mir bereits vor meiner Ankunft klar gewesen. Es gab weder einen *Starbucks* noch direkten Anschluss an die U-Bahn und auch kein Einkaufszentrum, in dem es vor hippen Läden, angesagten Cafés und interessanten Menschen nur so wimmelte. Ganz im Gegenteil: In dieser kleinen Küstenstadt schien die Zeit langsamer zu laufen. Alles war ruhiger, kleiner, persönlicher. Als hätte man die Welt an genau dieser Stelle ein Stück weit entzerrt.

„Auf diesen Baum sind wir als Kinder immer geklettert", erzählte Jonah ungewöhnlich entspannt und nahm die rechte Hand aus der Hosentasche seiner kurzen Jeans, um auf einen riesigen Baum mit dickem Stamm und unzähligen saftig grünen Blättern zu weisen. Er trug ein korallefarbenes Shirt, das seine sonnengebräunten, durchtrainierten Arme betonte. Es fiel mir schwer, wegzusehen.

„Und dort, in dieser kleinen Lücke zwischen den Häusern, hat Edith sich nach einem Streit mit unserer Mum als Jugendliche mal versteckt, nachdem sie einen Abschiedsbrief hinterlassen hatte, in dem stand, dass sie abgehauen sei. Das halbe Dorf war auf den Beinen, um sie zu suchen und sie hat ordentlich Ärger bekommen." In Gedanken versunken lachte er, schüttelte den Kopf und wies auf eine schmale Gasse, an deren Ende zwei Müllcontainer standen. „Dort wurde ich nach der Schule mal von Aiden Hawks verprügelt."

„Hattest du es verdient?", fragte ich.

„Ich war *acht!*" Jonah warf die Arme in die Luft und tat entrüstet. „Aber ja, vermutlich hatte ich das."

Ich kicherte.

„Ich habe ihn einen stinkenden Pavianarsch genannt", fügte er hinzu. „Nichts, was man sich als Zwölfjähriger gern sagen lässt, wie ich schmerzhaft am eigenen Leib erfahren musste."

„Autsch."

„Da sagst du was. Ich hatte wochenlang ein blaues Auge." Jonah grinste und deutete auf das *Diner*. „Lust auf einen Milchshake?"

„Wir sind schon beim *Goldies*?" Überrascht wandte ich mich um.

„Alle Wege führen da hin", antwortete Jonah trocken.

„Scherzkeks. Wie viele Straßen hat Little Goldcoast? Eine?"

„Weiß nicht." Jonah zuckte die Achseln. „Glaube, drei."

Schmunzelnd schüttelte ich den Kopf, während wir den Weg Richtung *Goldies* einschlugen, deren Tür Jonah mir erneut so aufhielt, dass ich unter seinem Arm hindurchschlüpfen musste.

Grayson begrüßte uns mit einem knappen Grunzlaut, der wohl ein *Hallo* sein sollte, und einem Nicken und schien sich nicht einmal darüber zu wundern, dass wir gemeinsam hier auftauchten. Wir nahmen auf den Barhockern Platz und bestellten zwei Milchshakes – Erdbeere für mich, Vanille für ihn. Jonah zahlte für uns beide und ließ sich nicht auf Diskussionen ein.

„Weißt du …", murmelte er, nippte kurz an seinem Strohhalm und stellte das Glas dann auf der Theke ab, „… eigentlich wollte ich mich im Cottage verkriechen. Niemanden hören und sehen. Bis mittags schlafen, ab und an mal im *Goldies* vorbeischauen, wenn nur Grayson da ist, der keine unangenehmen Fragen stellt oder über das Wetter reden will."

„Und dann kam ich", schlussfolgerte ich.

Der Milchshake war so süß, dass sich mein ganzer Mund klebrig anfühlte, und so kalt, dass meine Zähne schmerzten. Aber er war, wie alles, was ich seit meiner Ankunft in Little Goldcoast serviert bekommen hatte, zum Niederknien köstlich.

„Und dann kamst du", wiederholte Jonah mit einem zustimmenden Nicken. „Und vielleicht … keine Ahnung … vielleicht war das gar nicht mal so schlimm, wie ich eigentlich denke." Sich sichtlich unwohl fühlend, rutschte er auf seinem Barhocker hin und her.

Ich versuchte mir nicht anmerken zu lassen, dass mich seine Worte, weshalb auch immer, irgendwie freuten.

„Das war, glaub' ich, das Netteste, was du je zu mir gesagt hast, seit wir uns kennen", erklärte ich so neutral wie möglich.

„Abgesehen von dem Kompliment für deine Tanzeinlage." Jonahs Lippen kräuselten sich zu einem schrägen Lächeln, das ihn für einen kurzen Moment wie einen frechen Teenager aussehen ließ. Wie einen bärtigen, muskulösen, sonnengebräunten, frechen Teenager. „Dass Taylor dich noch nicht als Backgroundtänzerin eingestellt hat, wundert mich."

„Hör bloß auf." Heiße Röte schoss mir in die Wangen, während ich dennoch widerwillig prusten musste. Unsanft versetzte ich Jonah einen Klaps auf den Arm.

„Natürlich müsstest du etwas anderes tragen." Er zuckte mit den Schultern. „Erotischere Unterwäsche zum Beispiel. Dessous. Mit Glitzer."

„Das ist meine Lieblingsunterwäsche!", verteidigte ich meinen besten Slip und figurbetonten BH eine Spur zu laut. Peinlich berührt wandte ich mich um.

Grayson stand nur wenige Meter entfernt von uns und räumte Gläser ins Regal ein. Entweder interessierte ihn absolut nicht, was wir hier besprachen oder aber er war ein sehr guter Schauspieler, wenn es darum ging, unbeteiligt und desinteressiert dreinzublicken.

„Lieblingsunterwäsche", wiederholte ich mit gesenkter Stimme und warf Jonah einen bösen Blick zu. „Und du vergisst am besten ganz schnell, dass du mich darin gesehen hast."

„Das erste oder das zweite Mal?", hakte er nach.

„Beide Male!", brummte ich.

Jonah grinste. „Ich werde es versuchen."

„Danke. Sehr freundlich."

Nach dem Milchshake, der wie der Himmel auf Erden geschmeckt und sicher meinen gesamten Tagesbedarf an Kalorien gedeckt hatte, verabschiedeten wir uns von Grayson.

Heiß und glühend sandte die Sonne ihre Strahlen auf uns herab. Wie ich meine Haut kannte, würde ich morgen sicher einen Sonnenbrand haben. Meine Sonnencreme hatte ich dummerweise im Ferienhaus zurückgelassen und allmählich begannen meine Schultern und Oberarme oberflächlich zu schmerzen.

Die ungleichmäßig gepflasterte Straße war nicht unbedingt angenehm zu begehen. Wenn man keine Turnschuhe trug umso weniger, doch auf irgendeine paradoxe Weise trug sie viel zum besonderen Charme des Städtchens bei. Sie machte es einzigartig. Ebenso wie die vielen hübschen Häuser mit ihren Fensterläden und Blumen im Fenster. Sie sahen niedlich, und im Gegensatz zu all den großen, hohen Wolkenkratzern, die ich vom Fenster meines Bungalows aus sehen konnte, unschuldig aus.

„Dort ist die WG von Maya und Poppy." Jonah wies mit ausgestrecktem Arm auf ein schmales zweistöckiges Häuschen mit abblätterndem rosafarbenem Anstrich schräg gegenüber des *Goldies.* „Im Erdgeschoss wohnt Arthur Walsh mit seinen Katzen. Der ist bestimmt schon hundert Jahre alt. Er war gefühlt schon so alt, als ich ein Kind war", versicherte er glaubhaft. „Seit seine Frau gestorben ist, vermietet er die obere Etage als WG. Fast alle von uns haben eine Zeit lang dort gewohnt, sogar Edith."

„Edith?", wiederhole ich ungläubig, während wir durch die Straße schlenderten, ohne dass auch nur ein einziges Auto oder eine einzige Person unseren Weg kreuzte. „Das kann ich mir kaum vorstellen. Sie ist so …

so … " Mir fiel partout kein Adjektiv ein, das sie treffend genug beschreiben würde.

„So *Edith*", half Jonah mir auf die Sprünge. „Ja. Und George ist genauso."

Ich bedachte ihn mit einem zaghaften Seitenblick. Es war schwer einzuschätzen, welche Worte ihn wieder mürrisch und schlecht gelaunt werden ließen, weil sie ihn auf eine Weise trafen, die ich nicht vorhersehen konnte.

„Du bist anders", riskierte ich schließlich leise zu sagen.

„Bin ich", stimmte Jonah mir zu. „Und ich habe mein ganzes bisheriges Leben damit verbracht, herauszufinden, ob ich schlecht anders oder gut anders bin."

Wir liefen zum Golden Lake, wo Jonah mir die Stelle zeigte, an der er als Kind seine Goldfische freigelassen hatte, damit sie mehr Platz zum Schwimmen hatten, und anschließend enttäuscht gewesen war, dass sie nicht zu ihm zurückgekommen waren. An einem schattigen Plätzchen, an dem ich sicher sein konnte, keinen Sonnenbrand zu riskieren oder den, den ich bereits hatte, sich weiter ausbreiten zu lassen, schob ich so viele kleine Steinchen wie möglich beiseite, bettete mich in den Sand und schloss die Augen. Das muss es gewesen sein, was Edith gemeint hatte, als sie mir Urlaub empfohlen hatte. Genau das.

Schließlich fanden wir uns erneut im *Goldies* wieder, in dem Maya, Luna, Max, Ilay und Drake bereits saßen, sich eine übergroße Schüssel Nachos teilten und uns zu sich winkten, als hätten sie uns bereits erwartet.

„Guten Abend", begrüßte uns der hellblonde Aushilfskellner, den ich nur als Poppys Schatz kannte, knapp, als er gerade ein paar Gläser Cola und Bier auf dem Tisch abstellte. „Was kann ich euch bringen?“

„Es ist schon Abend?“ Erstaunt warf ich einen Blick auf meine Uhr.

Ich konnte es kaum glauben, da hatte ich doch tatsächlich den ganzen Tag mit Jonah Nervensäge Abercrombie verbracht und ihn nicht ein einziges Mal umbringen wollen. Es geschahen noch Zeichen und Wunder.

„Eine Cola bitte“, beeilte ich mich zu sagen, nachdem Jonah ein Bier bestellt hatte und sich neben Ilay setzte.

„Kommt sofort.“ Mit einem Nicken verschwand Poppys Schatz hinter dem Tresen.

Das *Goldies* war an diesem Abend für seine Verhältnisse überaus gut besucht. Als Grayson an den Tisch kam, um alle knapp zu grüßen, eine Runde Cocktails auszugeben und sich für einen kurzen Augenblick dazuzusetzen, fiel mir etwas von Ediths To-Do-Liste ein.

„Edith hat mich um etwas gebeten. Ich soll den ...“, ich räusperte mich und fühlte mich plötzlich unwohl, „... den großen bösen Wolf grüßen.“

Für einen kurzen Moment herrschte absolute Stille, dann begannen alle lautstark zu lachen.

„*Ich* bin der große, böse Wolf“, erklärte Grayson. „Aber keine Angst, ich beiße keine feinen Ladys von außerhalb.“

Ich kicherte unsicher. Wer oder was ihm den Spitznamen verpasst hatte, traute ich mich nicht mehr zu fragen. Vielleicht sein verwegen aussehendes Äußeres?

Ich nippte an dem Cocktail, den er mir hingestellt hatte, und hielt begeistert inne. Einen wie diesen hatte ich noch nie getrunken. Er schmeckte nach Cranberry und Limette und erinnerte deshalb ein wenig an *Cosmopolitan*, aber zudem schmeckte ich noch anderes heraus: Pfirsich, Orange und Kirsche.

„Romy ist in love mit deinem Cocktail", stellte Luna trocken fest. Zu Recht.

„Das ist ab jetzt offiziell mein Lieblingscocktail. Schmeckt, als hätten ein *Cosmopolitan* und ein *Sex on the Beach* ein Baby gemacht", entfuhr es mir.

Grayson lachte rau. „Ist meine Spezialität. Er heißt *Golden Blood*. Man muss nur aufpassen, weil ganz schön viel Wodka und Pfirsichlikör drin sind. Das schmeckt man nicht raus." Er zwinkerte mir zu und erhob sich, um zum Tresen zurückzukehren. Kurz darauf kam er wieder an unseren Tisch, zwei Gitarren unter den Arm geklemmt. Verwundert beobachtete ich, wie er eine Jonah reichte, der sich kurz zierte, sie dann jedoch nahm und sich mit der anderen zu uns setzte.

„Du hast sie noch?", Jonah klang überrascht und grinste kopfschüttelnd in sich hinein.

„Klar. Lass uns spielen. Haben wir lange nicht gemacht", antwortete Grayson trocken, als wäre es die einzig wahre Erklärung dafür, dass er quasi aus dem Nichts damit ankam, und stimmte mit ein paar auflockernden Klängen einen Song an, der mir sofort bekannt vorkam.

Jonah grinste, dann fiel er, unter dem Johlen seiner Freunde, mit ein. Gerade war ich noch geflasht davon gewesen, wie gut er spielen konnte und wie sehr sein Spiel mit Graysons harmonierte, als Letzterer zu singen begann.

„So she said what's the problem, baby?
What's the problem? I don't know
Well, maybe I'm in love
Think about it every time
I think about it
Cant stop thinking 'bout it."

Nach und nach fielen alle Freunde mit ein. Obwohl ich den Text kannte, traute ich mich zuerst nicht, bis Maya und Luna mich geradezu anfeuerten.

„How much longer will it take to cure this?", sang ich so zaghaft und leise, dass die kräftigen Stimmen der anderen meine überdeckten und mittrugen. *„Just to cure this 'cause I can't ignore it if it's love."*

Für den Bruchteil einer Sekunde trafen sich Jonahs und mein Blick und ein merkwürdiges, zugleich schmerzhaftes wie kribbelndes Gefühl ergriff von mir Besitz. Schnell senkte ich den Blick. Als ich kurz darauf wieder hinsah, hatte er sich ebenfalls von mir abgewandt, sang nicht mehr und spielte verträumt dreinblickend auf der Gitarre.

Als das Lied zu Ende war, deutete Grayson eine leichte Verneigung an, nahm Jonahs Gitarre wieder an sich und verschwand hinter dem Tresen. Mit fiebrig glühenden Wangen nahm ich einen großen Schluck aus meinem Glas. Tatsächlich schmeckte der Cocktail, als wäre er alkoholfrei. Ich hätte zehn davon trinken können. Doch nach dem dritten spendierte Max für alle eine Runde Bourbon.

„Amerikanisches Nationalgetränk", drängte er, als ich zuerst den Kopf schüttelte. „Wie kann man dazu Nein sagen?"

Es folgten ein Bier, von Ilay ausgegeben, das mir nicht besonders schmeckte, und ein weiterer Cocktail. Am Ende des Abends fühlte ich mich mehr als angeheitert und musste mich kurz an der Tür festhalten, als Jonah und ich aufbrechen wollten.

„Pass auf, dass sie nirgendwo reinfällt oder so", ermahnte Luna ihn bei der Verabschiedung besorgt. Eventuell hatte ich wirklich ein wenig über die Stränge geschlagen. Das passierte mir sonst nie.

„Ich lass' sie dann liegen und hole sie morgen", scherzte Jonah, was ihm einen warnenden Blick von ihr einhandelte.

„Wenn wir ein Wettrennen machen, sind wir fast nüchtern, wenn wir am Haus ankommen", schlug er mit einem Blick auf mich pragmatisch vor.

Kichernd schüttelte ich den Kopf. „Ich kann gerade mal *gehen*, wie soll ich da rennen?", gab ich zu bedenken und fügte prustend hinzu: „Wenn du mich bis zum Haus trägst, bist du nüchtern, bis wir da sind und ich laufe nicht Gefahr, auf dieser komischen Straße zu stürzen und mir die Knie aufzuschlagen."

„Danke, nein." Jonah schüttelte den Kopf. „Dann *gehen* wir besser."

Tatsächlich tat es gut, sich ein wenig zu bewegen. Obwohl mir immer noch schummrig zumute war, fühlte ich mich mit jedem Schritt klarer.

„Das Lied war schön", merkte ich leise an. „Und du ... spielst gut Gitarre."

Jonah tippte sich dankend an seinen nicht vorhandenen Hut.

Als wir das Cottage endlich erreicht hatten, drängte ich mich an Jonah vorbei ins Wohnzimmer, während er noch die Haustür schloss.

„Ich nehme das Sofa“, beeilte ich mich zu sagen.

„*Ich* nehme das Sofa“, entgegnete er sofort.

„Wer zuerst kommt, mahlt zuerst!“, erinnerte ich ihn aufgesetzt streng.

„Vergiss nicht, dass das *mein* Sofa ist.“ Jonah warf mir einen tadelnden Seitenblick zu, dann grinste er. „Na, ich will mal nicht so sein. Ich teile mit dir. Ausnahmsweise.“

„Wie gütig“, zog ich ihn auf, war aber gleichermaßen erleichtert. Das Sofa war einfach zu bequem, um es sich entgehen zu lassen – und groß genug für zwei erwachsene Menschen und ein angemessener Sicherheitsabstand war auch möglich.

Mit einem synchronen, wohligen Seufzen ließen wir uns darauf sinken und Jonah schaltete den Fernseher ein. Es lief gerade eine Reportage über einen Serienkiller. Mit kühl-neutraler Stimme wurde berichtet, dass die Opfer in Stücke gehackt und tiefgefroren worden waren. Angewidert verzog ich das Gesicht.

„Nicht gerade die schönste Entspannungsuntermalung“, gab ich zu bedenken.

„Wieso nicht? Ist doch inspirierend.“ Jonah zog die Fernbedienung, nach der ich gerade gegriffen hatte, fort und steckte sie sich ins Shirt.

„*Inspirierend*?“ Ich schüttelte fassungslos den Kopf.

„Klar. Hast du etwa noch nie dran gedacht, jemanden umzubringen?“

„Und in Stücke zu hacken und einzufrieren?“ Ich schüttelte den Kopf. „Bisher nicht, nein. Du?“

„Gelegentlich“, erklärte er mit gleichgültigem Gesichtsausdruck.

„Du spinnst ja!“ Ich zog die Beine an den Körper, kuschelte mich in das weiche Polster und spürte, wie ich regelrecht darin versank. Ich musste unbedingt herausfinden, ob und wo es dieses Sofa gab und es für meinen Bungalow nachkaufen.

Je länger ich dasaß und die Dokumentation, die Jonah sich (etwas *zu* interessiert für meinen Geschmack) ansah, im Hintergrund laufen hörte, umso müder und träger wurde ich. Ein unfassbar gutes Gefühl legte sich über mich. So etwas wie Frieden. Ich spürte noch, wie meine Lider immer schwerer wurden, dann versank ich in einen süßen, erleichternden Schlaf.

Ich schreckte hoch, als ich etwas zu Boden fallen hörte. Zunächst völlig desorientiert blickte ich mich nach links und rechts um, um dann festzustellen, dass es die Fernbedienung war, die zu Boden gefallen war. Dabei war das Batteriefach aufgegangen und die beiden schmalen Batterien waren über den Boden und gegen ein Tischbein gerollt, wo sie immer noch lagen.

Als ich aufstehen wollte, stellte ich fest, dass Jonah ebenfalls eingeschlafen war und näher bei mir lag, als ich erwartet hatte. Offenbar waren wir beide beim Einnicken in die Mitte des Sofas gerutscht, wo wir mit nur wenigen Zentimetern Abstand zwischen uns gelegen hatten. Sein warmer Atem streifte meinen Arm, an dem der Ärmel hochgerutscht war. Ganz vorsichtig, um ihn nicht aufzuwecken, stemmte ich mich in die Höhe und rutschte ein kleines Stück zurück, als mir plötzlich ein ganz neuer Geruch in die Nase stieg. Lavendel? Ich hielt inne und schnupperte. Es war eindeutig Lavendel! Und noch etwas anderes. Ich atmete besonders tief ein und wieder aus. Sandelholz. Lavendel und Sandelholz! So roch Jonah also. Tausendmal besser als Loui Benjamin, von dessen Geruch ich schon bei der Begrüßung hatte niesen müssen, und auch tausende Male besser als all die anderen Kerle, die ich gedatet hatte, und die wahlweise nach Aftershave, Mundwasser, Omas Weichspüler oder Schweiß gestunken hatten. Ich atmete nochmals tief ein – und bemerkte, dass Jonah die Augen aufgeschlagen hatte.

„Riechst du an mir?"

„Was? Nein! Niemals!", entgegnete ich eine Spur zu ertappt.

Jonah grinste in sich hinein, die Augen vom Schlaf noch ganz klein, die zum Dutt zusammengenommenen Haare wirr.

„Ich glaube", setzte er nachdenklich an. „Ich habe noch nie einen so merkwürdigen Menschen wie dich getroffen."

„Dito", antwortete ich und konnte nichts gegen das sich paradox anfühlende Lächeln tun, das sich in meinem Gesicht ausbreitete.

Kapitel 16

Einen Schritt vor, zwei zurück

Tag fünf begann zwar erst am späten Mittag, jedoch immerhin ohne Kater. Nachdem ich mich vergewissert hatte, dass Jonah diesmal nicht auf dem Badewannenrand saß, stieg ich erleichtert unter die Dusche. Anschließend schlüpfte ich in eine Jeggins und ein enges schwarzes Top und nahm meine langen Haare zu einem Zopf im Nacken zusammen, aus dem sich sofort einige kürzere Strähnen des Ponys lösten und mir ins Gesicht fielen. Ich legte ein wenig Wimperntusche und etwas Lipgloss auf und stellte erfreut fest, dass ich tatsächlich schon erholter und vor allem gebräunter aussah als vor meinem Urlaub. Little Goldcoast tat mir gut. Zum ersten Mal wurde ich wehmütig beim Gedanken, bereits übermorgen nach Hause zurückkehren zu müssen. Die Vorstellung, mein eigentliches normales Leben fortzusetzen, exakt an der Stelle, an der ich es pausiert hatte, fühlte sich merkwürdig an.

Mein Magen knurrte vernehmlich, also brühte ich mir in der Küche einen Kaffee auf und aß einen Müsliriegel, der auf der Arbeitsfläche lag und nach Nuss und klebrigem Honig schmeckte. Zurück im Zimmer machte ich mein Bett und riss das Fenster auf, um etwas frische, wenn auch heiße Luft hereinzulassen. Dabei fiel mein Blick auf die beiden *Royal Lovers*-Romane, die ich auf dem Nachttisch abgelegt hatte. Ein unangenehm vertrauter Kloß bildete sich in meinem Hals und plötzlich war alles wieder da: der Druck, die Hilflosigkeit, die Frage danach, wie und ob ich es schaffen würde, der Geschichte bis zur Deadline das Ende zu erschaffen, das sie verdient hatte.

Ohne weiter darüber nachzudenken, schnappte ich mir Band 1 und schlug ihn wahllos auf einer der hinteren Seiten auf.

Jace O'Kelly hatte bereits eine maßlos hohe Anzahl an Frauen in seinem Leben angetroffen: schöne, bemerkenswerte und starke Frauen. Doch keine von ihnen war wie diese gewesen. Sein Herz schlug für sie in einer Art und Weise, die er nach seiner Flucht aus dem dunklen Königreich nie geglaubt hatte empfinden zu können. Mit jedem Schlag für sie schien es größer und stärker, aber zugleich auch zerbrechlicher zu werden, sodass er sich voller Schrecken darüber klar wurde, dass sie es wie Glas zerspringen lassen könnte.

Versunken in Erinnerungen und meine eigenen Worte sank ich mit dem aufgeschlagenen Buch in der Hand auf die Bettkante und blätterte um. Ich bemerkte nicht, dass die Zeit verging, während ich Seite um Seite las und mich fühlte, als würde ich eine alte Heimat wieder besuchen, deren Schön- und Vertrautheit ich längst vergessen hatte. Ich bemerkte auch nicht, dass Jonah an meinem Zimmer vorbeiging, die geöffnete Tür bemerkte und stehen blieb, um einen Blick hineinzuwerfen. Erst sein offiziersmäßig strenges **Hey** ließ mich zusammenfahren. Vor Schreck glitt mir das Buch aus den Händen und fiel mit einem dumpfen Laut zu Boden.

„Jonah!“, schimpfte ich aufgebracht. Ich hasste es, erschreckt zu werden.

„Romy!“, schimpfte er zurück. „Ich habe doch gesagt, du sollst diesen Schund nicht lesen.“

„Das ist kein Schund.“ Kopfschüttelnd klaubte ich das Buch vom Boden auf und legte es zurück auf den Nachttisch. „Du hast keine Ahnung.“

„Ach ja? Gib es mir.“ Unaufgefordert betrat Jonah den Raum, schnappte sich *Royal Lovers 1* und schlug es auf.

Ich sprang vom Bett, um es ihm abzunehmen, aber er hielt es einfach so hoch, dass ich es nicht zurückerobern konnte.

„Gib es zurück!“, jammerte ich und fühlte mich wie ein Grundschulkind, dem man die Brotdose abgenommen hatte, um sie durch den Klassenraum zu werfen.

Hochkonzentriert glitt Jonahs Blick über die klein gedruckten Zeilen, dann schüttelte er den Kopf.

„Völlig unrealistisch“, murmelte er und blätterte um. „Sie hatten gerade zweimal Sex und jetzt startet Runde drei? Braucht dieser Jason keine Verschnaufpause?“

„Jace“, korrigierte ich, setzte mich resigniert auf die Bettkante und verschränkte die Arme vor der Brust. „Das verstehst du nicht.“

Jonah blätterte weiter im Buch herum, schüttelte immer wieder mal den Kopf oder gab ungläubige Laute von sich. Mit jeder Geste und Äußerung fühlte ich mich schlechter, schließlich war es mein Lebenswerk, das er da kleinredete. Auch wenn er es nicht wusste.

„Hier!“, triumphierte er schließlich und tippte mit der Spitze des Zeigefingers auf eine Zeile im Buch, als hätte er die Antwort auf eine vorausgegangene Frage gefunden. „Er kommt von der schweißtreibenden stundenlangen Jagd zurück und die beiden treiben es direkt miteinander? Warum duscht er nicht vorher? Und dann, ein paar Seiten weiter ... Sie waren gerade drei Tage und drei Nächte lang in einem Kerker eingesperrt und haben sich ausschließlich von Zwiebeln und Regenwasser ernährt und kaum haben sie es geschafft zu fliehen und nach Hause zurückzukehren, fangen sie direkt wieder an zu knutschen. Putzen die sich nicht zumindest mal die Zähne?“

Darüber hatte ich tatsächlich noch nie nachgedacht. Jace und Schweiß- oder Mundgeruch passten nicht zusammen. In meiner Vorstellung duftete er immerzu köstlich.

„Es ist eine Geschichte“, rechtfertigte ich mich und betonte jede einzelne Silbe des Wortes, um sicherzugehen, dass er es auch wirklich verstand.

Kopfschüttelnd blätterte Jonah weiter. „Das ist schlimmer, als ich dachte“, murmelte er. „Wieso lehnt sich dieser Typ eigentlich andauernd in den Türrahmen, während *die holde Morgensonne sich auf seiner muskulös anmutenden Brust widerspiegelt?*“, zitierte er mit aufgesetzt pikierter Stimme. „Und ist das rein physikalisch überhaupt möglich? Ist sein Oberkörper eingeölt oder so?“ Er lachte über seinen eigenen dummen Scherz.

„Im Türrahmen lehnen ist sogar ziemlich erotisch", klärte ich Jonah auf. „Das machen viele Männer in Büchern und Filmen."

Mit einem Blick, als wäre ihm gerade die Idee des Jahrtausends gekommen, warf er das Buch auf mein Bett, trat zur Tür und winkte mich zu sich.

„Komm mal her", forderte er mich auf.

Widerwillig tat ich, was er verlangte.

„Stell dich hierhin." Behutsam schob er mich mit dem Rücken an die Tür, nahm den Arm hoch und lehnte sich – Jace hätte es nicht besser machen können – betont lässig in den Türrahmen. Belehrend blickte er auf mich herab.

„Lächerlich, oder?", fragte er.

„Absolut", gab ich ihm recht, obwohl es alles andere als lächerlich war. Es war heiß. So heiß, dass mein Mund trocken und meine Knie zittrig wurden und ich nicht wusste, wie lange ich noch mit gleichgültig aussehendem Gesichtsausdruck dastehen konnte.

„Und was machen sie dann?", fragte Jonah.

„W ... wer?"

„Die Männer in deinen komischen Büchern und Filmen."

„Ach so." Ich versuchte zu schlucken, aber aus irgendeinem Grund war meine Kehle wie zugeschnürt. „Die ... ähm ... keine Ahnung." Ich lachte unsicher und hoffte, dass der ganze Speichel, der sich in meinem Mund ansammelte, da ich nicht schlucken konnte, nicht einfach hinauslaufen würde. Jonah wäre sicher not amused, wenn ich ihm jetzt auf die Füße sabbern würde.

„Ah, ich weiß schon." Er nickte wissend und tippte sich mit dem Zeigefinger an die Schläfe. „Hab' ja auch die eine oder andere Schnulze mitangesehen. Notgedrungen, versteht sich", fügte er hinzu.

Und dann, ohne weitere Vorwarnung, umfasste er mein Kinn und hob es an, sodass mein Kopf leicht in den Nacken gedrückt wurde und ich genötigt war, ihm direkt in die Augen zu sehen. Einen Moment lang lagen Überlegenheit und etwas wie Hohn darin, während ich, erstarrt wie ein kleines Tier im Licht eines Scheinwerfers, zurückstarrte. Dann veränderte sich etwa in ihnen. Das Provokante wich und wurde durch etwas anderes ersetzt, durch etwas Weiches und jäh Nachdenkliches.

Ich konnte immer noch nicht schlucken. Jonahs Griff um mein Kinn wurde sanfter, ließ locker, und dennoch hielt ich meinen Kopf in den Nacken gelegt und sah ihn an. Auf einmal strich sein Daumen über meine Wange, ganz zart und dennoch so intensiv, dass ein wohliger Schauder über meinen gesamten Körper huschte.

„Romy, ich ...", setzte er an und seine Stimme klang fremd, rau und ein wenig verloren.

Es fiel mir schwer zu sagen, was es letztendlich war, aber plötzlich musste ich an Jace denken. An Catherine. An die *Royal Lovers* und deren Liebe und an das, was ich mir selbst zu erhoffen glaubte. Jonah war nichts davon. Im Gegenteil: Gerade in diesem Moment verspottete er all dies sogar. Außerdem war er gerade frisch getrennt und konnte demnach wohl kaum rational handeln.

„Ich kann das nicht." Ohne weiter darüber nachzudenken, schlüpfte ich unter Jonah hinweg zurück in den Raum und brachte damit sowohl eine physische als auch eine psychische Distanz zwischen uns.

In Jonahs Gesicht veränderte sich erneut etwas. Das Weiche, Nachdenkliche, das ich kurz darin gesehen und das mich ohne Frage auf irgendeine paradoxe Weise berührt hatte, verschwand, glitt wie ein schwerer Vorhang zu Boden und wurde wieder durch jene typische Jonah-Miene ersetzt, die ich so gut kannte: herablassend, mürrisch, provokant.

„Du kannst *was* nicht?"

„Dich ..." Ich schlang unsicher die Arme um meinen Körper. Ich fühlte mich bloßgestellt. „Du weißt schon ... du wolltest mich ... und ich wollte ... wollte nicht ... also ..." Stammelnd hielt ich mir selbst die Hand vor den Mund. Jedes Wort, das ihn verließ, schien es bloß noch schlimmer zu machen.

„Wow, du dachtest echt, ich wollte dich *küssen*?" Jonah zog die Brauen so hoch, das sie fast unter seinem Haaransatz verschwanden. Dann lachte er schallend. „Das war gespielt, Prinzessin. Um dir zu zeigen, wie lächerlich das ist, was du da konsumierst." Mit einer abwertenden Handbewegung deutete er auf *Royal Lovers*, das er auf mein Bett geworfen hatte. „Aber offensichtlich hast du dir damit das Hirn schon so vernebelt, dass du es nicht einmal bemerkst."

Tränen traten mir in die Augen. Tränen der Wut, Scham und Erniedrigung. Ich konnte nicht fassen, dass das, was gerade zwischen uns stattgefunden hatte, so urplötzlich in der Luft zerrissen worden war. Oder war da überhaupt nichts? Es konnte doch unmöglich sein, dass ich mir das Ganze bloß eingebildet hatte. Sein Blick, seine Stimme, das Näherrücken seiner Lippen in die Richtung meiner ... und war da nicht eindeutig das

Gefühl, verletzt worden zu sein, in seinen Augen aufgeblitzt? Wenn auch nur ganz leicht, wie ein Schatten, den man kaum bemerkte.

Mit einem letzten ungeduldigen Kopfschütteln wandte er sich von mir ab, lief die Treppe herunter und verließ mit einem vernehmlichen Zuknallen der Tür das Ferienhaus.

Ich blieb zurück – mit heftig pochendem Herzen, einem merkwürdigen Stechen in der Magengegend und einem abgeneigten Gefühl beim Gedanken daran, *Royal Lovers* erneut in die Hände zu nehmen.

Kapitel 17

Retter in der Not

Er war im *Goldies*. Natürlich war er dort. So gut kannte ich Jonah bereits. Nachdem er einige Stunden lang weg gewesen war und ich mich wieder einigermaßen beruhigt hatte, wusste ich, wo ich ihn antreffen konnte. Er war der Erste, der mir auffiel, als ich durch die Tür trat und von Grayson begrüßt wurde, der gerade mit zwei Gläsern Bier in der Hand vorbeilief. Beim zweiten Blick bemerkte ich auch, dass die Clique wieder anwesend war. Hier in Little Goldcoast gab es nicht viele Angebote für junge Leute – genauer gesagt keine. Da war es logisch, dass sie den einzigen wahren Treffpunkt, der ihnen angeboten wurde, auch komplett ausnutzten. Hätte ich dort gelebt und wäre ein wenig extrovertierter, hätte ich es wahrscheinlich genauso gemacht.

Tatsächlich hatte ich jeden einzelnen meiner Besuche des gemütlichen *Diner*s bisher Jonah zu verdanken. Als hätte er meine Gedanken gehört, blickte er just in diesem Moment auf. Unsere Blicke trafen sich und über sein ohnehin schon recht mürrisch aussehendes Gesicht fiel ein weiterer Schatten. Luna jedoch, die neben ihm saß, versetzte ihm einen Klaps, winkte mich zu ihnen herüber und rutschte durch, sodass ich mich notgedrungen auf den einzigen freien Platz neben Jonah setzen musste.

Die Freunde begrüßten mich kurz, ehe sie ihre Gespräche wieder aufnahmen, und Grayson kam an den Tisch, um mir ohne nachzufragen meinen Lieblingscocktail zu servieren.

„Danke", brachte ich verwundert und geschmeichelt zugleich hervor.

Er nickte nur knapp, ehe er sich wieder Richtung Theke begab.

Das Gefühl, dazuzugehören, und das innerhalb eines so kurzen Zeitraums, beflügelte mich. Jedoch nur kurz. Dann sah ich Jonahs langes Gesicht und fühlte mich wieder schlecht.

„Tut mir leid wegen vorhin." Ich nahm mein Glas in die rechte Hand und streckte es ihm entgegen, um ihm zuzuprosten. „Ich wusste, dass du das nicht ernst meintest. Mir ging es genauso."

Jonah verdrehte die Augen. Standhaft hielt ich mein Glas weiter fest, bis er endlich mit seinem widerwillig, aber sanft dagegen stieß und ein griesgrämiges *Prost* murmelte. Erleichtert erwiderte ich das und wir tranken gleichzeitig.

„Hat mich an Keira erinnert", brummte er unerwartet, ohne mir in die Augen zu sehen.

„Ja, das habe ich mir gedacht."

„Es ist noch zu frisch."

„Ja. Bei mir auch." Ich nickte verständnisvoll und ergänzte: „Außerdem bin ich ja gar nicht dein Typ."

„Stimmt", nickte er.

„Und trage hässliche Unterwäsche."

„Das sowieso." Seine Mundwinkel zuckten kurz verdächtig.

Eine Weile lang saßen wir beiden schweigend da und lauschten den anderen Gesprächsfetzen, die in unzusammenhängenden Sätzen an unsere Ohren drangen.

„... schon alles gepackt, viel brauche ich ja nicht ..."

„... ist zwanzig Jahre her, du Spinner!"

„... würde ich im Leben nicht daten ..."

Mit jeder Minute, die verging, entspannte Jonahs Gesicht sich etwas mehr und schlussendlich, als Grayson mir den vierten Cocktail servierte, lachte er sogar und beteiligte sich an den Gesprächen um uns herum.

„Wie war sie so?", hörte ich mich selbst irgendwann fragen. Es klang nach Smalltalk, aber es interessierte mich wirklich.

„Wer?" Jonah musterte mich über den Rand seines fast leeren Glases hinweg.

„Deine Ex-Freundin." Ich schnappte mir sein Bier, trank einen Schluck daraus und gab es ihm zurück.

Keine Ahnung, wieso ich auf einmal so direkt war. Vielleicht hatte mir der Alkohol ein wenig die Sinne vernebelt, vielleicht fand ich mein Gegenüber aus demselben Grund interessanter, als er es tatsächlich war.

Jonah zog eine Grimasse, aber mir entging nicht, dass seine Miene sich verhärtet hatte. „Du verstehst es wirklich, die Stimmung auf den Gefrierpunkt zu bringen."

„Tut mir leid." Ich lächelte entschuldigend. „Du hast doch vorhin über sie gesprochen und ... ich dachte bloß ..."

„Dass wir jetzt Best Friends sind und aus dem Nähkästchen plaudern?" Seine Stimme war plötzlich so hart, dass ich mich von einem auf den anderen Moment stocknüchtern fühlte.

Auch den anderen fiel auf, dass sich etwas in unserem Miteinander verändert hatte. Nach und nach hörten alle auf zu sprechen und wandten sich uns zu, teils neugierig, teils offensichtlich besorgt.

„Alles gut?", erkundigte Luna sich.

„Ich geh' eine rauchen." Jonahs verdunkelte Augen richteten sich direkt auf meine. „Lauf mir nicht wieder nach, du bist nicht mein Hund." Er erhob sich und verließ das *Goldies*, ohne mich eines weiteren Blickes zu würdigen.

Verunsichert blieb ich mit einem dicken Kloß im Hals bei seinen Freunden sitzen und versuchte, das Ganze mit einem Lächeln zu überspielen, obwohl mir nach dem Gegenteil zumute war. Wieder hatte ich ohne nachzudenken eine von Jonahs Grenzen überschritten, und so die Seite an ihm zum Vorschein gebracht, die weder humorvoll noch interessant oder charismatisch war, sondern einfach nur mürrisch und wortkarg. Es war, als würde es nicht nur einen Jonah Abercrombie geben, sondern zwei.

„Mach dir keinen Kopf." Der nette Ilay schüttelte mit einer wegwerfenden Handbewegung den Kopf. „Er macht gerade eine schwere Zeit durch und kann sich selbst nicht ausstehen. Das hat nichts mit dir zu tun."

„Ilay hat recht." Luna rückte etwas näher an mich heran und versetzte mir einen sanften Klaps auf den Oberarm. „Bei Jonah gilt, wenn er so drauf ist, immer: hier rein, da raus." Dabei deutete sie erst auf ihr eines, dann auf das andere Ohr.

„Wisst ihr noch, als er Streit mit Jenna hatte und all ihren Barbies die Haare abgeschnitten hat?", warf Maya ein und alle begannen schallend zu lachen. „Wie geht's Jenna eigentlich? Hast du nochmal was von ihr gehört?"

„Sie meldet sich ... nun ja ... recht sparsam." Ilay hob die Schultern und ließ sie, begleitet von einem schweren Seufzer, wieder sinken. „Sie geht fleißig zur Uni und ist immer noch durch und durch ein Bücherwurm. Dass sie mit Dad keinen Kontakt hat und Mum und ich nicht gerade die besten Freunde sind, erschwert das Ganze natürlich. Wir telefonieren alle paar Monate mal." Mit einem Blick auf mich fügte er erklärend hinzu: „Jenna ist meine kleine Schwester. Als unsere Eltern sich damals getrennt haben, ist sie mit unserer Mum fortgezogen, während ich mit Dad hiergeblieben bin. Das war kurz bevor Max mit seinen Eltern hierhergezogen ist, Jenna war damals erst zehn."

Ich nickte, dankbar dafür, dass Ilay sich die Zeit nahm, mich als Außenstehende mit einzubeziehen, aber vor allem dafür, dass er so geschickt das Thema gewechselt hatte. Während an unserem Tisch allmählich wieder eine entspannte, aufgelockerte Stimmung herrschte, in der die einstigen Jugendfreunde in Erinnerungen schwelgten, die hin und wieder von Lachanfällen unterbrochen wurden, glitt mein Blick immer wieder Richtung Tür. Jonah kam nicht zurück. Müsste seine Zigarette nicht längst aufgeraucht sein? Ob ich mich erneut bei ihm entschuldigen sollte? Unsicher biss ich mir auf die Unterlippe.

„Ich glaube, ich werde mal nach ihm sehen", entschied ich schließlich zaghaft.

Als ich aufstand, machte sich der Alkohol in meinem Blut doch ein wenig bemerkbar. Leicht schwankend brauchte ich einen Moment, um wieder fest auf beiden Beinen stehen zu können.

„Frag' ihn von mir, ob er ein Tampon gebrauchen kann", verlangte Luna.

„Luna!" Maya schnalzte tadelnd mit der Zunge.

„Was denn?" Sie nippte gleichgültig an ihrem Cocktail. „Er hat ganz offensichtlich seine Tage."

Die Sommerluft surrte vor Hitze. Sofort klebte mir mein Top am Leib und ich hatte das Gefühl, dass sich Schweißperlen auf meiner Stirn sammelten. Ich blickte nach links und rechts, konnte Jonah aber nirgendwo entdecken. Die Straßenlaterne vor dem *Diner* funktionierte nicht, die nächsten beiden hüllten die Straße in ein gedimmtes Licht, das mich an einen Horrorfilm erinnerte. Vielleicht war er nach Hause gegangen.

Enttäuschung, aber auch Erleichterung darüber, nicht erneut mit ihm auf Konfrontationskurs gehen zu müssen, durchströmten mich. Gerade wollte ich zurück ins *Goldies* gehen, als ich Schritte vernahm.

„Jonah?" Ich lief ein wenig weiter und warf einen Blick in die schmale Gasse zwischen dem *Diner* und dem Haus direkt daneben, an deren Ende Müllcontainer standen.

„Ich bin's nur." Eine mir unbekannte männliche Stimme erklang.

Da die Gasse nicht beleuchtet war, fiel es mir schwer, an deren Ende eine schemenhafte Gestalt auszumachen, die offensichtlich gerade an den Containern lehnte.

„Hab' nur den Müll rausgebracht und mir 'ne Kippe gegönnt."

Wer war das? Ich kniff die Augen zusammen und tat vorsichtig einige Schritte in die Gasse hinein. Als die Gestalt sich mir plötzlich ebenfalls näherte, wich ich erschrocken zurück.

„Keine Panik, ich bin's nur." Im gedimmten Licht der Straßenlaternen erkannte ich nun das jungenhafte Gesicht von Graysons Aushilfe.

„Ah, Poppys Schatz", entfuhr es mir. „Sorry."

„Mein richtiger Name ist Ethan." Er grinste, kam näher, zog mit genüsslichem Blick an seiner Zigarette und blies mir den Rauch ins Gesicht. Völlig überrumpelt blieb ich stehen und hustete.

Ethan lachte. „Empfindliches Stadtmädchen, hm?", freute er sich.

Endlich erwachte ich aus meinem tranceartigen Zustand. „Nicht wirklich."

Ich ging einen Schritt rückwärts und funkelte ihn erbost an. Was fiel diesem Kerl ein, der zu alt war, um für einen Teenager gehalten zu werden, aber zu jung, um erwachsen zu sein?

„Ich mag bloß keine Raucher", fügte ich hinzu.

„Für dich hör' ich auf. Weil du's bist." Lachend warf er seine Zigarette auf den Boden und trat sie aus. „Besser, Süße?"

„Hör mal, ich bin nicht deine Süße!" Ich klang mutiger, als ich mich gerade fühlte. „Und jetzt lass uns wieder ins *Goldies* gehen, Grayson braucht dich sicher."

„Was Grayson braucht, is' Kundschaft und Money, Money, Money", entgegnete Ethan altklug und kam mir erneut so nah, dass ich seinen nach Zigarettenqualm stinkenden Atem im Gesicht spürte. „Was du brauchst, ist ein Mann. Das sehe ich sofort."

Es gab vieles, was mir in diesem Moment durch den Kopf schoss. Dass er einiges war, aber gewiss kein Mann und dass ich ihn mit Sicherheit nicht brauchte. Dass er verlobt war und stank und ich mich unwohl fühlte, weil er mich so bedrängte. Aber ich brachte kein Wort hervor. Irgendetwas an Ethans überheblichem Selbstbewusstsein und der Tatsache, dass weit und breit niemand außer uns war, weil Little Goldcoast eine verdammte Geisterstadt war, führte dazu, dass ich völlig paralysiert dastand und zuließ, dass er mir näher und näher kam. Fast berührten seine auf einmal zum Kussmund geformten Lippen mein Gesicht, das ich bereits zur Seite gedreht hatte, als ein so heftiger Ruck durch seinen Körper ging, dass ich vor Schreck erstickt aufschrie.

Ethan stürzte zu Boden und schlug instinktiv schützend die Hände über sein Gesicht. Während ich noch damit beschäftigt war zu realisieren, was gerade geschah, war Jonah da. Er hatte sich über Ethan gebeugt, riss ihn mit grober Gewalt am Shirt in die Höhe und stellte ihn schließlich wie eine kaputte Marionette zurück auf seine Füße. Ethan sah plötzlich ganz klein aus. Klein, dürr und ängstlich. Er zitterte am ganzen Körper.

Ich hatte gar nicht bemerkt, dass ich rückwärts gelaufen war, aber nun stieß ich mit dem Rücken an die Wand und die unerwartete Kälte des Steins ging mir durch Mark und Bein. Jonah, der Ethan immer noch am Shirt festhielt, holte aus und schlug ihm so fest ins Gesicht, dass der in sich zusammengesackt wäre, hätte er ihn nicht festgehalten. Im dumpfen Licht der meterweit entfernten Straßenlaterne fiel mir auf, dass Blut aus Ethans Nase über sein Gesicht sprudelte. Er wehrte sich nicht einmal.

„Fass sie nie wieder an!", grollte Jonah mit einer Stimme, die ich nie zuvor aus seinem Mund gehört hatte, und schubste ihn so grob von sich, dass Ethan im hohen Bogen erneut zu Boden stürzte. Mit einem nach Schmerz klingendem Wimmern blieb er kurz liegen, ehe er sich die Hände vor das Gesicht schlug, aufsprang und in geduckter Haltung an mir vorbeitaumelte.

„Und jetzt verpiss dich, bevor Grayson und Poppy erfahren, was für ein Arschloch du bist!", knurrte Jonah.

Im nächsten Moment war er bei mir. „Romy."

Aller Zorn war aus seiner Stimme gewichen, aller Hass aus seinen Augen. Sanft nahm er mein Gesicht in die Hände, umschloss es mit seiner Wärme, strich die Tränen fort, von denen ich bis gerade noch gar nicht gewusst hatte, dass sie da gewesen waren.

„Alles gut, ich bin da." Behutsam zog er mich an sich. „Ich passe auf dich auf. Ethan ist ein elender Feigling. Er wollte dir bloß Angst machen."

Mein Gesicht an seine Brust gedrückt, begann ich allmählich, wieder zaghaft zu atmen. Und mit jedem Atemzug drangen Lavendel und Sandelholz in mein tiefstes Inneres.

Kapitel 18

Auf Regen folgt Sonne

Mit der Erleichterung in meinem Inneren kam plötzlich heftiger Regen um mich herum auf. Ein Sommerregen, der sich nicht angekündigt hatte – zumindest hatte ich die Zeichen dafür nicht deuten können. Urplötzlich riss der Nachthimmel auf und ich war binnen weniger Sekunden bis auf die Haut durchnässt.

Nach einer kurzen Verabschiedung von der Clique, bei der Jonah mich nicht aus den Augen gelassen, geschweige denn seine schützende, warme Hand von meiner Schulter genommen hatte, waren wir auf dem Nachhauseweg ziemlich genau zwischen *Diner* und Cottage.

Tat die unerwartete Abkühlung im ersten Moment auch noch gut, wurde mir rasch kälter und Jonah zog mich zu einer überdachten Haustür nahe des *Diner*, über der ein protziges Messingschild in kaum zu entziffernder, verschnörkelter Schrift *Familie Harrison* verkündete.

„Da können wir unterkommen, bis es aufhört zu regnen“, rief er gegen das heftige Prasseln an und klingelte zweimal, bevor ein greller Blitz und ein Donnergrollen ohnegleichen die Luft zerrissen.

Ich nickte eingeschüchtert. Gewittergeräusche, während man eingekuschelt im Bett lag, waren doch etwas anderes als ein gefühlter Weltuntergang, während man draußen war. Erfolglos versuchte ich, mein Gesicht vor dem Regen zu schützen, um zumindest jenen Mascararest, den die Tränen noch zurückgelassen hatten, vor dem Verschmieren zu schützen. Ich sah wahrscheinlich inzwischen längst aus wie ein überfahrener Waschbär.

Die Tür wurde aufgerissen und ein ernst wirkendes älteres Ehepaar starrte uns an, bis sie Jonah erkannten und uns ohne ein Wort hereinwinkten. Unsicher ließ ich mich von meinem Begleiter in den schmalen Flur ziehen, der nach Mottenkugeln und Weichspüler roch. Als wir aus unseren Schuhen schlüpften, hinterließen unsere Füße kleine Pfützen auf dem Boden.

„Ihr armen Kinder!" Die Frau des Hauses, Lockenwickler im rötlichen Haar, eine Schürze um den Leib gebunden und tiefe Falten um den schmallippigen Mund herum, drückte uns zwei weiche, riesige Handtücher in die Hände.

Kinder? Jonah und ich sahen eindeutig nicht jünger aus als Mitte zwanzig.

„Danke", sagten wir synchron.

„Du weißt ja, wo das Badezimmer ist, Junge." Der Mann, im Gegensatz zu seiner hageren Frau ziemlich wohlgenährt, deutete auf eine mit Teppich ausgelegte Treppe. Er hatte einen auffälligen grauen Schnurrbart sowie eine Halbglatze und trug eine Brille, die aussah, als wäre sie mit seinem rundlichen Gesicht verwachsen. Unwillkürlich fühlte ich mich an Harry Potters Onkel Vernon erinnert, auch wenn dieser Mann hier weitaus freundlicher schien.

„Nehmt euch etwas Frisches zum Anziehen von den Kindern." Die Frau wedelte mit ihrer Hand Richtung Treppe. „Bleibt, solange ihr wollt."

Offenbar freuten die beiden sich aufrichtig, Besuch zu bekommen. Sprachlos über so viel Gastfreundschaft bedankte ich mich und folgte Jonah die Treppe hinauf, deren Stufen bei jedem einzelnen Schritt vernehmlich knarzten. Er öffnete die erste Tür auf der linken Seite und winkte mich mit einer angedeuteten Verneigung hinein, bevor er die Tür hinter mir von außen schloss. In dem kleinen, mit winzigen Kacheln gefliesten Badezimmer war der Geruch nach Mottenkugeln und Weichspüler noch stärker als im Flur. Schier überall waren Unmengen von maritimen Dekoartikeln drapiert, während viele Fliesen mit ganz offensichtlich selbstgemachten Window Color-Motiven beklebt waren. Das Toilettenpapier auf der Fensterbank trug einen gehäkelten Überzug. Alles hier erinnerte mich an das Haus meiner längst verstorbenen Großeltern, an lange Filmabende mit zu vielen Süßigkeiten und den Geruch frischer Waffeln am Morgen. Mit einem nostalgischen Gefühl irgendwo zwischen Magen und Herz beeilte ich mich, aus der nassen Hose und dem Top zu schlüpfen, ließ eilig die Unterwäsche folgen und trocknete mich mit dem riesigen Handtuch ab. Ich wrang meine Kleidung aus und hängte sie über die Duschkabine, trocknete meine langen tropfenden Haare und band sie zum Dutt hoch. Schnell schlang ich das Handtuch um mich – es reichte locker von der Brust bis in die Kniekehlen und passte zweimal um meinen Körper – und öffnete die Badezimmertür.

Jonah hatte sich keinen Zentimeter wegbewegt. Mit ernsten, sanften Augen sah er mich an, als würde er sichergehen wollen, dass es mir gutging, ehe er im Badezimmer verschwand und sich ebenfalls abtrocknete. Als er, in ein großes türkisfarbenes Handtuch gewickelt, zurück in den Flur trat, musste ich unwillkürlich grinsen.

„Steht mir gut, was?" Er deutete mit einem Nicken auf den nächsten Raum, auf dem der Name *Nora* stand. Er war mit Holzbuchstaben aufgeklebt worden, ebenso wie der Name *Aron* eine Tür weiter.

„Wir können uns Kleidung von den beiden nehmen", erklärte er und betrat mit mir gemeinsam zuerst Noras Zimmer. Es schien das typische eines Teenagermädchens zu sein, mit Postern von Popstars an den Wänden bis oben zur Decke und einer Pinnwand, an der unzählige Fotos befestigt waren. Das Bett war ordentlich gemacht und auf dem Nachttisch standen ein Glas und eine hübsche Lampe, auf der ebenfalls der Name prangte.

Verunsichert rieb ich mir mit den Handinnenflächen über die ausgekühlten Oberarme. „Ist das nicht komisch, einfach was von ihr zu nehmen?"

„Würdest du lieber wieder deine nassen Sachen anziehen?"

Kopfschüttelnd warf ich einen Blick in den altmodisch anmutenden Kleiderschrank, den Jonah für mich geöffnet hatte. Darin befanden sich Unmengen an Kleidern, Blusen und Röcken. Nora schien ein Mädchen mit einem sehr romantischen Kleidungsstil zu sein.

Mit einem nach wie vor merkwürdigen Gefühl in der Magengegend entschied ich mich für eine weiße kurzärmlige Rüschenbluse und einen langen schwarzen Flatterrock. Ich schlüpfte hinein, während Jonah sich in das andere Zimmer zurückzog und kurz darauf in einem Hawaiihemd und einer kurzen Stoffhose in grellem Pinkton zurückkam. Ich verkniff mir ein Lachen.

„*Das* war das Beste, was du finden konntest?", erkundigte ich mich.

„Sei froh, dass du den Rest nicht gesehen hast." Jonah zupfte das Hemd zurecht und fuhr sich über die nassen dunklen Haare. Verrückterweise sah er selbst in diesem schrägen Outfit noch zum Anbeißen aus. Wie Jason Momoa auf einem Kostümball.

„Wo sind die beiden?", erkundigte ich mich.

Jonah öffnete gerade den Mund, um mir darauf zu antworten, als schwere Schritte, begleitet vom Knarzen der Stufen, auf der Treppe erklangen.

„Na, seid ihr fündig geworden?" Unsere Gastgeberin blieb auf der obersten Treppenstufe stehen und bekam einen milden und sentimentalen Gesichtsausdruck, als sie uns sah. „Nein, wie schön!", freute sie sich und klatschte in die Hände. „Der Abercrombie-Junge und seine Freundin in der Kleidung meiner Zwillinge. Herrlich!"

Peinlich berührt sah ich zu Jonah, aber er gab sich keine Mühe, den Irrtum aufzuklären.

„Danke", beeilte ich mich zu sagen, als wir gemeinsam zurück ins Erdgeschoss gingen, wo unsere nassen

Schuhe bereits ordentlich auf Zeitungspapier gestellt worden waren.

„Ach, nicht dafür, Liebes." Kopfschüttelnd streckte sie mir ihre rechte Hand entgegen, entschied sich dann aber um und schloss mich in die Arme. Einen sehr merkwürdigen, sehr langen Moment lang hielt sie mich fest, bevor sie mich mit einem tiefen Seufzer wieder losließ. „Ich bin übrigens Grace."

„Ich bin Romy." Höflich lächelnd, wenngleich auch mit einem merkwürdigen Gefühl im Bauch, stellte ich mich neben Jonah.

„Oh, wie hübsch. Wie Romy Schneider?"

Ich nickte. „Meine Mutter hat sie vergöttert. Für sie stand immer fest, dass ihre Tochter einmal diesen Namen tragen würde."

„Wir ollen Mütter immer, was?" Grace lachte und schob uns ins Wohnzimmer, wo ihr Mann in einem breiten Ohrensessel saß und Pfeife rauchte. Hier schien die Zeit vor vielen Jahrzehnten stehengeblieben zu sein. An den Wänden hingen unzählige Knüpf- und Stickbilder – und Unmengen von Fotos. Sie zeigten alle dieselben beiden Gesichter, mit ziemlicher Sicherheit Aron und Nora, in sämtlichen Altersklassen, beim Eislaufen, Spaghetti essend, am Strand, mit lustigen Grimassen und schlafend auf der Rückbank. Von draußen prasselte immer noch der Regen gegen die Fenster, so heftig, als würde er Einlass verlangen.

„Setzt euch." Grace deutete mit einer einladenden Handbewegung auf ein grün-rot-kariertes Sofa, auf dem in akribischer Reihenfolge, nach Größe sortiert, Kissen mit Hunde- und Katzenmotiven aufgereiht waren.

Nebeneinander nahmen wir Platz, direkt vor einer übergroßen Schwarz-Weiß-Fotografie der beiden Jugendlichen, die die schlanken Arme umeinandergeschlungen hatten und um die Wette in die Kamera strahlten. Sie mussten um die sechzehn, vielleicht siebzehn Jahre alt sein. Das Mädchen sah aus, als wüsste es nicht ganz, ob es gerade seine Emo-Phase ausleben oder sich lieber von Kopf bis Fuß überromantisch in Blumenmuster hüllen wollte. Ihre Frisur und der breite Kajalstrich, der dramatisch ihre Augen umrahmte, sprachen für Ersteres, während der Rest eher auf Letzteres hindeutete. Der Junge hatte kurze, wuschelig aussehende Haare, ein schmales Gesicht und eine kleine Lücke zwischen den Vorderzähnen, die ihn ziemlich niedlich aussehen ließ.

„Wo sind die beiden?" Ich deutete auf das Foto. „Ich habe sie hier noch nie ..."

Jonahs Hand auf meinem Bein ließ mich innehalten. Verunsichert sah ich zu ihm auf. Kaum merklich schüttelte er den Kopf.

Grace tat, als hätte ich nichts gesagt. Sie bot uns selbstgebackene Kekse an und brachte ihrem Mann eine Flasche Bier, während ich mich allmählich fragte, ob es nicht doch besser gewesen wäre, durch den Regen bis zum Ferienhaus zu laufen. Die Harrisons waren nett, ohne Frage, und uns die Kleidung zu leihen, Gebäck anzubieten und ein Dach über dem Kopf zur Verfügung zu stellen, war wirklich gastfreundlich. Dennoch fühlte sich irgendetwas hier nicht ganz richtig an. Als wären wir in eine Art Blase geraten, zu der normalerweise nur diese Familie Zutritt hatte.

Innerlich atmete ich erleichtert auf, als der Regen nachließ und schließlich ganz verebbte, sodass wir aufbrechen konnten. Es war inzwischen bereits eine Stunde vor Mitternacht.

„Sollen wir die Kleidung morgen wiederbringen?", bot ich bei der Verabschiedung an, bei der Grace uns zur Tür begleitete, während ihr Mann in seinem Sessel sitzen blieb. Sie hatten uns auch noch Schuhe anbieten wollen, doch wir hatten dankend abgelehnt und entschieden, barfuß zum Cottage zu laufen.

„I wo." Grace schüttelte den Kopf, reichte Jonah eine Tüte, in der sich unsere nasse Kleidung und die Schuhe befanden, und schnalzte mit der Zunge. „Werft sie irgendwann, wenn ihr sowieso vorbeigeht, einfach in den Briefkasten. Die beiden brauchen sie doch momentan nicht."

Die Tür schloss sich hinter uns und ich warf Jonah einen fragenden Seitenblick zu. Ich musste die Worte, die mir auf der Zunge lagen, gar nicht aussprechen.

„Aron und Nora waren als Kinder unzertrennlich", setzte er an. Seine Stimme klang rau. „Sie sind ein paar Jahre jünger als die anderen und ich, deshalb haben wir nicht besonders viel miteinander zu tun gehabt. Ilay war sehr gut mit ihnen befreundet, dazu gehörte noch Liam, der nach wie vor hier in der Arztpraxis arbeitet, aber inzwischen mit seinem Lebensgefährten in Belbridge wohnt. Sie waren ein eingeschworenes Vierergespann. Maya, Luna, Drake und ich ebenfalls, später kamen Max und Mika hinzu, manchmal war Jenna, Ilays kleine Schwester, dabei und wir haben auch hin und wieder alle zusammen was unternommen. Man kannte und mochte sich natürlich. Ich meine, es ist Little Goldcoast. Hier kennt jeder jeden.“

„Natürlich“ stimmte ich ihm zu, mit einer Mischung aus Neugierde und Furcht vor dem, was nun kommen würde. Die Formulierung *waren*, die Jonah mehrfach verwendet hatte, schien mit einem bitteren Beigeschmack behaftet. Was war mit dem Mädchen passiert, deren Kleidung ich trug?

„Vor vier Jahren, die beiden waren gerade achtzehn geworden, hat Aron sich das Leben genommen.“ Jonah schluckte deutlich sichtbar. „Das war eine Tragödie, die ganz Little Goldcoast bis ins Mark erschüttert hat. Ich habe damals schon lange nicht mehr hier gewohnt, als wir umzogen, war ich fünfzehn. Als ich die Nachricht erhielt, war ich wie erstarrt. Ich meine ... hättest du Aron gekannt, hättest du gesagt, er wäre der letzte Mensch, der Suizid in Betracht zieht. Er war immer so ... glücklich.“ Gedankenverloren schüttelte Jonah den Kopf. „Nora ist daraufhin völlig kopflos aus Little Goldcoast geflohen, soweit ich weiß nach New York. Grace und Gilbert Harrison lebten von einem Tag auf den anderen in einem leeren Nest. Sie haben das nie aufgearbeitet, geschweige denn *ver*arbeitet, und leben so, als würden ihre Kinder jederzeit aus dem Schullandheim zurückkehren.“

Eine ganze Weile lang hörte man nichts außer unseren Schritten auf der Straße und dem rhythmischen Tropfen der Regenreste, die von den Dächern auf den Boden platschten.

„Schrecklich“, war alles, was ich dazu über die Lippen brachte.

„Ja." Jonah nickte zustimmend. „Jeder trägt sein Päckchen. Manche ein schwereres als andere."

Ich dachte an Grace und ihren Mann und daran, wie gastfreundlich sie gewesen waren und plötzlich verspürte ich ein tiefes Schuldbewusstsein, weil ich sie so merkwürdig gefunden hatte.

„Jeder trägt sein Päckchen", wiederholte ich mit Blick auf meine Füße und dachte an mein eigenes, das im Gegensatz zu diesem so leicht schien.

Die Hitze, die der Regen kurzfristig hatte verschwinden lassen, war binnen kürzester Zeit zurück. Es schien sogar noch heißer zu sein. Die nasse Straße und all die Tropfen, die von den Häuserdächern perlten, wirkten in Anbetracht der gleißenden Sonne surreal.

„Sieh nur." Jonah hielt mich sanft an der Schulter fest, sodass ich stehen blieb, und deutete auf einen Regenbogen, der ganz Little Goldcoast einzufassen schien.

„Wow." Ich strich mir eine noch feuchte Haarsträhne hinter das Ohr, die es irgendwie geschafft hatte, sich aus dem Dutt zu lösen. „Ich habe noch nie so etwas Schönes gesehen."

„Ich auch nicht", murmelte er, ohne den Blick von mir abzuwenden.

Ich musste lachen.

Jonah fiel mit ein. „Jetzt klinge ich wie der Idiot aus diesem Buch", schloss er kopfschüttelnd.

Es tat gut, die Schwermut, die die Geschichte von Nora und Aron zwischen uns getrieben hatte, mit dem Lachen zu vertreiben.

„Hast du Lust auf Kakao?", fragte er auf einmal unvermittelt.

„Ich ... keine Ahnung, wie kommst du darauf?“ Überrascht zuckte ich mit den Schultern.

„Wenn es regnet, bekomme ich immer Lust auf Kakao“, erklärte Jonah schlicht. „Und ich weiß auch, wo
man den besten der Stadt ... ach, was sag’ ich, des *Landes*
bekommt. Da gehen wir beide jetzt hin“, entschied er,
hakte sich bei mir unter und zog mich entschlossenen
Schrittes über die unebene Straße.

Jegliche Berührungsängste zwischen ihm und mir
schienen seit der Aktion mit Ethan wie weggeblasen. Es
machte mir nichts mehr aus, in seiner Nähe zu sein –
im Gegenteil. Ich genoss es sogar. Und ihm ging es,
wenn mich nicht alles täuschte, sehr ähnlich.

„Wie lange willst du denn noch durch Little Goldcoast
laufen?“, zog ich ihn auf.

Jonah bedachte mich mit einem wissenden Seitenblick. „Die ganze Nacht, wenn du an meiner Seite
bleibst.“

Kapitel 19

Heißer Kakao und Knistern in der Luft

Die Hauptstraße, wie ich sie insgeheim nannte, in der sich unter anderem das *Diner* und der Secondhandladen befanden, mündete in eine schmale Gasse mit schlichten Ein- und Mehrfamilienhäusern. Die leichte Erhebung dort sorgte dafür, dass man den Golden Lake sehen konnte. Was für eine wundervolle Aussicht dies vom Fenster aus sein musste!

Obwohl die Straßenlaternen hier ausreichend Licht spendeten, wurde die Dunkelheit immer gegenwärtiger. Instinktiv rückte ich näher an Jonah heran.

Vor einem schmalen hellgrauen Häuschen mit weißen Holzelementen und Fensterrahmen kam er schließlich zum Stehen. Da es zwischen zwei eher großen Häusern mit je drei Etagen lag, wirkte es umso kleiner. Er legte sich den Zeigefinger auf die Lippen und klopfte besonders leise an die Haustür.

„Charlie schläft wahrscheinlich", raunte er mir zu.

„Wäre es dann nicht besser, ihn nicht zu stören?", gab ich zu bedenken.

Doch kaum hatte ich den Gedanken ausgesprochen, als auch schon ein gedimmtes Licht im Haus anging und Schritte ertönten. Die Haustür wurde geöffnet und ein übernächtigt aussehender schlanker, junger Mann mit auffallend hellblonden Haaren musterte erst mich, dann Jonah skeptisch. Es dauerte nur einen kurzen Moment, bis die Skepsis in seinen strahlend blauen Augen wich und durch pure Freude ersetzt wurde.

„Du hier?", brachte er begeistert hervor.

Die beiden Männer umarmten einander kurz, wobei sie dem jeweils anderen grob auf den Rücken klopften. Eine komische Männerangewohnheit, die ich noch nie so wirklich verstanden hatte.

„Schön, dich zu sehen, Mika", raunte Jonah mit immer noch gedämpfter Stimme und fügte auf den neugierigen Blick des blonden Mannes hinzu: „Das ist Romy."

Mika? Hatte Jonah nicht vorhin *Charlie* gesagt?

„Romy." Mika schien kurz irritiert, dann lächelte er und schüttelte mir die Hand. „Schön, dich kennenzulernen. Was führt euch zu mir?"

„Was wohl?", grinste Jonah verschwörerisch.

„Richtig. Der Regen. Ich vergaß." Mika lachte leise und machte eine einladende Handbewegung ins Haus. „Der Kakao wird in wenigen Minuten serviert, Monsieur und Madame."

Jonah zaghaft folgend, betrat ich den schmalen Flur, der nach Keksen und noch etwas anderem roch, das ich nicht direkt identifizieren konnte. Aber es duftete einladend und irgendwie vertraut. Die kleine Garderobe, die die Form einer dicken Raupe hatte, die sandfarbene

Jacke daran und die gelben Gummistiefel darunter ließen mich schnell realisieren, dass Mika offensichtlich
ein Kind hatte.

„Charlie schläft", erklärte er mit leiser Stimme, als
hätte er meine Gedanken gehört, und Jonah nickte.

Ein Blick die hölzerne Treppe empor, auf der am Rand
neben einigen Kleidungsstücken auch Monster Trucks,
Kuscheltiere und Kinderbücher lagen, verriet mir, dass
Charlie gerade jedoch alles andere tat, als zu schlafen.
Das etwa fünfjährige Kind, das sich gähnend die Augen
rieb, hatte ebenso hellblonde Haare wie sein Vater, die
in langen, wilden Wellen von seinem Kopf abstanden.
Den schmalen Körper in einen cremefarbenen Ganztei-
ler mit Knöpfen gesteckt, sah es aus wie dem Titelbild
eines schwedischen Möbelkatalogs entsprungen, wobei ich nicht sicher sagen konnte, ob Charlie nun ein
Junge oder ein Mädchen war. Auf jeden Fall war er oder
sie zuckersüß.

Ich tippte Jonah an und deutete die Treppe hinauf.

„Das ist nicht Charlie", erklärte er mit einem entschie-
denen Kopfschütteln und deutete auf sein rechtes Knie.
„Die Charlie, die ich kenne, ist nur ungefähr so groß
und hat immer einen Schnuller im Mund und einen
Hasen im Arm. Keine Ahnung, wer dieses große Kind
dort ist."

Mika winkte seine Tochter mit einem Lächeln herab,
woraufhin sie immer zwei Stufen auf einmal nahm, um
ihm am Fuße der Treppe in die Arme zu springen. Sicher angekuschelt an der Schulter ihres Vaters beäugte
sie uns neugierig.

„Du kennst doch noch Jonah?", erkundigte Mika sich.
Das Mädchen nickte schüchtern.

„Willst du wissen, was ihn und seine Freundin hergetrieben hat?", raunte er ihr sanft zu und strich ihr eine Haarsträhne aus dem schmalen Gesicht. „Sie haben eine Riesenlust auf Daddys Kakao." Er zog das I fast endlos in die Länge.

„Ich auch!" Charlie klatschte freudig in die Hände.

„Na, dann wollen wir mal sehen, was wir da machen können." Mika setzte seine Tochter ab, nahm sie bei der Hand und ging voraus in das gemütliche kleine Wohnzimmer, das dank eines Deckenventilators angenehm klimatisiert war. Außerdem roch es um Welten besser als Mottenkugeln und Weichspüler je riechen konnten – nach Gebäck und ... Kindheit. Nach Knetgummi, Waffeln und Sonnenmilch.

Wenig später saßen wir in Mikas behaglichem Wohnzimmer. Es war chaotisch und voller Kram, als gäbe es einfach nicht genug Platz für all den materiellen Besitz, den sie hatten. Dabei war es aber unfassbar gemütlich. Jonahs alter Freund, den ich im Gegensatz zu den anderen noch nie im *Goldies* gesehen hatte, trug eine kurz geschnittene zerschlissene Jeans und ein schlichtes hellgraues Shirt, das das strahlende Blau seiner Augen noch mehr zur Geltung brachte. Ich konnte ihn mir merkwürdigerweise sofort in einem Strickpulli vorstellen.

Mit einer schnellen Handbewegung schob er den aufgeklappten Laptop, der auf dem Couchtisch stand, und eine Menge Papierkram, an dem er wohl gerade noch gearbeitet hatte beiseite, stellte eine SpongeBob-Tasse darauf ab und erinnerte Charlie daran, vor dem Trinken kräftig zu pusten.

Mit einem dankbaren Lächeln nahm ich die große weiße Tasse an mich, die er mir schließlich reichte. Der Kakao darin dampfte und ließ Erinnerungen an kalte Winter- und regnerische Herbsttage in mir aufsteigen. Zum Sommer passte heißer Kakao nicht wirklich. Dachte ich zumindest.

„Oha", entfuhr es mir nach dem ersten vorsichtigen Schluck, da er wirklich unfassbar heiß war. „Das ist … wow …" Ich musste einen weiteren Schluck nehmen und fuhr mir genüsslich mit der Zungenspitze über die Lippen, an der ein paar Tropfen hängengeblieben waren. „Das ist der beste Kakao, den ich je getrunken habe … das ist, glaube ich, das Beste, was ich überhaupt je getrunken habe."

Grayson möge mir vergeben, dachte ich und trank erneut. Das konnte unmöglich gewöhnlicher Kakao sein. Er schmeckte sahnig, schokoladig, nach Karamell, süß und bitter – alles zugleich. Nach Zimt und Zucker und Schokoraspeln.

Mika und Jonah tauschten einen Blick miteinander und grinsten.

„Du bist nicht die Erste, die meiner Kakaokunst erliegt." Mika stupste Charlie sanft an und zwinkerte ihr zu. „Erzähl es ihr, Charlie."

Das Mädchen machte große Augen. „Aber Dad! Du hast gesagt, es ist geheim!" Das letzte Wort flüsterte sie ihm hinter vorgehaltener Hand zu.

„Ist okay. Sie dürfen es wissen. Wir machen eine Ausnahme", raunte Mika verschwörerisch zurück.

Charlie, die Oberlippe voller Kakao, die kleinen Hände um die viel zu große Tasse gelegt, musterte uns ein letztes Mal skeptisch, dann erklärte sie gedehnt: „Dad ist ein Kakao-Geheimagent."

„Wow, wieso hast du davon nie was erwähnt?", erkundigte Jonah sich todernst.

„Wollte nicht, dass die ständigen Kakao-Geheimeinsätze, die der Job so mit sich bringt, unsere Freundschaft gefährden", antwortete Mika ebenso trocken und prostete Jonah mit seiner *Bester Vater der Welt*-Tasse zu.

Während die beiden Kindheitsgeschichten und Insiderwitze austauschten, sank ich in das Sofa, das zwar bei Weitem nicht so bequem war wie das im Ferienhaus, aber dennoch super kuschlig. Eine anfängliche Müdigkeit regte sich in mir.

Nachdenklich ließ ich meine Tage in Little Goldcoast noch einmal Revue passieren. Es waren bloß fünf. Fünf! Was waren schon fünf Tage im Vergleich zu einem ganzen Monat, zu einem Jahr, zu einem Jahrzehnt? Nichts. Und dennoch fühlte es sich wie eine kleine Ewigkeit an, die zwischen meinem Bungalow mit dem *Royal Lovers*-Moodboard und dem Kakaotrinken bei Mika und Charlie vergangen war. Es waren zwei Welten. Zwei grundverschiedene.

Das blonde kleine Mädchen wurde mit jedem Schluck Kakao aus ihrer SpongeBob-Tasse ein wenig zutraulicher und schließlich krabbelte sie sogar auf meinen Schoß, machte mir Komplimente über meine Kleidung (alias Noras Kleidung) und gab Jonah einen High Five.

Ein ungewohnt behagliches, geerdetes Gefühl legte sich über mich, schwer und dabei paradoxerweise ganz leicht zugleich. Ich ließ meinen Blick durch das kleine unaufgeräumte Wohnzimmer schweifen, über die große Tasse in meiner Hand, die leerer und leerer wurde und über Mika und Charlie, die das wahrscheinlich hübscheste Vater-Tochter-Gespann waren, das ich je zu Gesicht bekommen hatte. Zuletzt streifte mein Blick Jonah – und verweilte an ihm. Mit dem Rücken an der Lehne des Sofas, von der er sich, wenn er lachen musste, immer wieder leicht nach vorn beugte, saß er neben mir, die Tasse lässig auf dem rechten Bein abstellend und mit der Hand fixierend, das linke Bein unmittelbar neben meinem. Die auffällige Kleidung, die er trug, und die jeden anderen wie einen Paradiesvogel hätte aussehen lassen, tat seinem attraktiven Äußeren keinen Abbruch. Das Hawaii-Hemd war ein wenig eng – der verstorbene Aron war ein schmaler Junge gewesen – und betonte Jonahs Armmuskeln.

Just in diesem Moment lachte er herzlich über etwas, das Mika gesagt hatte, und sein Bein berührte für einen kurzen Sekundenbruchteil das meine. Ein elektrisierendes Gefühl durchzuckte mich so abrupt und intensiv, dass ich fast sicher war, die anderen müssten es mir ansehen. Mit heißen Wangen führte ich die Tasse an meinen Mund und trank, um mir nichts anmerken zu lassen. Was zur Hölle war das? Was geschah da mit mir? Gefühle, die ein Jace O'Kelly in Frauen auslöste, hervorgerufen durch einen Jonah Abercrombie? Unmöglich.

Absolut unmöglich!

Scheu riskierte ich einen weiteren Blick. Seine Augen funkelten vor Freude, als er irgendeine Jugendgeschichte zum Besten gab, die Mika immer wieder durch eingeworfene Satzfetzen ergänzte. Das Blut rauschte so laut in meinen Ohren, dass ich nur ein paar unzusammenhängende Worte verstand.

Golden Lake. Kaugummiautomat. Typisch. Klitschnass. Bier. Sonnenbrand. Ilay. Hausarrest.

Ich schluckte angestrengt. Es fiel mir schwer, mich auf irgendetwas zu konzentrieren. Meine Tasse war leer, mein Magen voll mit heißem, köstlichem Kakao, mein Inneres jedoch ganz zittrig und schwindlig – als hätte mein Herz Flügel bekommen und würde an Ort und Stelle um sein Leben flattern.

Jonah bewegte sein Bein erneut. Dieses Mal dauerte die Berührung länger an – das elektrisierende Gefühl ebenfalls. Ich sah zu ihm auf und im selben Moment neigte er den Kopf in meine Richtung. Unsere Blicke trafen sich. Spürte er dasselbe?

Verunsichert wollte ich den Blick abwenden, doch aus irgendeinem Grund funktionierte es nicht. Ich war wie gefangen, wie versteinert.

Und plötzlich wurde es mir klar. Ich war betrunken. Nicht von dem Alkohol, den ich mir im **Goldies** einverleibt hatte und der durch die Konfrontation mit Ethan, den Regen und das Herumlaufen längst verpufft zu sein schien. Von Jonah. Ich war betrunken *von ihm*. Sein Blick, seine Berührung, seine bloße Gegenwart genügten, um mich in ein Hochgefühl zu versetzen, das ich nie zuvor empfunden hatte. Nicht einmal ansatzweise. Und ich wagte ernsthaft anzuzweifeln, dass ein Loui Benjamin dazu imstande gewesen wäre, mich so fühlen zu lassen.

„Charlie ist sicher müde", sagte Jonah, ohne den Blick von mir abzuwenden. Seine Stimme klang rau, fast ein wenig kratzig.

Behutsam nahm er mir die Tasse aus der Hand, um sie auf den Couchtisch zu stellen, und strich dabei mit seinen Fingern über meine. Ich zuckte zurück, als hätte ich mich verbrannt.

„Verstehe", murmelte Mika und ich hörte seiner Stimme an, dass er von einem Ohr zum anderen grinste.

„Ich bin *gar nicht* müde!", protestierte Charlie in kindlicher Aufregung.

„Doch, bist du", entgegneten Jonah und Mika im Gleichklang.

Im Augenwinkel sah ich, dass das kleine Mädchen so heftig mit dem Kopf schüttelte, dass die langen blonden Haare hin und her wirbelten. Nur mit äußerster Anstrengung gelang es mir, den Blick von Jonahs Gesicht zu lösen.

„Das ist gemein!" Charlie schob die Unterlippe vor und starrte ihren Vater böse an.

„Das ist es, aber ich kenne dich sehr gut und sehe, dass du supermüde ist", erklärte Mika mit einer beneidenswerten Engelsgeduld in der Stimme. „Außerdem bin ich auch total müde. Wir sollten die beiden wirklich jetzt rausschmeißen und ins Bett gehen." Er täuschte ein übertriebenes Gähnen vor und seine Tochter konnte sich nicht dagegen wehren, ebenfalls mit einzufallen.

„Erwischt!" Mika lachte, schnappte sie und warf sie sich wie einen schweren Sack über die Schulter, wo sie mit einer Mischung aus Protestschreien und Kichern hängenblieb. „Die beiden müssen wirklich jetzt ganz, ganz dringend ins Bett. Stimmt's, Romy?"

„Äh … ja", nuschelte ich und wurde knallrot.

„Gute Nacht, ihr zwei." Jonah gab Charlie einen High Five und klopfte Mika auf die Schulter. „Danke für den Kakao, Mr. Geheimagent."

„Immer wieder gern." Mika deutete eine Verneigung an. „Nur nicht weitererzählen, sonst muss ich dich … du weißt schon."

„Richtig dolle durchkitzeln?", riet Charlie.

„Genau", stimmte Mika ihr zu. „Gute Nacht!"

Ich wusste nicht, wie mir geschah, als wir uns erhoben und uns aus dem chaotischen Wohnzimmer in den schmalen Flur zurückbegaben. Mein Herz schlug mir bis zum Hals. Und es wurde nicht besser, als Jonah meine Hand entschlossen in seine nahm und mich zur Haustür herauszog.

Kapitel 20

Funken über Little Goldcoast

„Wo ist Charlies Mutter?"

„Weiß nicht." Jonah zuckte mit den Schultern. „Ich habe Mika nie gefragt. Er hat Little Goldcoast verlassen und als er vor vier Jahren zurückkehrte, hatte er Charlie dabei. Als ich sie bei einem kurzen Besuch hier zum ersten Mal gesehen habe, hat sie gerade laufen gelernt."

„Und es hat dich nie interessiert, herauszufinden, wer sie geboren hat?" Kopfschüttelnd und ungläubig sah ich zu ihm auf. Alle möglichen Szenarien schossen mir durch den Kopf. War Charlies Mutter gestorben? Drogenabhängig? In einer geschlossenen Anstalt? Hatte Mika das alleinige Sorgerecht oder das Mädchen womöglich sogar *entführt*? Nein, das traute ich ihm nun wirklich nicht zu.

„Wollen wir weiter über Mika und Charlie reden oder mal über etwas anderes?" Jonah drückte sanft meine Hand, die immer noch wie selbstverständlich in der seinen lag, und sofort schoss wieder eine heiße Röte in meine Wangen. Ich fühlte mich wie eine verknallte Vierzehnjährige, die zum ersten Mal mit ihrem Schwarm sprach.

„Ähm … mir egal … über was denn?", stammelte ich überfordert.

„Vielleicht über die Art und Weise, in der du mich ansiehst", antwortete Jonah geradeheraus.

„Keine Ahnung, was du meinst." Die Rotfärbung breitete sich spürbar weiter in meinem Gesicht aus, ergriff Besitz von meinen Ohren und schien sogar meinen Hals zu berühren. Mein ganzer Oberkörper glühte förmlich.

Jonah blieb stehen und zwang mich damit, es ebenfalls zu tun.

„Oder über die Art und Weise, in der ich dich ansehe", ergänzte er rau.

Zaghaft hob ich den Blick. Die Straßen von Little Goldcoast waren wie leergefegt. Die ganze Stadt schien zu schlafen. Im Licht der Straßenlaternen glänzten Jonahs Augen, als würde er voller Begierde auf eine Antwort von mir warten. Aber ich konnte nicht antworten. Ich konnte nicht einmal schlucken. Mir war heiß und kalt zugleich, beinahe vergaß ich das Atmen.

„Wir … sind fast da", erwähnte ich unnötigerweise und deutete auf die schmale Gasse, die zum Cottage führte und nun in unmittelbarer Nähe lag.

„Ich kann aber nicht mehr warten", murmelte Jonah.

„Wo… womit?", brachte ich heiser hervor.

„Damit."

Seine Hände legten sich um mein Gesicht. Einen kurzen Moment lang, der mir wie eine Ewigkeit erschien, strichen seine Daumen unerträglich langsam und sachte über meine Wangen und Lippen, ehe ein Ruck durch seinen Körper ging und sein Mund den meinen traf.

Das elektrisierende Gefühl, das ich vorhin in Mikas Wohnzimmer verspürt hatte, war nichts gegen das, was nun völlig ungezügelt durch meinen Körper pulsierte. Jonahs Lippen pressten sich auf meine, als würde er magnetisch von ihnen angezogen werden, während er meinen Körper an sich drückte, dass kein Blatt mehr Platz zwischen uns gefunden hätte.

Mit einem unterdrückten Stöhnen beantwortete ich den Kuss.

Seine Hände glitten über meine Wangen, hoch zu den Schläfen und umfassten mein Haar im Nacken. Als seine Zunge meine Lippen teilte, schlang ich meine Arme um seinen Hals und zog ihn enger an mich, immer enger, bis kein Atemzug mehr möglich war.

Ich spürte seine Hände überall. Mal waren sie in meinem Rücken, mal hielten sie mein Gesicht, mal zogen sie leicht an meinen Haaren, sodass mein Kopf in den Nacken gedrückt wurde und unsere Körper umso stärker miteinander zu verschmelzen schienen. Mit diesem Kuss entlud sich alles, was sich in den letzten Stunden, in den vergangenen Tagen, was sich *jemals* in mir angestaut hatte: jede Sehnsucht, jedes Verlangen, jede Begierde, aber auch jede Verzweiflung, jeder Zorn, jede Einsamkeit. Jonah küsste, als würde er exakt genauso empfinden.

In diesem Moment hatten wir nichts als diesen Kuss. Nichts als einander. Es gab kein Gestern mehr, kein Heute. Es gab keine Gedanken an irgendetwas, keine vorigen Beziehungen oder Streitigkeiten. Es gab nicht einmal mehr Little Goldcoast und die Straße, auf der wir standen, oder den Zaun, gegen den Jonah mich, ohne dass ich es bemerkt hatte, mit dem Rücken gepresst hatte und der noch ganz nass war vom Regen.

Als wir uns schließlich kurz voneinander lösten, rangen wir beide nach Atem. Meine Lippen fühlten sich geschwollen und heiß an, meine Ohren und Wangen glühten. In Jonahs Augen lag ein Glanz, den ich nie zuvor darin gesehen hatte. Darin spiegelten sich Leidenschaft, Verlangen und Sehnsucht. Ganz behutsam strich er mir die Haare aus dem Gesicht, hob mein Kinn an und setzte dazu an, mich ein zweites Mal zu küssen.

„Wir … Ferienhaus", brachte ich zwischen zwei leicht keuchenden Atemzügen hervor, bevor seine Lippen meine erneut trafen.

„Mhm", murmelte er zustimmend, den Mund fest auf meinen gepresst, die Hände auf meine Schultern legend, um mich näher an sich heranzuziehen.

Seine Finger wanderten tiefer, strichen mal sanft, mal fester meinen Rücken herab, sodass eine Welle aus wohligem Schaudern über meinen gesamten Körper huschte. Als seine Hände schließlich an meinem Po angelangt waren und mich überraschend bestimmt in Richtung seiner Körpermitte zogen, schob ich ihn mit einer Mischung aus Keuchen und hysterisch klingendem Lachen von mir.

„Warte! Jonah, warte", brachte ich aufgekratzt hervor, die Hände wie zur Sicherheit fest auf seine Brust gepresst, um ihn mir für einen Moment vom Leib zu halten. „Lass uns … lass uns ins Ferienhaus gehen."

„Was auch immer du verlangst, Prinzessin." Jonah, der trotz der vorausgegangenen schweißtreibenden Aktion wesentlich cooler und gefasster wirkte als ich, deutete eine Verneigung an und wies in Richtung der schmalen Gasse. „Nach dir."

Der Weg Richtung Cottage fühlte sich viel länger an, als ich ihn in Erinnerung hatte – was womöglich daran lag, dass wir immer wieder abrupt für einen Augenblick verweilten, um uns zu küssen und dann atemlos zu entscheiden, dass wir *wirklich* weitergehen sollten, wenn wir nicht riskieren wollten, uns die Kleidung direkt auf dem Weg von den Leibern zu reißen.

Jeder Schritt, den ich tat, fühlte sich an, als würde ich auf Wolken gehen. Ich schwankte regelrecht und musste immer wieder an mich halten, nicht wie ein albernes Schulmädchen zu kichern. Das Gefühl, durch Jonahs Nähe völlig betrunken zu sein, nahm mit jedem Atemzug an Intensität zu und ließ jede einzelne Faser meines Körpers zittern und vibrieren.

Als wir endlich angekommen waren, schloss er in Windeseile die Tür auf, zog mich ins Innere des Hauses, warf den Schlüssel in die nächstbeste Ecke und ließ die Tür so laut ins Schloss fallen, dass ich zusammenfuhr.

Einen Moment lang starrten wir einander wie hypnotisiert an, ohne jegliche Regung in den Augen. Warum war mir nie aufgefallen, wie unfassbar heiß Jonah war? Um Welten heißer als Jace O'Kelly, der zum ersten Mal, seit er existierte, in meinem Kopf so weit in den Hintergrund rückte, dass er einer schemenhaften blassen Erinnerung gleichkam.

Im nächsten Augenblick sah ich mir selbst dabei zu, wie ich Jonah in die Arme sprang, die Beine um seine Körpermitte schlang, meine Hände in seinem Nacken verschränkte und ihn leidenschaftlich küsste. Für einen kurzen, wirklich winzigen Moment dachte ich an all die Male zurück, in denen ich andere Männer geküsst hatte. An das merkwürdige Gefühl, das dabei in meinem Magen gewummert hatte. An all die Fragen, die mir durch den Kopf geschossen waren: Küsste ich gut genug? Hätte ich mir vielleicht vorher noch ein Pfefferminz in den Mund stecken sollen? Augen geöffnet oder geschlossen?

Es war verrückt, ja nahezu paradox, dass ich ausgerechnet bei einem Mann wie Jonah Abercrombie, den ich unter normalen Umständen nicht einmal gedatet hätte, nicht so empfand. Ich fragte mich nicht für eine Sekunde, ob ich richtig küsste, noch nach Kakao schmeckte oder die Augen schließen oder öffnen sollte. Es geschah einfach. Es geschah, als sollte, als müsste es geschehen.

„Warte, Prinzessin." Jonah hielt atemlos meine Hände fest, als ich begann, das Hemd zu öffnen, welches mich davon abhielt, seine nackte Haut zu berühren.

Mit fragendem Blick hielt ich inne.

„Das sind Arons Sachen." Für einen kurzen Moment war er ganz ernst. Ausgesprochen behutsam und respektvoll knöpfte er das Hemd selbst auf, zog es aus, ließ die grelle Hose folgen und beförderte beides mit einem gekonnten Wurf sicher auf das schmale Schränkchen im Flur, auf dem sich eine leere Blumenvase und ein Schlüsselkörbchen befanden. Nur mit dunklen Boxershorts bekleidet stand er schließlich vor mir, ließ den Blick abwartend und genüsslich zugleich über meinen Körper gleiten. Ich beeilte mich, mich aus Noras Sachen zu schälen und sie auf Arons zu legen.

Kaum hatten wir alles bis auf die Unterwäsche abgelegt, als die Ernsthaftigkeit ebenso abrupt verflog, wie sie gekommen war. Jonah machte einen Schritt auf mich zu, schlang die Arme um mich und hob mich so überraschend hoch, dass mir ein leiser, erschrockener Laut entfuhr. Als wäre ich leicht wie eine Feder, trug er mich die Treppe empor, in mein Zimmer hinein und legte mich auf dem Bett ab. Einen Augenblick lang blieb er am Fußende des Bettes stehen und ließ seinen Blick voller Ruhe und Lust über meinen Körper gleiten. Von den Füßen bis hin zum Haaransatz und wieder zurück, als würde er sich jeden Quadratzentimeter von mir genau einprägen wollen. Dann beugte er sich über mich und bedeckte meine gesamte Haut mit Küssen. Mal sanft, dann wieder leidenschaftlich, mal wild, dann wieder so zart, dass es dem Flügelschlag eines Schmetterlings gleichkam. Mit jedem Kuss wurde mir im tiefsten Inneren heißer und heißer. Nie zuvor hatte ich etwas oder jemanden so sehr gewollt wie ihn in diesem einen Augenblick.

Mein Herz raste so schnell und intensiv, dass ich mir sicher war, er müsste es hören, als ich mir kurzerhand selbst den BH vom Leib riss und ihn achtlos neben das Bett fallen ließ. Jonah hielt einen Moment lang mit einer Mischung aus Erstaunen und Vergnügen im Blick inne, dann raunte er mir ins Ohr: „Oh, die Prinzessin hat es eilig?"

„Ja", war alles, was ich mit zitternder Stimme hervorbrachte.

„Dann will ich Eure Hoheit nicht warten lassen." Seine Lippen verzogen sich an meinem Hals zu einem Schmunzeln, das mir eine Gänsehaut über den gesamten Körper jagte. Gekonnt zog er mir den Slip aus, warf ihn dem vorausgegangenen BH hinterher und entledigte sich seiner Boxershorts.

Einen Moment lang sah er mich nachdenklich an.

„Bist du sicher, dass du das willst?", erkundigte er sich sanft.

Ein übergeschnappt klingendes Lachen entfuhr mir. Ob ich mir sicher war? War das nicht offensichtlich? Als Antwort zog ich ihn bestimmt an mich, umschlang seinen Körper und presste meine Lippen auf seine. Und als aus ihm und mir ein Uns wurde, fühlte ich mich zum ersten Mal in meinem Leben wirklich lebendig.

Kapitel 21

Überraschungsgäste

Schon lange vor Sonnenaufgang war ich wach. Ganz leise, bedacht darauf, mich nicht allzu sehr zu bewegen und so gleichmäßig und ruhig zu atmen, als würde ich noch schlafen, lag ich in seinem Arm. Mein Kopf ruhte auf seiner Brust, sodass ich seinen starken, gleichmäßigen Herzschlag hören konnte. Der Duft von Lavendel und Sandelholz, der von Jonah ausging, schien in der Nacht noch intensiver geworden zu sein. Er haftete an ihm, am Bett, an mir. Wie ein und dieselbe Person lagen wir da, ineinander verschlungen. Die Welt hätte in diesem Moment untergehen können – es wäre mir egal gewesen.

Wie gerne hätte ich den Kopf leicht angehoben und ihn angesehen: sein entspanntes, ruhiges Gesicht im Schlaf, seine geschlossenen Augen, seine dunklen Haare, die wahrscheinlich ebenso zerzaust waren wie meine. Aber ich wagte nicht, mich auch nur einen einzigen Zentimeter zu bewegen, aus Sorge, diesen perfekten Augenblick zu zerstören. So sehr konzentriert darauf, weiterhin schlafend zu wirken, geschah es schließlich tatsächlich, dass ich ein weiteres Mal tief und fest einschlief.

„Romy?" Jonahs warmer Atem streifte mein Haar.

Gähnend schlug ich die Augen auf. Der Raum war erfüllt von Sonnenlicht. Es mussten noch einmal einige Stunden vergangen sein.

„Romy." Jonah strich mir sanft über den Kopf. „Hey, Prinzessin. Mein Arm ist eingeschlafen. Könntest du ..." Er stöhnte befreit auf, als ich mich schlaftrunken ein wenig aufsetzte, und zog den Arm, auf dem ich gelegen hatte, mit der Hand des anderen an seinen Körper.

„Sorry", murmelte ich.

Seine Haare hatten sich aus dem Dutt gelöst und lagen kreuz und quer und völlig zerzaust in seinem Gesicht und auf dem Kissen. Er sah müde, aber zum Anbeißen aus.

„Alles gut, ich werd's überleben." Grinsend klopfte er auf die andere Seite neben sich. „Komm so lange hier rüber."

Das ließ ich mir nicht zweimal sagen. Kurzerhand kletterte ich über ihn, schmiegte mich an seinen Oberkörper und legte meinen Kopf wieder auf seine Brust. Ein wohliges Seufzen kam ihm über die Lippen, als er seinen Arm fest um mich schloss und mich umso fester an sich drückte.

„Morgen reise ich ab."

Ich fragte mich, wo dieser Satz plötzlich herkam. Ich hatte nicht einmal darüber nachgedacht und dennoch ließ ich ihn verlauten, trocken, nüchtern, sachlich und leise.

„Morgen ist morgen", raunte Jonah mir zu, hob mich unerwartet an und setzte mich auf sich. „Heute ist heute."

„Wie poetisch", zog ich ihn auf, während ein Grinsen über mein Gesicht huschte.

„Du bringst eben das Beste in mir zum Vorschein." Er zwinkerte mir zu und ließ seine Hände über mein Gesicht, meinen Hals, meine Brüste gleiten, als müsste er sich versichern, dass alles noch an Ort und Stelle wäre. Sofort war die Lust auf ihn, die ich am Abend zuvor so intensiv verspürt hatte, zurück. Unsere Blicke trafen sich und hielten einander einen Augenblick lang fest, ehe wir unsere Gesichter zeitgleich aufeinander zubewegten und uns leidenschaftlich küssten.

Seine Hände glitten meinen Rücken herab, ließen unzählige kleine Schauder über meinen Körper jagen und drückten mich schließlich so entschieden an sich, dass ich erregt aufstöhnte. Im nächsten Moment ließ mich ein unerwartetes Geräusch im Erdgeschoss des Hauses abrupt innehalten.

„Hast du das gehört?", wisperte ich.

„Deine Lust auf mich?" Jonahs Lippen wanderten von meinem Hals bis zum Dekolleté. „Und wie ich die höre!"

„Nein, etwas anderes." Es fiel mir schwer, mich zu konzentrieren, während mein Körper so heftig auf ihn reagierte. „Es hat sich angehört wie ... ein Schlüssel im Schloss." Verunsichert sah ich ihn an.

„Bestimmt ein Waschbär", beruhigte er mich.

„Ein Waschbär hat den Schlüssel zu eurem Ferienhaus?"

„Die Little Goldcoast-Waschbären sind ausgefuchste kleine Schlitzohren", zog Jonah mich auf. „Und Gauner." Seine Lippen fanden meine und berührten sie für einen kurzen, sanften Kuss. „Und Schlüsseldiebe." Sein Mund wanderte über meine Schläfe, meine Ohren, mein Schlüsselbein. „Und Einbrecher. Und ..." Er hörte auf, Küsse auf meinem Körper zu verteilen und brachte zu meinem Bedauern einen kleinen Abstand zwischen uns. „Okay. Jetzt habe ich auch etwas gehört."

Ich schluckte und lauschte genauer. Im Erdgeschoss vernahm ich plötzlich eindeutig leise Schritte. Jonah und ich tauschten einen verwirrten Blick miteinander.

„Glaubst du ...", setzte ich flüsternd an, doch er legte mir einen Zeigefinger über die Lippen, schüttelte leicht den Kopf und bedeutete mir so, zu schweigen.

Lautlos stieg er aus dem Bett, schlüpfte schnell in die kurze Hose und signalisierte mir mit einer knappen Geste seiner Hand, genau dort zu bleiben, wo ich war. Als er vorsichtig und leise die Zimmertür öffnete, bekam ich es mit der Angst zu tun. Ob tatsächlich Einbrecher im Haus waren? Was, wenn sie ihm etwas antaten? Wenn sie gefährlich waren? Als würde das irgendetwas nützen, schnappte ich mir die Bettdecke, die ungenutzt am Fußende lag, und zog sie mir trotz der Sommerhitze bis zum Kinn.

Jonah schlich an der geöffneten Zimmertür vorbei, einen Baseballschläger unter den Arm geklemmt. Wo er den so plötzlich her hatte, war mir ein Rätsel. Er legte den Zeigefinger auf seine Lippen und verließ den Raum.

Meine Kehle war wie zugeschnürt. Eine bange Ewigkeit lang verharrte ich völlig steif in einer unbequemen, halb sitzenden, halb liegenden Position im Bett, bis ein gellender Frauenschrei das Cottage durchdrang, dicht gefolgt von einem weiteren Schrei, der erleichtert und überrascht klang und von mehrstimmigem Gelächter

Völlig verwirrt blieb ich, wo ich war, während sich in meinem Kopf die wildesten Szenarien abspielten. Welche Gründe mochte es wohl für die Schreie und Lacher geben? War eine satanistische Gruppe Jugendlicher im Haus eingebrochen, um irgendein schräges Ritual abzuhalten? Eine Handvoll Betrunkener, die auf Randale und Gewalt aus waren?

Ich zuckte zusammen, als Jonah im Türrahmen erschien. Der Ausdruck in seinem Gesicht beruhigte mich jedoch sofort.

„Es ist alles gut, du kannst jetzt runterkommen", sagte er sanft. „Zieh dir etwas an."

„Aber was ..." Immer noch verunsichert stieg ich aus dem Bett, griff wahllos ein paar meiner Kleidungsstücke und schlüpfte mit heftig pochendem Herzen hinein.

„Ich erkläre es dir später." Jonah klang ein wenig gequält. „Kurzzusammenfassung: Meine Familie hielt es für eine tolle Idee, hierherzukommen, um ... zu gratulieren. Spiel am besten einfach mit."

Zu gratulieren?

„Ich verstehe nur Bahnhof", murmelte ich, während die Angst, die ich gerade eben noch verspürt hatte, allmählich aus meinen Gliedern wich. Seine Familie war hier? Die wohlhabenden Abercrombies vom Abercrombie Verlag? Eilig warf ich einen knappen Blick in den Spiegel und strich meine zerzausten Haare notdürftig mit den Händen glatt.

Als ich Jonah unsicher die Treppe herunter folgte, hörte ich bereits die Stimmen.

„Ich habe doch gesagt, es ist eine hirnrissige Idee, sich hier reinzuschleichen!", empörte sich eine Frau.

„Ich wollte sie nun einmal nicht wecken!", entgegnete eine andere, männliche und dominant klingende Stimme entschieden. „Junges Glück, lange Nächte, lange schlafen, du verstehst …?"

„Versteht sie nicht, Dad. Ist zu lange her." Moment mal, war das nicht …

„Edith?!" Auf der letzten Stufe blieb ich stehen, nun vollends verwirrt, während meine mütterliche Freundin und Verlegerin durch den Flur lief und offensichtlich einen Platz für die Sporttasche suchte, die sie über ihrer linken Schulter trug. Als sie mich sah, hellte sich ihre gestresst wirkende Miene auf. Sie kam auf mich zu, schloss mich in die Arme und flüsterte mir ins Ohr: „Spiel einfach mit. Ich erkläre es dir später."

Den Satz hörte ich nun bereits zum zweiten Mal. Allmählich fragte ich mich, ob ich in einem komplett schrägen Traum gelandet war.

Michael und Lauren Abercrombie erkannte ich sofort von dutzenden Bildern, die im Verlag hingen. Die Verlagsgründer, Ediths, Georges und Jonahs Eltern, hatten sich dafür, dass sie meines Wissens auf die sechzig zugingen, gut gehalten. Sie wirkten beide eher wie Anfang fünfzig und strahlten mit jeder Pore ihres Körpers aus, dass sie reich und modebewusst waren. Ich wusste nicht, wie mir geschah, als sie mich freudestrahlend begrüßten und mir herzlich gratulierten.

„Es ist uns so eine Freude, Sie endlich persönlich kennenzulernen, Keira!" Mrs Abercrombie schloss mich in die Arme. Sie roch nach teurem Parfum und guter Anti-Falten-Creme und trug ein weiß-gelbes Outfit, das aus einer Dreiviertelhose, einem enganliegenden Top, einem Blazer und High Heels mit mordsmäßigem Absatz bestand. Ihre Haut war sonnengebräunt, ihre Zähne strahlend weiß und ihre Haare offensichtlich frisch blondiert.

„Keira", wiederholte ich tonlos.

„Ja." Jonah legte mir den Arm um die Schulter und zog das A unnötig in die Länge. „Schöne Überraschung, nicht wahr, Keira?"

Moment mal – *ich* sollte Keira spielen?

In meinem Magen zog sich auf einmal alles zusammen. Das fühlte sich absolut nicht richtig und schon gar nicht gut an.

„Es war uns ein wichtiges Anliegen, persönlich zu gratulieren." Mr Abercrombie schüttelte mir so fest die Hand, dass es wehtat. „Unser Jüngster ist zwar ein verschwiegenes Kerlchen, aber über Sie schwärmt er uns schon etwas lange vor. Und nun kann er Sie uns nicht länger vorenthalten, selbst wenn er wollte." Er lachte aufgesetzt. „Sie sind genauso hübsch wie er gesagt hat! Freut mich, dass wir persönlich gratulieren können." Er hielt meine Hand immer noch fest. Allmählich schienen meine Finger abzusterben.

„Gratulieren?", wiederholte ich schwach.

„Ja, zur Verlobung!" Mrs Abercrombie lachte, als hätte ich etwas ziemlich Dummes gesagt. „Jonah hat sich verplappert, als ich ihn das letzte Mal angerufen habe, und mir von dem Antrag erzählt. Als wir ihn dann nicht mehr erreichen konnten, haben wir spontan entschieden, hierherzukommen."

„*Sie* hat das entschieden." Mr Abercrombie deutete auf seine Frau. „Ich habe gesagt, lass den jungen Leuten ihr Glück und ihre Privatsphäre."

„Und du hast auch gesagt, wenn der Junge einmal im Leben was erreicht, dann sollte man ihm auch angemessen dazu gratulieren", erinnerte sie ihn mit einem entschlossenen Unterton in der Stimme und drückte mir einen dicken, edel anmutenden Umschlag in die Hand. Die kursiven Buchstaben darauf verkündeten *Keira & Jonah* und *Zur Verlobung* und verursachten plötzlich einen Brechreiz in mir. Offenbar befand sich eine ganze Menge Geld darin. Wie viel, darüber mochte ich gar nicht nachdenken. Ob das am Flughafen nicht negativ aufgefallen war? Mit aufsteigenden Tränen in den Augen reichte ich den Umschlag an Jonah weiter.

„Wir ... müssen kurz reden", wandte er sich mit brüchiger Stimme an seine Familie. „Keira und ich."

„Natürlich, natürlich." Seine Mutter wedelte mit den Armen. „Zieht euch ruhig erstmal zurück. Verarbeitet den Schock." Sie kicherte affektiert. Optisch glich Jonah ihr wesentlich mehr als Edith und George, die die Züge ihres Vaters geerbt hatten.

„Aber denkt daran, dass das Haus dünne Wände hat", erinnerte Mr. Abercrombie mit einem Augenzwinkern.

Mir war absolut nicht nach Lachen zumute. So schnell wie möglich wand ich mich aus Jonahs Arm, der sich plötzlich wie ein Fremdkörper anfühlte, und lief, immer zwei Stufen auf einmal nehmend, die Treppe empor. Ich hörte, dass er mir folgte.

„Ich wollte es dir sagen", waren seine ersten Worte, nachdem er die Tür hinter uns geschlossen hatte. Er sah müde aus. So viel müder als vorhin, als er gerade aufgewacht war.

„Was war das für dich, Jonah?" Erklärend deutete ich auf das Bett, in dem wir uns noch vor Minuten voller Leidenschaft gewälzt hatten. „Nur Sex?"

Scham, Zorn und eine tiefe Traurigkeit kämpften in meinem Inneren um den ranghöchsten Platz.

„Das war nicht nur Sex!" Jonah sah aufrichtig verzweifelt aus. „Es war mehr, Romy. Ich wollte nicht nur deinen Körper, ich wollte ... dich. Alles an dir. Und ich will es immer noch", fügte er eilig hinzu.

Die Stille zwischen uns war erdrückend. Pulsierend.

„Du hast ihr einen Antrag gemacht?" Ich versuchte, meine Stimme unter Kontrolle zu halten, aber sie zitterte. „Du wolltest sie heiraten?!"

„Das war, bevor ich dich traf!", entgegnete Jonah mit einem Anflug von Verzweiflung in der Stimme.

„Das war vor *einer Woche*!" Ich hatte das Gefühl, die Worte zu schreien, obwohl sie kaum hörbar meine Lippen verließen. Eine heiße, einsame Träne rollte mir über die Wange. Widerwillig wischte ich sie fort.

„Romy." Jonah machte einige Schritte auf mich zu und breitete die Arme aus, als wäre ich ein wildgewordenes Tier, das er in die Ecke treiben und einfangen musste, um es zur Besinnung zu bringen. „Ich war mit Keira zusammen, das wusstest du. Wir haben zusammen gewohnt, haben in derselben Firma gejobbt ... ich habe ihr einen Antrag gemacht und sie hat **Nein** gesagt. Und das hat mich aus der Bahn geworfen. Weil … weil ich dachte, dass mein Leben so laufen würde.“

Ich gab ein Geräusch von mir, das wie eine Mischung aus hysterischem Lachen und Fauchen klang. Überrascht von mir selbst legte ich mir eine Hand auf den Mund.

„Aber jetzt …“, fuhr Jonah fort, hatte mich erreicht und hielt seine Hände ganz nah vor meinen Körper, als wagte er nicht, mich wirklich zu berühren, „…jetzt weiß ich, dass ihr *Nein* das Beste war, was mir passieren konnte. Ohne das hätte ich dich nicht getroffen. Und ich habe … ich habe mich in dich verliebt.“

Kapitel 22

Kleine Lügen

Jonahs Worte hallten in meinem Kopf endlos wider wie ein außer Kontrolle geratenes Karussell, während nur allmählich die Bedeutung dahinter zu mir durchsickerte. Mit einem Anflug von Erschöpfung ließ ich mich auf den Bettrand sinken.

Ich habe mich in dich verliebt.

Ich habe mich in dich verliebt.

Ich habe mich in dich verliebt.

„Wann ist das passiert?" Meine Stimme klang dumpf. Ich fragte es lauter als erwartet und es zerriss die paradoxe Stille zwischen uns.

„Das … mit Keira?"

„Das verliebt sein." Es fiel mir schwer, ihm in die Augen zu sehen. Irgendwo zwischen Verlegenheit, Wut und absoluter Ungläubigkeit strengte ich mich an, seinem Blick standzuhalten.

„Ich weiß es nicht." Jonah wirkte zerstreut. Mit beiden Händen fuhr er sich durch die aufgewühlten langen Haare, öffnete das Haargummi, das nur noch wenige Strähnen zusammenhielt, und band seine Mähne gedankenverloren zu einem ordentlichen Dutt. „Irgendwann zwischen *Shake It Off* und Ethan bei den Müllcontainern, schätze ich.“

Mit einem unterdrückten Seufzen nickte ich. „Du hättest es mir erzählen sollen“, brachte ich dann stockend über die Lippen.

„Das mit dem verliebt sein?“

„Das mit Keira.“

„Du hast recht“, gab er zu. Seine Stimme war ernst. „Ich habe den Zeitpunkt dafür verpasst und das ist nicht zu entschuldigen. Aber das, was ich mit ihr hatte, hat nichts mit dem zu tun, was zwischen dir und mir ist.“

„Ich hätte es trotzdem wissen wollen.“ Kopfschüttelnd senkte ich den Blick. „Mit einer Freundin Schluss zu machen, ist etwas anderes, als ein *Nein* auf einen Antrag zu bekommen.“ Das auszusprechen, schmerzte immer noch.

„Das stimmt wohl.“

Jonah setzte sich neben mich. Ganz nah. Ich spürte seinen Blick auf meinem Gesicht brennen. Dort, wohin er vor einer Weile noch Küsse gehaucht hatte, trafen nun Schuld, Unsicherheit und Zweifel meine Haut.

„Kannst du mir vergeben?“

Zögerlich sah ich ihn an. Konnte ich? Zu hören, was geschehen war, hatte mir wehgetan. Mehr, als ich je erwartet hätte. Doch Jonah war nicht der Einzige, der etwas verheimlicht hatte. War das gerade vielleicht sogar der richtige Zeitpunkt, um ihm zu sagen, wer ich wirklich war? Er war offen, ich wäre offen ... vielleicht würden wir sogar im Endeffekt darüber lachen können?

Doch ehe ich auch nur in Erwägung ziehen konnte, es zu tun, öffnete Jonah den Mund.

„Keira wollte einen Mann wie diesen Jack Daniels aus deinem schrottigen Groschenroman."

„Jace O'Kelly", korrigierte ich, ohne darüber nachzudenken und errötete instinktiv, als er mich daraufhin skeptisch ansah. „So heißt er. Glaube ich."

„Wie auch immer." Jonah hob die Schultern und ließ sie wieder sinken. „Sie warf mir vor, dass ich nicht so wäre wie er. Dass sie *Ja* sagen würde, wenn ich mehr wie er wäre. Dass sie etwas Besseres verdient hätte als mich und lieber auf einen Jack Daniels warten würde, als jemanden zu heiraten, der nicht einmal im Entferntesten etwas mit ihm zu tun hat."

Ich verkniff mir, ihn ein zweites Mal zu korrigieren.

„Und ich dachte, es würde mich fertigmachen. Ich dachte, es würde mich ... zerbrechen oder so. Aber soll ich dir was sagen?" Jonah schüttelte den Kopf. „Das hat es nicht. Ich habe auf einen Schmerz gewartet, der nie kam. Ich war wütend, ja, und enttäuscht. Und hätte, wenn ich genug Geld dafür hätte, einen Auftragskiller für diese realitätsverdrehende Möchtegern-Autorin engagiert, die in Interviews behauptet, dass die Welt voller Jacks ist und ihr Frauen nur nach ihnen suchen müsst."

Ich hoffte, dass er nicht sah, wie heftig ich schluckte. Auftragskillerin? So sehr hasste er sie, so sehr hasste er *mich*?

„Deshalb habe ich auch so allergisch reagiert, als ich gesehen habe, dass du die Bücher auch besitzt", fügte er erklärend hinzu. „Ich will nicht, dass du den Sinn für das verlierst, was echt ist."

„Das tue ich nicht. Es ist nur …“

Ein zaghaftes Klopfen an der Tür unterbrach mich mitten im Satz. Im nächsten Moment steckte Edith ihren Kopf herein, das Gesicht sichtlich vor Schuldbewusstsein zu einer angestrengt lächelnden Grimasse verzerrt. Sie schlüpfte durch den kleinstmöglichen Spalt und schloss die Tür so schnell wieder hinter sich, als wäre sie auf der Flucht vor jemanden.

„Magst du uns erklären, was los ist, Schwesterherz?“, erkundigte Jonah sich kühl, bevor sie auch nur die Gelegenheit bekam, ein *Hallo* über die Lippen zu bringen.

„Deswegen bin ich hier.“ Falls Edith über das *uns* aus Jonahs Mund oder darüber irritiert war, dass er und ich so nah beieinander auf der Bettkante saßen, ließ sie es sich nicht anmerken. „Dir ist wohl bei einem kurzen Telefongespräch mit Mum der geplante Antrag rausgerutscht“, wandte sie sich an ihren Bruder. „Daraufhin waren sie und Dad völlig aus dem Häuschen, weil … nun ja, weil …“

„Weil ich eben sonst in ihren Augen nie etwas richtig auf die Reihe bekomme“, beendete Jonah ihren Satz ungerührt. „Schon okay. Und weiter?“

„Als sie nichts mehr von dir gehört haben, haben sie beschlossen, dass Keira wohl definitiv *Ja* gesagt haben muss. Es musste einfach so sein“, fuhr Edith mit gesenkter Stimme fort. „Ich kannte ja die Wahrheit und habe mir vorgenommen, es ihnen schonend beizubringen, aber ich kam nicht wirklich weiter als bis zu dem Punkt, an dem ich erwähnt hatte, dass du in Little Goldcoast bist. Das ist dann … nun ja … in ein Missverständnis ausgeartet und sie nahmen an, ihr würdet hier ganz spartanisch und heimlich eure Verlobung feiern.

Sie erwarteten also, dich mit einer frisch verlobten und überglücklichen Keira Fanning, bald Keira Abercrombie, hier anzutreffen – nicht mit Romy Devon.“

„Und du hast es nicht geschafft, das auch noch richtigzustellen?“

„Wie konnte ich?“ Edith verdrehte die Augen. „Sie waren *so* glücklich! Nach all den Sachen, die sie mit dir durchhaben.“

Nach all den Sachen?

Ich bedachte Jonah mit einem unauffälligen Seitenblick. Mir fiel auf, dass er den Kiefer anspannte. Aber ansonsten ließ er sich nicht anmerken, ob Ediths Worte ihn getroffen hatten oder nicht. Eine Welle des Mitleids brach über mich herein. Wieso hatten sie alle bloß so ein schlechtes Bild von ihm, dass eine Verlobung das absolute Highlight seines Lebens für sie darstellte? Was hatte er getan, um diesen Ruf zu erhalten? Mir wurde bewusst, dass ich diesen Mann, der sich so vertraut anfühlte, gar nicht wirklich kannte. Ich wusste nichts über ihn.

„Blöderweise beschlossen sie dann, euch hierher zu folgen“, holte Ediths zerknirschte Stimme mich in die Gegenwart zurück. Sie fuhr sich mit der Hand durch die hochgesteckten krausen Locken, die aussahen, als hätte sie heute nicht das erste Mal gedankenverloren hineingegriffen. „Allein schon, um Keira endlich mal kennenzulernen. Du hast sie bisher keinem von uns vorgestellt, nicht mal ein Foto von ihr haben Mum und Dad zu Gesicht bekommen. Ich habe versucht, euch vorzuwarnen. Aber ihr wart beide nicht zu erreichen.“

Jonah und ich tauschten einen Blick miteinander.

„Akkus leer“, antworteten wir synchron.

„Oh ... okay." Ediths Blick wanderte über Jonah, dann über mich und wieder zurück zu ihrem Bruder. „Jedenfalls habe ich beschlossen, sie zu begleiten ... um ein wenig Schadensbegrenzung zu betreiben. Ich meine ... wie lange werden sie schon bleiben? Einen, vielleicht zwei Tage, bis die Pflicht wieder ruft und sie es ohne die Stadt und den Verlag nicht mehr aushalten. Lasst uns doch einfach so tun, als wärest du Keira." Sie deutete auf mich. „Und du frisch verlobt mit ihr", zeigte sie auf Jonah. „Für einen kurzen, kleinen Moment. Und alle sind glücklich und zufrieden, bevor unsere Wege sich wieder trennen."

„Das ... ist nicht sehr langfristig gedacht", gab Jonah zu bedenken.

„Mag sein. Apropos langfristig gedacht ... was zum Teufel ist das zwischen euch?" Edith sah irritiert aus.

„Was meinst du?" Instinktiv rutschte ich ein Stück von Jonah weg und brachte einen Sicherheitsabstand zwischen uns.

„Ich meine damit, dass hier irgendetwas läuft." Edith zog die Nase kraus. Ihr Blick huschte kurz durch den Raum, ehe sie zu verstehen schien. „Habt ihr ... oh Gott, Jonah, hast du etwa mit ihr geschlafen? Spinnst du? Du kannst doch nicht ..."

„Es ist anders als du glaubst, Edith. Halt dich da raus", unterbrach er sie ungewohnt barsch.

„Und du, Romy ..." Sie schüttelte ungläubig den Kopf. „Du solltest lediglich *Urlaub* machen. Entspannen."

„Das habe ich!", entgegnete ich.

Es entsprach der Wahrheit. Little Goldcoast hatte mir mehr innere Ruhe und Entspannung ermöglicht, als ich je für möglich gehalten hatte.

„Also wirklich ..." Ediths Blick glitt über das zerwühlte Bett und die Kleidungsstücke am Boden. „Mein kleiner Bruder und meine beste ..."

„Freundin", fiel ich ihr ein wenig zu laut ins Wort und schüttelte kaum merklich den Kopf.

Sie durfte nicht *Autorin* sagen. Jonah würde es nicht verstehen. Nicht nach all den Dingen, die er über Suri Lilianna gesagt hatte. Nicht nach allem, was er glaubte über sie, nein, über *mich*, zu wissen.

Ediths Augen weiteten sich zusehends. *Er weiß es nicht?!*, schrie ihr Blick mich geradezu an. Flehentlich starrte ich zurück. Ich würde es ihm sagen, ganz sicher ... irgendwann. Wenn der richtige Zeitpunkt dafür gekommen und seine Wut auf Suri Lilianna zumindest ein klein wenig verflogen war.

„Also, was sagst du?" Jonahs Blick ruhte auf meinem Gesicht. Ediths ebenfalls.

Ich biss mir auf die Unterlippe.

„Wir können es aufklären und alles abblasen." Ein wenig zaghaft legte er mir die Hand auf den Oberschenkel, so sanft, als würde er testen wollen, ob ich die Berührung überhaupt erlaubte. „Ist kein Problem. Ich bin sowieso seit meiner Geburt die Enttäuschung der Abercrombies. Daran ändert eine Kleinigkeit nun auch nichts mehr." In seinen grün-braunen Augen lagen zwar hauptsächlich Gleichgültigkeit und etwas wie freche, raue Ignoranz, aber ich war mir fast sicher, hinter der Fassade, von der ich nun wusste, dass er sie schon so lange aufrechterhielt, einen Schmerz durchschimmern zu sehen. Hatte ich diesen Schmerz nicht bereits in meinem eigenen Blick im Spiegel gesehen? Damals,

als ich entschieden hatte, meinen Broterwerb aufzugeben und für die Kunst des Schreibens zu leben?

Ob es so klug ist, deinen richtigen Beruf dafür herzugeben?, lag die Stimme meiner Eltern mir plötzlich halb besorgt, halb belehrend in den Ohren.

„Ich mach's", hörte ich mich selbst sagen.

Edith und Jonah hoben gleichzeitig erstaunt die rechte Augenbraue. Zum ersten Mal fiel mir eine leichte Ähnlichkeit zwischen den beiden auf, wenn auch nur für einen flüchtigen Moment.

„Wenn deine Eltern dann glücklich sind und dich in Frieden lassen", fügte ich lässiger hinzu, als ich mich tatsächlich fühlte. „Dann bin ich eben für ein paar Stunden Keira. Was soll schon passieren?"

Kapitel 23

Lobster, Lügen, Leidenschaft

„Schmeckt Ihnen der Lobster etwa nicht, Keira?" Michael Abercrombie tupfte sich mit seiner dicken roten Papierserviette vornehm den Mund ab, ehe er die Finger ineinander verschränkte, den Kopf zur Seite neigte und mich fragend ansah. Sein Blick war derselbe wie Ediths, wenn sie mich forsch ansah und auf eine Antwort von mir wartete.

Es dauerte einen Augenblick, bis mir wieder klar wurde, dass er mich meinte. Daran, Keira genannt zu werden, hatte ich mich noch nicht gewöhnt. An das Auseinandernehmen und Verzehren eines Lobsters ebenso wenig. Er schmeckte mir nicht – genau wie die Tatsache, dass ich fast jedem an diesem edel anmutenden Tisch ins Gesicht log, was meine wahre Identität betraf.

Michael und Lauren Abercrombie hielten mich für Keira Fanning, Jonahs Verlobte, während der dachte, ich wäre eine bodenständige Anwaltsgehilfin, die mit seiner Schwester befreundet war. Dass ich zugleich die Autorin war, die dem Familienverlag zu einer nicht gerade geringen Menge Geld und Erfolg verholfen hatte, und jene, die die Beziehung zur tatsächlichen Keira zerstört hatte, lag so unausgesprochen wie bedrückend in der Luft, dass es mir Magenschmerzen bereitete.

„Doch, doch", beeilte ich mich zu sagen, nickte heftig und spülte den kleinen Bissen, den ich geschafft hatte, aus der Schale zu pulen, mit einem Schluck teuren Rotweins herunter. „Vorzüglich, wirklich. Danke nochmal für die Einladung."

Obwohl ich mir jeden Schritt genauestens bei Jonah abgeguckt hatte, der seinen Lobster zerlegte, als würde er tagein, tagaus nichts anderes tun, war das, was sich auf meinem Teller abspielte, ein einziges Desaster. Dass der Lobster dafür gestorben war, konnte man eigentlich nur als nutzlos bezeichnen.

„Selbstredend tun wir das nur zu gern", sagte Michael hochtrabend. „Wenn unser Jüngster eine so erfolgreiche und aufstrebende junge Dame zur Frau nimmt, freuen wir uns natürlich von Herzen und tun alles, um unsere Freude zum Ausdruck zu bringen." Mit einer gekonnten Bewegung brach er die Scheren des Hummers mit der Zange auf und pulte das Fleisch mit der schmalen silbernen Hummergabel heraus.

„Erfolgreich und aufstrebend, was?", wandte ich mich leise an Jonah, der schon das zweite Glas Wein geleert hatte und dem Kellner gerade stillschweigend zu verstehen gab, noch einmal nachzuschenken.

„Nicht so bescheiden, meine Liebe", antwortete seine Mutter an seiner Stelle. „Ein Jurastudium schließt sich nicht von allein als Jahrgangsbeste ab. Vielleicht schaffen Sie es sogar, Jonah dazu zu bringen, seins wieder aufzunehmen."

Jonah hatte Jura studiert? Ich versuchte, nicht allzu erstaunt zu wirken und lächelte bloß.

„Oder das Medizinstudium", warf Michael trocken ein.

„Oder das Kunststudium", ergänzte Lauren und kicherte affektiert. „Das war wohl das kürzeste, nicht wahr?"

„Das kürzeste war die Ausbildung zum Schreiner", erinnerte Michael sie und tupfte sich erneut mit der Serviette den Mund ab, ehe er sein Glas schwenkte und sich einen Schluck Wein genehmigte. „Dicht gefolgt von ..."

„Danke, Vater, wir kennen alle meinen Lebenslauf", unterbrach Jonah ihn mit einem Anflug von Härte in der Stimme.

„Wir verurteilen dich ja nicht, Junge. Du hast dich nun einmal mehr ausprobiert als deine Geschwister, die sofort wussten, was sie tun wollten."

Lauren steckte sich eine Miniportion Lobsterfleisch in den Mund, kaute und schluckte diskret, tupfte sich den Mund ab und fügte hinzu: „Jedem das Seine. Was genau tust du zurzeit nochmal genau?"

„Gar nichts, Mutter." Jonah leerte sein Weinglas mit einem großen Schluck und stellte es etwas zu fest auf dem Tisch ab. „Ich tue rein gar nichts. Meine zukünftige Frau verdient genug für uns beide. Ich bleibe zu Hause, kümmere mich um den Haushalt und ziehe unsere zukünftigen Kinder groß. Nicht wahr, Liebling?"

„Er ... macht nur Spaß", versuchte ich angestrengt die Stimmung zu retten. „Jonah ist sehr talentiert, er ..." Hilflos wandte ich mich ihm zu und durchsuchte krampfhaft meinen Kopf nach etwas, das ich hätte sagen können, damit das ganze Lügengerüst nicht in sich zusammenfiel. „Er hat einen großen ...“ Urplötzlich schossen mir Bilder der letzten Nacht durch den Kopf. Ich hatte *Plan* sagen wollen. Wirklich.

„... Penis“, hörte ich mich selbst den Satz beenden.

Jonah neben mir verschluckte sich und begann heftig zu husten, während Edith ihr Gesicht mit ihrer Serviette bedeckte und Lauren sprachlos mit der Gabel zwischen Teller und Mund verharrte. Oh mein Gott! Hatte ich das gerade wirklich gesagt?

„Das ist genetisch bedingt“, antwortete Michael Abercrombie ungerührt.

„Ich ... meinte *Plan*“, stammelte ich. „Er hat einen großen ... Plan! Einen Plan für seinen ... ähm ... beruflichen Werdegang, der ... nun ja ... supergeheim ist und ... supergroß.“ Mit jedem Wort, das ich aussprach, fühlte mein Gesicht sich heißer an. Ich sah wahrscheinlich aus wie eine überreife Tomate.

Jonah neben mir hustete immer noch.

„Ach ja? Wie interessant.“ Lauren, die den Schock über das Wort Penis offensichtlich überwunden hatte, fächerte sich mit der Hand Luft zu.

„Leider aber, wie gesagt, zu geheim, um schon mehr zu verraten“, stieg Jonah endlich gedehnt in das Spiel mit ein und legte mir eine Hand auf den Oberschenkel. „Ein Glück, dass meine Verlobte mich so inspiriert.“

Ich wandte ihm den Blick zu und legte meine Hand auf seine. Sanft verschränkten sich unsere Finger ineinander.

Zurück in Little Goldcoast, nachdem Michael so vehement darauf bestanden hatte, das Abendessen im teuersten Restaurant ganz Belbridges einzunehmen, war ich vom ganzen Lügen so erschöpft, dass ich mein Gähnen nicht mehr zurückhalten konnte.

„Wir gehen schlafen. Gute Nacht", verkündete Jonah seiner Familie kurz angebunden und zog mich wortlos die Treppe hinauf.

„Gott, ich dachte, wir fliegen jeden Moment auf." Mit einem erleichterten Seufzen ließ ich mich auf das immer noch zerwühlte Bett fallen, streckte alle Viere von mir und verbarg das Gesicht in meinen Händen. „Und wie erklären wir ihnen nun bloß, dass ich morgen nach Hause fliege?"

„Beruflich bedingt?", stellte Jonah die naheliegendste Erklärung bereit. „Oder ...", ich hörte, wie er leise den Schlüssel im Schloss umdrehte, bevor er sich neben mich ins Bett legte, „... oder du bleibst länger."

„Das geht nicht." Bedauernd schüttelte ich den Kopf und sah ihn an. So verlockend es war – ich hatte ein Manuskript fertigzustellen. „Ich muss arbeiten. Außerdem ist mein Flug bereits gebucht."

„Ich gebe dir das Geld für einen neuen", schlug Jonah vor.

Das Angebot war so süß und selbstlos, dass ich schmunzeln musste. Ich brauchte Jonahs Geld nicht. Sehr wahrscheinlich besaß ich sogar wesentlich mehr als er und hätte mir selbst ein ganzes Dutzend neuer Tickets kaufen können. Aber das wusste er nicht.

„Du könntest dich ein paar Tage krankmelden." Seine Finger wanderten über die enganliegende schwarze Stoffhose und die roséfarbene Bluse, die ich trug. Doch selbst in dem schicksten Outfit, das mein Koffer hergegeben hatte, hatte ich mich im Restaurant underdressed gefühlt.

„Es geht nicht, Jonah. Echt nicht. Tut mir leid." Ich biss mir auf die Unterlippe und verließ das Bett, da ich mir sicher war, es sonst nicht mehr zu können. Womöglich nie wieder. Kopflos begann ich, alles, was sich nicht bereits in meinem Koffer befand, hineinzuwerfen. Jonah beobachtete still und mit kritischem Blick die Szenerie.

„Ist es wegen Keira?", erkundigte er sich sanft, nachdem ich fertig war und mir mit dem Handrücken über die schweißnasse Stirn rieb.

„Nein." Ich schüttelte abwesend den Kopf. „Ich muss bloß wirklich nach Hause zurück. Auch wenn ich nicht will."

Die bloße Vorstellung meines leeren, ruhigen Bungalows, der immer mein persönlicher kleiner Himmel gewesen war, ließ ein schmerzhaftes Ziepen zwischen meiner Magengegend und meinem Herzen entstehen. Es schien, als hätte ich mich von *Royal Lovers* entfernt, mich von Jace und Catherine geradezu entfremdet.

Ich hätte nie gedacht, dass ein Ort mich und alles, was mich ausmachte, so sehr verändern würde, doch Little Goldcoast hatte es getan. Der Golden Lake hatte es getan. Mika und seine süße Tochter Charlie, Grayson und sein hervorragendes Essen, die humorvolle und offene Clique, die zurückgelassenen, so liebevollen Eltern von Aron und Nora – sie alle hatten dazu beigetragen, dass ich mich in Little Goldcoast zu Hause gefühlt hatte – ruhig, geerdet, glücklich. Ich sah Jonah an und hätte aus dem Nichts heraus in Tränen ausbrechen können.

„Hey …“ Mit einem Satz war er aus dem Bett gesprungen, kam auf mich zu, schlang die Arme um mich und zog mich an seine nach Lavendel und Sandelholz duftende Brust. Sein Herzschlag verband sich mit meinem, beruhigte ihn, verlangsamte ihn. Eine gefühlte Ewigkeit lang stand ich nur da, ließ mich von ihm halten und atmete seinen Duft und seine Gegenwart ein.

„Ich werde dich auch vermissen, Prinzessin“, sprach er aus, was mir wie ein Kloß im Hals steckte und drückte mir einen Kuss auf den Kopf. „Aber wir können uns jederzeit wiedersehen. Ich bin auf Wohnungs- und Jobsuche und wer sagt, dass diese Wohnung und dieser Job nicht in … ähm … woher kommst du?“

Durch die Tränen hindurch musste ich lachen.

„LA. Wie Edith.“

„Auch aus LA, hm?“ Jonah klang nicht begeistert. „Stimmt, hatte kurz verdrängt, dass du ein Big City-Girl bist.“

„Bin ich nicht.“ Ich löste mich mit einem tiefen Atemzug von ihm und rieb mir die Tränen aus dem Gesicht. Der Kloß in meinem Hals war schon kleiner geworden. „Ich habe ein Haus am Stadtrand. Es liegt abgelegen und ruhig und vom Fenster aus kann man die Skyline sehen.“

„Hm“, machte Jonah wieder. „Da lässt sich sicher was tun. Und bis dahin tauschen wir Handynummern aus und laden die Dinger mal wieder auf. Deal?“

„Deal.“ Wir schüttelten einander die Hände.

„Also haben wir nur noch eine Nacht?“ Jonahs Blick wanderte wie selbstverständlich zum Bett herüber, dann wieder zu mir. In seinen Augen glaubte ich ein großes Fragezeichen zu sehen.

„Ja, und deine Familie sitzt unten“, antwortete ich widerstrebend.

„Stimmt“, pflichtete er mir bei. „Dann gehe ich wohl besser in mein Zimmer rüber und …“

„Andererseits wäre das auffällig“, gab ich zu bedenken und verstaute mein ausgeschaltetes Handy in meinem Koffer. „Wegen der Verlobungsgeschichte und so.“

„Richtig. Wir wollen kein Aufsehen erregen.“ Jonah nickte zustimmend, schlüpfte aus Hose und Shirt und legte sich, nur mit Boxershorts bekleidet, an den Rand des Bettes. „Gute Nacht, Romy.“

„Gute Nacht, Jonah.“ Schnell zog ich meine Kleidung ebenfalls aus, nicht ohne den Blick zu bemerken, den er mir dabei zuwarf, und legte mich auf die andere Bettseite. Um ganz sicherzugehen, dass ich nicht auf dumme Gedanken kam, wandte ich ihm den Rücken zu. Wenige Augenblicke später spürte ich seine warme Hand im Rücken. Ein elektrisierendes Gefühl huschte durch meinen ganzen Körper.

„Deine Eltern und deine Schwester sind unten“, erinnerte ich ihn flüsternd.

„Du hast recht“, wisperte er an meinem Hals und abertausende kleiner Schauer jagten über meinen Rücken, meinen Nacken, meine Schultern, bis in mein tiefstes Inneres. „Gute Nacht.“ Sanft, kaum spürbar, berührten seine Lippen mein Ohr und hauchten einen Kuss darauf. Alles in mir schrie verzweifelt, als er sich wieder zurückzog.

„Andererseits …“ Ich wandte mich ihm zu und biss mir nachdenklich auf die Unterlippe, „… könnten wir einfach sehr, sehr leise sein.“

„Könnten wir?" Jonahs Hand legte sich um mein Gesicht. Ganz sanft strich sein Daumen über meine Lippen, ehe die Finger weiter herunterglitten, über mein Schlüsselbein, mein Dekolleté, zwischen meinen Brüsten entlang Richtung Bauchnabel. Je mehr er mich berührte, umso schwerer fiel es mir, ruhig und lautlos weiter zu atmen.

Mit einer gleichmäßigen, schnellen Bewegung war er über mir und verbarg sein Gesicht an meinem Hals.

„Du riechst so gut", flüsterte er mit einem unterdrückten Seufzer und der Bungalow in LA mit dem *Royal Lovers*-Moodboard rückte in so weite Ferne, dass ich ihn fast vergaß.

Kapitel 24

Stunde der Wahrheit

„Ich bin ein Einzelkind. Meine Eltern waren nicht mehr die Jüngsten, als ich zur Welt gekommen bin." Mein Kopf ruhte auf Jonahs nackter Brust, während meine Hand in einer zärtlichen, sich stetig wiederholenden Bewegung über seinen Oberkörper strich. „Die Ärzte hatten ihnen jahrelang prophezeit, sie könnten keine Kinder bekommen. Störungen des Hormonhaushalts, sagte man – auf beiden Seiten. Sie haben sich irgendwann damit abgefunden. Als ich mich dann angekündigt habe, waren sie beide fast fünfzig. Ich war ein Wunder für sie und so haben sie mich auch behandelt. Alles, was ich wollte, habe ich bekommen. Alles, was ich brauchte, wurde mir ermöglicht."

„Wie bei einer Prinzessin", ergänzte Jonah. Ich konnte wahrnehmen, dass seine Mundwinkel sich zu einem leisen Schmunzeln verzogen.

„Stimmt", musste ich zugeben. „Aber manchmal weiß ich nicht, ob mir das so gutgetan hat. Versteh' mich nicht falsch, ich verurteile ihre Intention dahinter nicht ... ich frage mich nur hin und wieder, ob ich vielleicht zu ... zu *weich* für diese Welt bin. Zu zerbrechlich. Zu unsicher und verträumt.“

Mit einer unerwartet ruckhaften Bewegung schob Jonah mich von sich, beugte sich über mich und sah mir tief in die Augen. Die Hände links und rechts neben meinem Kopf abgestützt, drückte er mich leicht in die Matratze hinein, während sein Blick mich forsch zu durchbohren schien.

„Ich glaube, du bist genau richtig für diese Welt“, flüsterte er.

„Da bist du wohl der einzige, der das so sieht“, flüsterte ich zurück.

Seine Finger glitten so sachte über meine Wange, dass ich die Berührung kaum spürte und dennoch schien er überall dort, wo seine Haut die meine traf, eine heiße, brennende Spur zu hinterlassen.

„Das wäre mir zwar zugegebenermaßen ganz recht, wenn ich dich nur für mich hätte“, raunte er. „Aber glaub mir, Romy, du bist einzigartig. Einzigartig fantastisch. Und das sehe definitiv nicht nur ich so.“

Seine Worte waren wie Balsam für meine Seele. Ich konnte mich nicht erinnern, mich je zuvor so sehr über ein Kompliment gefreut zu haben.

„Danke“, wisperte ich.

„Nicht dafür.“ Jonah sah mir durchdringend in die Augen, bevor sein Blick erneut mit Wohlwollen über meinen ganzen Körper glitt.

„Wir sollten schlafen“, erinnerte die Stimme der Vernunft in mir uns beide an die bereits späte Stunde. „Ich muss morgen pünktlich aufbrechen.“

„Klar." Er nickte, legte sich wieder hin und zog mich zurück auf seine Brust. Es war verrückt. Es fühlte sich an, als wäre dieser Platz eigens für meinen Kopf gemacht worden.

Eine sanfte Stille legte sich über uns. Nur das Zirpen der Grillen drang von außerhalb durch die Fenster in den Raum.

„Was ist mit deinen Eltern?", erkundigte ich mich leise, obgleich ich glaubte, die Antwort darauf bereits zu kennen. „Wie waren sie so, als ihr Kinder wart?"

„Puh ..." Jonah atmete lautstark aus. „Vielbeschäftigt. Wir sind früh fremdbetreut worden, weil sie beide immer gearbeitet haben ... drüben in Belbridge. Einen Nachteil habe ich darin nie gesehen. Es gab viel zu erleben und ich hatte immer meine Freunde an der Seite."

Er machte eine kurze Pause und atmete tief und lange ein und wieder aus.

„Als wir Little Goldcoast verlassen hatten, um den Verlag zu gründen, hat sich das geändert. Großstädte sind seelenlos. Nicht immer, aber oft. Gerade für einen jungen Teenie, der hier aufgewachsen ist. Edith und George sind älter als ich und haben in LA eigene Wohnungen bezogen. Obwohl sie oft da waren, da sie mit ins Verlagsgeschäft einstiegen, habe ich mich oft einsam gefühlt und hatte Sorge, dass ich nicht gesehen werde. Deswegen habe ich in meiner Jugend eine Menge Mist gebaut." Er schluckte spürbar. „Es war nicht mal, um sie zu verärgern. Ich wollte nur, dass sie mich sehen, mich wahrnehmen. Als das, was ich bin, nicht nur als ein weiterer grüner Haken in ihrer Lebenslaufbahn. Edith und George sind anders als ich. Sie haben die Herausforderungen und Erwartungen, die an uns gestellt wurden, gern angenommen und alle schienen glücklich damit. Ich wollte ihren Ansprüchen gar nicht gerecht werden. Ich wollte nicht sein wie sie. Ich wollte sein wie ich. Leider habe ich den falschen Weg gewählt, um das zu kommunizieren."

Jonahs Worte hatten mir die Kehle zugeschnürt. Die Vorstellung davon, wie er immer versucht hatte, die Aufmerksamkeit seiner Eltern zu bekommen und dabei stets als Enttäuschung der Familie angesehen wurde, ließ eine Welle von Empathie in mir aufsteigen. Auf einmal hatte ich Verständnis für Jonahs oft abweisende Art.

„Weißt du was?" Behutsam stützte ich mich auf seinem Oberkörper ab und sah ihm tief in die Augen. „Ich sehe dich, wie du bist. Und ich finde gut, was ich sehe."

„Da bist du wohl die Einzige", wiederholte er leise meine Worte von vorhin.

„Das ist mir ganz recht", flüsterte ich und presste meine Lippen sanft auf seine.

Stunden später waren tiefste Dunkelheit und Stille über das Ferienhaus in Little Goldcoast hereingebrochen. Obwohl es mitten in der Nacht war und Jonah neben mir gleichmäßig und ruhig atmete, war ich hellwach. Mein Körper war vollgepumpt mit Glückshormonen, die mich nicht schlafen ließen, und diese reichten sich die Hand mit all den schweren Gedanken, die meinen Kopf erfüllten. Nichts von alldem trug dazu bei, dass ich es Jonah gleichtun und ebenfalls in einen süßen, tiefen Schlaf sinken konnte. Als auch noch ein trockener Hals hinzukam, unterdrückte ich ein Aufseufzen, schlug die Bettdecke beiseite und schlich mich aus dem Raum. An der Tür angelangt, wandte ich mich noch einmal um. Es würde das letzte Mal sein, dass ich dieses Zimmer verließ und ihn dort liegen sah, schoss es mir ungefragt durch den Kopf.

Unser Leben war zu verschieden, unsere Zukunft zu ungewiss. Das war kein Buch, es war kein *Alles wird schon irgendwie gut werden*-Gefühl. Keine Happy End-Gewissheit. Außerdem gab es da noch meine gar nicht mal so kleine Lüge, die wie ein lauerndes Ungetüm stets über mir schwebte und auf den richtigen Moment zu lauern schien. Was ich anfangs problemlos hätte sagen können, war nun unaussprechlich geworden. Wenn Jonah wüsste, wer ich wirklich war ... ich konnte den Gedanken nicht einmal bis zu Ende denken. Die Vorstellung davon, wie sein Gesicht sich verdunkeln und Hass und Abneigung in seine grün-braunen Augen treten würden, schmerzte regelrecht. Nie wieder würde er mich so sehen, wie er mich jetzt sah.

Lautlos zog ich die Tür hinter mir zu und schlich in die Küche, wo ich mir im Dunkeln ein Glas aus dem Schrank holte, es mit Leitungswasser füllte und durstig leertrank. Ich trug nur einen Slip und Jonahs Shirt und hoffte inständig, dass ich in dieser Nacht niemandem der Familie Abercrombie über den Weg laufen würde.

„Na, kannst du auch nicht schlafen?" Ediths Stimme erschreckte mich so sehr, dass mir das leere Glas aus den Händen glitt und beinahe zu Boden fiel. Gerade eben gelang es mir noch, es zu schnappen.

„Du hast mich erschreckt!" Mit bis zum Hals pochendem Herzen stellte ich das Glas ins Waschbecken und wandte mich meiner Freundin zu, die im gedimmten, kühl weißen Licht ihres Smartphones am kleinen Küchentisch hockte, die schmalen Beine an den Körper gezogen, vor sich ein leer gelöffeltes Paket Eis. „Was machst du da?"

„Coverentwürfe von den Grafikern sichten", antwortete sie, legte ihr Handy beiseite und schaltete eine kleine Lampe an. „Manuskriptabsagen absegnen, neue Exposés überfliegen. Das Übliche."

„Hast du nicht eigentlich Angestellte, die das für dich übernehmen?"

„Doch, aber ich überprüfe es lieber alles nochmal selbst. Vertrauen ist gut, Kontrolle ist besser." Edith reckte das spitze Kinn vor. „Und du? Was treibt dich zu dieser gottlosen Zeit aus dem Bett?"

„Hatte Durst", erklärte ich ausweichend und deutete auf das Waschbecken, in dem mein leeres Glas stand.

„Und ein schlechtes Gewissen?", ergänzte Edith.

„Auch." Ich nickte schwermütig. „Nicht wegen der Keira-Sache ... Jonah scheint echt einen schweren Stand in eurer Familie zu haben, da macht es mir nichts aus, eure Eltern ein wenig auf den Arm zu nehmen. Aber die andere Angelegenheit ..." Ich seufzte leise.

„Er hat keine Ahnung?", schloss Edith nüchtern.

„Nicht die leiseste. Ich habe ihm anfangs nichts gesagt, weil seine offensichtliche Abneigung gegenüber den *Royal Lovers* mich davon abgehalten hat. Aber da war mir auch noch nicht klar, dass sich etwas ..."

Ich hatte *etwas Ernstes* sagen wollen, überlegte es mir aber im letzten Moment anders. Ich wusste doch gar nicht, ob es ernst war. Konnte man das nach einer so kurzen Zeit überhaupt mit Gewissheit sagen?

„... dass sich etwas zwischen uns entwickeln würde. Das war ... eine ungeplante Überraschung."

„Da sagst du was." Edith lachte leise und schüttelte den Kopf. „Mein kleiner Bruder ist nun wirklich kein Jace O'Kelly."

„Ich glaube, ich will gar keinen Jace O'Kelly mehr", hörte ich mich selbst flüstern und nahm gegenüber von Edith Platz.

Sie bedachte mich mit einem ungläubigen Blick von der Seite. „*Nicht?*" Sie starrte mich über den Rand ihrer Brille hinweg an, als hätte ich völlig den Verstand verloren. „Wer sind Sie und was haben Sie mit meiner Freundin Romy gemacht?"

„Die muss irgendwo in Little Goldcoast über Bord gegangen sein." Ich lächelte müde, stützte die Ellbogen auf dem Tisch ab, legte mein Kinn in die Hände und musterte Edith nachdenklich. „Du hattest recht mit diesem Ort. Er ist magisch. Ich konnte mir nicht vorstellen, hierherzukommen … und jetzt kann ich mir nicht mehr vorstellen fortzugehen."

„Dann geh' nicht", schlug Edith pragmatisch vor. Ihre Augen wanderten kurz Richtung Smartphone, das einmal leise vibriert hatte.

„Das hat Jonah vorhin auch gesagt." Ich fuhr mir mit beiden Händen über das warme, müde Gesicht. „Aber ich glaube, das geht nicht. Ich muss Band 3 fertig schreiben."

„Das kannst du auch hier tun." Edith zuckte mit den Schultern. „Du sicherst doch sowieso immer alles doppelt und dreifach in der Cloud ab, oder?"

Ich nickte schweigend und biss mir auf die Unterlippe.

„Dann leihe ich dir meinen Laptop und du ziehst dir das Manuskript darauf und arbeitest von hier aus."

„Ach, ich weiß nicht, Edith", murmelte ich. „Dann müsste ich mir wieder neue Lügen überlegen, um Jonah zu erklären, weshalb ich plötzlich so viel Zeit vor dem Laptop verbringe."

„Und wenn du ihm – ganz abwegig, ich weiß – einfach die Wahrheit sagst?"

„Die Wahrheit?" Ich lachte leise und freudlos. „Ich soll Jonah Abercrombie, der Suri Lilianna und die *Royal Lovers* mehr hasst als irgendwer anders auf diesem Planeten, sagen, dass *ich* Suri Lilianna bin?" Kopfschüttelnd sah ich sie an. „Ich soll ihm sagen, dass ich die Geschichten verfasst habe, die seine Beziehung zerstört haben? Dass ich Jace O'Kelly erschaffen habe, mit dem er jahrelang verglichen wurde? Dass ich die Interviews gegeben habe, in denen ich allen Frauen dieser Welt von Männern wie ihm abgeraten habe? Das kann nicht dein Ernst sein!"

Edith öffnete den Mund und schloss ihn wieder. Plötzlich war sie leichenblass. Zu meinem Erstaunen sah sie nicht mich an, sondern direkt hinter mich.

„Du brauchst dir keine Gedanken mehr darum zu machen, wie du es mir sagen könntest." Jonahs Stimme hinter meinem Rücken klang so kalt, dass es mir trotz der sommerlichen Hitze eine Gänsehaut über den Körper jagte. „Ich weiß es jetzt."

Ich fuhr herum.

„Ist das so eine Art ... beschissenes Experiment?" Jonah schien vergessen zu haben, dass die meisten Personen in diesem Haus noch schliefen. Seine Stimme war so laut und voller Zorn, dass sie zitterte. „Wolltest du mal sehen, wie es ist, mit einem Loser zusammen zu sein? Mit einem Underdog zu schlafen? Wie nennt sich das, was du hier tust, Romy – Recherche? Brauchst du einen neuen Antagonisten, ist es das?"

„Jonah, so war es nicht." Meine Stimme zitterte ebenfalls – jedoch nicht vor Zorn, sondern vor Verzweiflung. Leise Tränen rannen mir über das Gesicht, die ich immer wieder unsanft mit dem Handrücken fortwischte, während ich ihm, der kopflos seine Sachen packte, durch das ganze Ferienhaus folgte.

„Ist mir egal, wie es war oder wie es nicht war. Ich will einfach nur weg von dir. Ich kann dich nicht mal mehr ansehen." Abrupt blieb er stehen, die Reisetasche, mit der er gekommen war, in der einen Hand, mit der anderen alles aufsammelnd, was er überall im Haus verstreut hatte. Er steckte ein Shirt ein, das auf der Couch gelegen hatte, ließ seine Geldbörse folgen und lief weiter, ohne mich auch nur eines Blickes zu würdigen. Immer zwei Stufen auf einmal nehmend, lief er erneut die Treppe hinauf.

Erschöpft blieb ich darunter stehen. Die durchwachte Nacht machte sich allmählich bemerkbar, als langsam die Sonne am Horizont aufging und das Haus mit sanftem rotem Licht flutete.

„Hör' ihr doch wenigstens zu", hörte ich Edith oben anklagend zu ihm sagen, während einige Dinge zu Boden fielen.

„Ich muss hier niemandem zuhören!", knurrte Jonah. „Du hast mich genauso angelogen wie sie. Ich habe dir immer gesagt, dass ich nicht nachvollziehen kann, wie du einer solchen Autorin für den Scheiß, den sie verzapft, eine Plattform geben kannst ... und du lässt zu, dass ich sie vor unseren Eltern als meine Verlobte ausgebe?!"

„Du kennst sie nicht gut genug. Romy hat einen Fehler gemacht, aber sie ist ein wundervoller Mensch und das weißt du“, versuchte Edith weiterhin verzweifelt, mir zu helfen, doch Jonah hatte sich bereits wieder auf den Weg nach unten gemacht, die Reisetasche über die Schulter geworfen und den Blick stur auf den Boden gerichtet. Ohne mich anzusehen, eilte er an mir vorbei und streifte dabei unsanft meine Schulter.

Jonahs Eltern, die inzwischen ebenfalls wach waren, standen in ihren farblich aufeinander abgestimmten pastellgrünen Morgenmänteln am Kopf der Treppe und verfolgten mit großen Fragezeichen im Gesicht das Geschehen.

„Jonah!“ Etwas Flehentliches lag in meiner Stimme, als ich an ihm vorbeieilte und mich ihm mit zitternden Beinen in den Weg stellte. „Bitte bleib hier, ich … ich …“ Mein Kopf setzte aus. Wie ein Fisch auf dem Trockenen öffnete und schloss ich meinen Mund wieder und wieder, ohne auch nur ein einziges Wort hervorbringen zu können.

Mit einem ungeduldigen Kopfschütteln schob Jonah mich beiseite, als würde ich kaum mehr als eine lästige Fliege sein.

„Du hast keine Ahnung von Liebe oder dem wahren Leben“, raunte er mir mit gesenkter Stimme zu. „Du versteckst dich hinter deinen albernen Geschichten, ohne zu wissen, wie die Realität ist.“ Sein Blick war so hart, dass es wehtat.

„Es tut mir leid“, beeilte ich mich angestrengt hervorzupressen.

„Dafür ist es zu spät.“ An der Haustür blieb er noch einmal stehen und bedachte mich mit einem Blick, der abwertender und kälter nicht hätte sein können. „Wenn ich gewusst hätte, wer du wirklich bist, hätte ich dich schon an Tag eins vor die Tür gesetzt. Trotz deiner ... besonderen Begrüßung.“

Heiße Röte schoss mir in die Wangen, obwohl er trotz seiner Wut noch den Anstand besaß, die Unterwäsche-Aktion, meinen albernen Tanz und die Weinflasche vor versammelter Mannschaft unerwähnt zu lassen.

„Und weißt du was?“ Er legte seine Hand auf die Klinke und ein finsteres, boshaftes Lächeln huschte wie eine Grimasse über sein Gesicht. „Ich wünschte wirklich, das hätte ich getan. Das hätte mir sehr viel erspart.“

Ehe er die Tür öffnen konnte, klopfte es zaghaft von außen. Etwas zu grob riss Jonah die Tür auf, sodass die junge Frau, die davorstand, zusammenfuhr.

„Jonah.“ Etwas an der Art und Weise, in der sie seinen Namen ausgesprochen hatte, versetzte mir einen schmerzhaften Stich. Viel zu vertraut kam er über ihre Lippen. Eine Gefühlsmischung aus Überraschung, Freude, Erleichterung und Unsicherheit huschten über ihr schmales Gesicht, ehe sie in Tränen ausbrach.

„Keira.“ Alle Wut schien aus Jonahs Stimme gewichen zu sein. Völlig in sich zusammengesunken ließ er zu, dass sie ihm um den Hals fiel und sein Gesicht schluchzend mit Küssen bedeckte.

Ein erneutes hässliches und schmerzhaftes Stechen durchfuhr bei diesem Anblick mein Herz.

„Noch eine Keira?“ Michael Abercrombie schien völlig verunsichert. Keiras Timing hätte nicht schlechter sein können.

Allmählich wurde mir klar, weshalb Jonah zu Anfang gesagt hatte, dass ich nicht sein Typ sei. Die junge, immer noch weinende Frau und ich hatten wirklich nichts miteinander gemein. Sie war zart, fast elfenhaft, und hatte lange schwarze, seidig glänzende Haare, die an Pocahontas erinnerten. Obwohl sie völlig verheult war, sah sie bezaubernd aus.

„Wer genau ist das?", erkundigte Lauren Abercrombie sich, das Haar voller Lockenwickler, und kam mit langsamen Schritten die Treppe herunter.

„Wer ist *das*?", fragte Keira und deutete auf mich, die mit Tränen in den Augen dastand und immer noch nichts trug als ein Shirt von Jonah und einen Slip.

„Heilige Scheiße", fasste Edith ziemlich gut zusammen, was gerade geschah.

Jonah schien sich immer noch in einer Art Schockstarre zu befinden.

„Ich ... wollte gerade gehen", murmelte er und es klang, als würde er es eher zu sich selbst sagen, als zu irgendjemandem sonst.

„Ist schon gut." Meine Stimme klang fremd und als ich mich wie mechanisch in Bewegung setzte, schmerzte mein gesamter Körper. „Bleib. *Ich* werde gehen."

Kapitel 25

Almost lovers

Der vertraute Geruch meines Zuhauses, den ich, seit ich bei meinen Eltern aus- und im Bungalow eingezogen war, so sehr geliebt hatte, empfing mich intensiver, als ich ihn gewohnt war. Eine Wolke aus Duftkerzen, Raumspray und künstlichem Vanillearoma aus Duftspendern für die Steckdose trieb mich trotz der sengenden Hitze dazu, als erste Amtshandlung alle Fenster im Haus aufzureißen. Ich war vor meiner Abreise nicht gerade zimperlich mit den Lufterfrischern umgegangen, wie mir nun klar bewusst wurde.

Völlig fertig vom langen Warten am Flughafen, dem Flug an sich und dem ausdauernden Weinen, von dem mein ganzes Gesicht sich inzwischen geschwollen und heiß anfühlte, ließ ich mich auf mein mit einer rosa Tagesdecke bezogenes Bett fallen. Eine Geruchswolke aus Vanillearoma nebelte mich ein. Trotz Deo hatte ich das Gefühl, nach Schweiß zu riechen, doch auf dem Weg zur Dusche wurde mir klar, dass ich all die Küsse und Berührungen von Jonah abwaschen würde, was erneut zu Tränen führte. Unglaublich, wie viele davon in einem menschlichen Körper stecken konnten. Dutzende

Male hatte ich bereits gedacht, dass ich keine mehr hatte, dass mein Körper unmöglich noch mehr davon produzieren konnte – doch das war leider der Fall.

Ich lud mein Handy auf, schaltete es nach all der Zeit endlich mal wieder ein, aß einen Schokopudding aus dem Kühlschrank und schloss alle Fenster wieder. Erst dann konnte ich mich dazu durchringen, duschen zu gehen. Während das Wasser auf mich niederprasselte, ging ich die letzte Unterhaltung mit Jonah wieder und wieder in meinem Kopf durch und spielte diverse Szenarien nach, die anstatt meines aufgebenden und abschließendem *Bleib. Ich werde gehen* aus meinem Mund hätten dringen können. Ich hätte ihm in die Arme springen und ihn küssen sollen – so leidenschaftlich, dass er all die Wut über meine Lüge vergessen hätte. Ich hätte Keira beiseiteschieben und ihr selbstbewusst verklickern können: *Ich bin Romy, Jonahs Freundin. Freut mich, seine Ex kennenzulernen.* Ich hätte ihm den Weg versperren und all das erklären und aussprechen können, was mir seit Tagen auf der Zunge gelegen hatte, ganz gleich, dass seine gesamte Familie es mitangehört und mich als Hochstaplerin entlarvt hätte. Sicher hätte ich das tun können. Ich war Autorin, ich konnte gut mit Worten umgehen. Aber ich hatte nichts von alledem getan. Ich hatte aufgegeben und war weggelaufen. Wie ein Verlierer.

Nachdem ich lange genug verzweifelt und weinend unter der Dusche gestanden und schon ganz aufgeweichte Finger hatte, schlüpfte ich in meinen Bademantel und legte mich ebenso verzweifelt und weinend ins Bett. Nie zuvor in meinem Leben hatte ich mich jemandem so nahe gefühlt wie Jonah – und wegen einer einzigen Lüge war es nun dahin.

„Alexa, spiel *Someone You Loved* von Lewis Capaldi", verlangte ich mit verschnupft klingender Stimme. Betrübt umarmte ich mein Kopfkissen, als die vertrauten Klänge des Liedes durch mein Schlafzimmer drangen. Beim Refrain zerriss es mich beinahe, so sehr fühlte ich jedes Wort.

I need somebody to heal
Somebody to know
Somebody to have
Somebody to hold
It's easy to say
But it's never the same
I guess I kinda liked the way you numbed all the pain

Schwermütig vor Trauer ignorierte ich die Vibrationsgeräusche meines Smartphones und fiel schließlich in zusammengekauerter Embryonalstellung in einen tiefen, traumlosen Schlaf.

Der neue Morgen begann mit pochenden Kopfschmerzen. Am liebsten wäre ich im Bett liegen geblieben, hätte den ganzen Tag die Decke angestarrt und mich selbst bis ins Bodenlose bemitleidet. Doch ob ich wollte oder nicht – da schlummerte ein fast fertiges Manuskript auf der Festplatte meines Laptops, das endlich beendet, zum Verlag gesendet und veröffentlicht werden wollte. Dass mir dabei zum ersten Mal im Leben nicht nach Schreiben zumute war, war zweitrangig. Es war mein Job.

Widerwillig schleppte ich mich mit einer Tasse Kaffee inklusive Karamellsirup an den Schreibtisch, strich behutsam die feine Staubschicht fort, die sich während meines Urlaubs bereits auf dem Laptop abgesetzt hatte, und öffnete ihn. Während er hochfuhr, glitt mein Blick über das Moodboard an der Wand, über die vielen Zeichnungen und Zitate, die meinen Schreibplatz zierten und *Royal Lovers* wie eine teure Hollywoodschnulze aussehen ließen. Als würde ich sie zum ersten Mal sehen, las ich einige der Sätze.

Und dort, wo Nacht und Tag, wo Sonne und Mond, wo Finsternis und reines Licht sich trafen, da trafen sich auch ihre beiden Herzen ...

„Oh, Jace, ich würde alle Reichtümer, die ich besitze, besaß und je besitzen werde, all den Segen, alle Luxusgüter und Pferde, meine Gesundheit und selbst meine Jugend opfern, nur für einen einzigen Kuss von dir."

„Kein Drache, kein Wachmann und kein Zaun dieser Welt können mich davon abhalten, dir nahe zu sein, mein schönes Mädchen Catherine."

Ich schluckte unwillkürlich. Hatte ich auch jahrelang davon geträumt, so – und zwar exakt so, abgesehen vom Namen – angesprochen zu werden, gab es nun nichts, was ich mir mehr wünschte, als von Jonah mit einem provokanten *Prinzessin* aufgezogen zu werden. Er war echt, Jace war es nicht – nie gewesen.

Mit einem unterdrückten Seufzen zwang ich mich, alle Gedanken an die letzten Tage beiseitezuschieben und die vorigen zehn Seiten des Manuskripts noch einmal genau zu lesen, bevor ich meine Finger auf die Tastatur legte und wie ferngesteuert zu schreiben begann.

Und mit jedem Buchstaben, den ich tippte, verschwand Romy Evelina Devon, schüchtern, unbeholfen und mit gebrochenem Herzen, ein kleines Stück weit mehr von der Bildfläche in den Hintergrund, um der großen Suri Lilianna, Bestsellerautorin und Liebesprofi, Platz zu machen.

Mit einer kleinen, verschnörkelt bemalten Porzellantasse in der Hand und einem vor Freude hechelnden Timmy auf dem Schoß fand ich mich am Folgetag im Wintergarten meiner Eltern wieder. Während Dad – trotz Mums lautstarken Bedenken wegen der sengenden Sonne – den Rasen mähte, musterte sie mich streng über den Rand ihrer Brille hinweg.

„Du bist dünn geworden", merkte sie an.

„Wir haben uns bloß zweieinhalb Wochen nicht gesehen", entgegnete ich mit einem aufgesetzten Lächeln. „So schnell nimmt man nicht ab."

„Vielleicht hast du Würmer", mutmaßte sie, ohne auf meine Worte einzugehen. Die Augen zu schmalen Schlitzen verengt, starrte sie mich prüfend an, als würde sie direkt vor Ort eine Diagnose stellen können. „Hast du dir in der letzten Zeit mal deinen Kot angesehen?"

„Mum!" Lautstark aufseufzend beugte ich mich über Timmy, den das Ganze nicht zu stören schien, und stellte meine Tasse auf dem kleinen runden Tisch ab, der sich zwischen unseren Stühlen befand. „Ich habe weder Wurmbefall noch meinen ... meinen *Kot begutachtet.* Die letzten Wochen waren einfach sehr ...", ich suchte krampfhaft nach einem passenden Wort, doch fand keins, das auch nur im Ansatz beschreiben konnte, durch welches Gefühlskarussell ich gedreht worden war, „... sehr *anstrengend*. Ich musste das Buch fertigschreiben und hatte eine Menge Stress und wenig Zeit für Erholung, Pausen und Essen."

Das stimmte nur zum Teil. In Little Goldcoast hatte ich dank Grayson und dem *Goldies* hervorragend gegessen, besser denn je, doch seit ich in LA aus dem Flugzeug gestiegen war, hatte ich außer Kaffee nichts heruntergebracht. Mein Magen schmerzte, doch der Appetit blieb aus. Es fühlte sich an, als würde ich niemals wieder essen können. Auf dem Tisch stand eine Glasschüssel mit unangerührten Cookies.

„Du solltest einen essen", verlangte Mum, die meinem Blick gefolgt war, und fügte gleich darauf hinzu: „Oder zwei. Und den Rest werde ich dir für später einpacken."

„Ich bin kein kleines Kind mehr, Mum", protestierte ich.

„Sie ist kein kleines Kind mehr, Doreen", erinnerte auch mein Vater sie, der just in diesem Augenblick im Wintergarten erschien, sich mit dem Handrücken den Schweiß von der knallroten Stirn rieb und einen Cookie aus der Glasschüssel nahm, den er im Stehen aß.

„Bist du fertig?" Es war nicht klar ersichtlich, ob Mum vom Rasenmähen oder vom ungefragten Kommentar sprach, doch ihre hochgezogene Augenbraue deutete eher auf Letzteres hin. „Wie wäre es, wenn du dir einen Stuhl nimmst, dich zu uns setzt und dich *richtig* am Gespräch mit deiner Tochter beteiligst?"

Timmy, der sich gerade noch am Ohr gekratzt und schläfrig vor sich hingestarrt hatte, setzte zu einem Sprung an, dem man ihm mit seinen kurzen Dackelbeinen kaum zugetraut hätte und leckte die Krümel vom Boden auf, die von Dads Cookie gebröselt waren.

„Ich muss mich noch um die quietschende Garagentür kümmern", erklärte Dad, nahm sich zwei weitere Cookies, brach von einem eine Hälfte ab, gab sie Timmy und grinste entschuldigend in meine Richtung.

„Er soll doch keine Süßigkeiten mehr fressen!", erinnerte Mum ihn streng.

„Dann stell keine auf den Tisch!", entgegnete Dad schlicht. „Ich kann ihn doch nicht zugucken lassen."

Mum seufzte, als wären Hopfen und Malz verloren, und lockte Timmy mit vehementem Zungenschnalzen und Fingerschnipsen zu sich. Doch der hatte nur noch Augen für Dad und folgte ihm wedelnd und hechelnd Richtung Garagentor, um sich bloß keinen Krümel entgehen zu lassen.

„Unglaublich." Mum schüttelte, mit einem tiefen, theatralischen Seufzer unterlegt, den Kopf. „Sei froh, dass du keinen Mann hast, Romy."

Ich wusste, dass sie es nicht böse gemeint hatte. Dennoch schossen mir sofort die Tränen in die Augen. Einen Hustenanfall vortäuschend, bemühte ich mich, es vor ihr zu verbergen.

„Nicht dass ich nicht gern Enkelkinder hätte. Ich meine … wir sind nicht mehr die Jüngsten", erinnerte sie mich und reichte mir ein Glas Wasser vom Tisch. „Aber dieser Mann … meine Güte."

„Ja, du hast sicher recht." Ich stellte das Glas zurück, klopfte abschließend auf meine Oberschenkel, stand auf und rang mir ein Lächeln ab, von dem ich, ohne es selbst zu sehen, spürte, dass es meine Augen nicht erreichte. „Danke für den Kaffee. Ich muss los, habe noch einen Termin."

Ehe sie protestieren konnte, fügte ich hinzu: „Ich gehe mich noch von Dad verabschieden."

Der jedoch ölte so konzentriert die Scharniere, dass er mich zuerst gar nicht bemerkte. Mit treudoofem Blick sah Timmy ihm bei der Arbeit zu, den Kopf leicht schief gelegt, die Rute ununterbrochen hin und her wedelnd. Als er mich bemerkte und mit einem leisen Bellen begrüßte, wandte auch Dad den Kopf. Ein entschuldigendes Lächeln huschte über sein Gesicht.

Er war alt geworden. Seit meinem Auszug fiel es mir besonders auf. Wahrscheinlich, weil ich ihn nicht mehr tagtäglich sah. Seine einst grauen, immer lichter werdenden Haare waren inzwischen beinahe komplett weiß und auch die Linien und Falten, die das Leben ihm mitgegeben hatte, schienen seit unserem letzten Treffen tiefer und markanter geworden zu sein.

„Die Garagentür quietscht seit zehn Jahren", erinnerte ich ihn mit einem Grinsen.

„Morgen wird sie es nicht mehr tun", entgegnete er ruhig.

„Und das ist der Grund?"

„Deine Mum ist der Grund."

Ich musste ein Lachen unterdrücken.

„Ich liebe sie. Mehr als mein Leben. Das weißt du." Dad lächelte sanft. „Aber manchmal möchte ich sie gern in den Kofferraum stecken, ganz weit wegfahren und sie an einer Raststätte aussetzen. Sie hat den Orientierungssinn einer Zahnbürste und wäre viel zu paranoid, um jemanden nach dem Weg zu fragen."

Ich kicherte.

„Aber jedes Mal, wenn ich das tun will, suche ich mir etwas, das ich stattdessen tun kann ... eine Wand streichen, ein Beet anlegen, meine Werkzeuge sortieren, eine quietschende Tür ölen." Immer noch lächelnd, deutete er auf die Garagentür. „Dann habe ich etwas, um mich abzulenken. Und sie hat etwas, worüber sie den Kopf schütteln kann. So funktioniert Liebe, Romy. Manchmal muss man gehen, um den anderen aus sicherer Entfernung lieben zu können. Die Hauptsache ist, dass man immer wiederkommt."

Als ich drei Tage später das Wort *Ende* unter meine Geschichte tippte, lehnte ich mich mit einer wilden Gefühlsmischung im Bauch zurück. Erleichterung, das letzte Buch der Trilogie abgeschlossen zu haben und zugleich ein Gefühl der Traurigkeit und Schwere, weil diese Geschichte und ihre Protagonisten mich über einen so langen Zeitraum hinweg begleitet hatten, hielten sich die Waage. Dazwischen kribbelten und kratzten die üblichen Sorgen und Bedenken eines Schriftstellers: ob mein Schreibstil gut genug war, wie es nun weitergehen würde und welches Buch ich im Anschluss beginnen würde zu schreiben.

Eine merkwürdige Leere begann, sich ganz leise und klein in meinem Inneren bemerkbar zu machen schien, nun, da das, was mich jahrelang ausgemacht hatte, ganz offiziell abgeschlossen war. Auch wenn sich meine Beziehung zu Jace, Catherine und den *Royal Lovers* durch Little Goldcoast geändert hatte, waren sie dennoch wichtig für mich.

Außerdem stand ein Online-Interview an, bei dem die Leserschaft und Fans meinen Suri Lilianna-Avatar sehen und meine Stimme minimal verzerrt hören würden, um meine Anonymität zu wahren. Die Fragen dafür hatte ich wie immer im Voraus bekommen und mich somit darauf vorbereiten können. Erschöpft fuhr ich mir mit beiden Händen über das müde Gesicht, schickte das fertige Manuskript per Mail an Edith und lehnte mich zurück.

Kaum hatte ich innerlich einen Haken an die Sache gesetzt, holten mich die Erinnerungen und Gefühle der letzten Tage wieder ein. Das viele Schreiben hatte mich davon abgelenkt, doch nun schien es mich umso härter zu treffen. Einzelne Bilder blitzten vor meinem inneren Auge auf, die sich partout nicht fortblinzeln ließen: Jonahs Hände in meinem Gesicht, nachdem er Ethan geschlagen hatte. Der erste Kuss in der dunklen, schlafenden Kleinstadt. Seine Haut auf meiner, so nah und warm, dass nichts mehr dazwischen gepasst hätte. Und dann ... Ediths Gesichtsausdruck, als sie Jonah hinter mir stehen sah und die Erkenntnis, dass er nun Bescheid wusste, die wie ein Schwall eiskalten Wassers über mich geschwappt war. Die Härte in seiner Stimme, der Ausdruck bodenloser Enttäuschung und Abneigung in seinem Gesicht. Die wahre Keira, die das Chaos perfekt gemacht und ihre langen schlanken Arme so selbstverständlich um seinen Hals geschlungen hatte. Die bloße Vorstellung dessen, was die beiden wohl getan hatten, nachdem ich fort war, ließ einen Würgereiz in mir aufsteigen.

Jahrelang hatte ich geglaubt, nur mit einem Mann wie Jace O'Kelly glücklich sein zu können. Mit einem makellosen, galanten, stets höflichen und zuvorkommenden Partner, der alle meine Bedürfnisse befriedigte, noch ehe sie entstanden, mir jeden Wunsch von den Augen ablas und mit mir weder stritt noch Meinungsverschiedenheiten hatte. Und schließlich hatte ich das exakte Gegenteil davon gefunden: einen Mann, der zornig, der verletzt und nachdenklich war, der seinen eigenen Kopf, den einen oder anderen Fehler und eine Vergangenheit hatte, die Narben auf seiner Seele und in seinem Charakter hinterlassen hatten. Einen Mann, der mich trotz aller Unterschiedlichkeiten und Umstände so sehr gewollt und so perfekt zu mir gepasst hatte – und ich hatte es zerstört.

Ich schaltete das Radio an und ließ mich kraftlos auf das Sofa sinken, das mir plötzlich furchtbar hart und unbequem vorkam. *Almost Lover* von *A Fine Frenzy*, begleitet von sanfter Pianomelodie, durchdrang mein Zuhause und auf einmal war ich mir mehr als sicher, dass es so etwas wie Schicksal gab, denn kaum ein Lied hätte besser zu dem jetzigen Augenblick gepasst als dieses.

Goodbye, my almost lover
Goodbye, my hopeless dream
I'm trying not to think about you
Why can't you just let me be?
So long, my luckless romance
My back is turned on you
Should've known you'd bring me heartache
Almost lovers always do …

Ein durchdringendes Vibrationsgeräusch störte meinen schönen Traum, in dem ich auf dem Weg zurück nach Little Goldcoast war. Müde schlug ich die Augen auf, die Lider schwer wie Blei. Es dauerte eine Weile, bis ich mich an die Helligkeit des Sonnenlichts gewöhnt hatte, die mein Wohnzimmer durchströmte, und bis mir klar wurde, dass ich weder auf dem Weg dorthin war noch da lag, wo ich offenbar zuvor eingeschlafen war. Stattdessen kauerte ich zusammengerollt zwischen Couchtisch und Sofa. War ich im Schlaf gestürzt?

Mit einem Ächzen und ziehenden Rückenschmerzen stemmte ich mich in die Höhe und suchte nach meinem Handy, von dem der durchdringende Vibrationslaut immer noch ausging.

Als ich es endlich in den Händen hielt, hatte ich es eigentlich nur ausschalten und weiterschlafen wollen, doch schlaftrunken wie ich war, tippte ich daneben und nahm versehentlich das Gespräch an.

„Romy, endlich!" Ediths Stimme schmerzte in meinem Ohr.

Ich grunzte demotiviert und konnte ein langes lautstarkes Gähnen nicht unterdrücken.

„Ich weiß, dass du mich hören kannst! Was hast du gemacht? Geschlafen? Hast du mal auf die Uhr gesehen? Es ist Nachmittag! Seit wann schläfst du nachmittags?"

„Und seit wann bist du meine Mutter?", murmelte ich und rollte mich mit dem Handy am Ohr auf dem Sofa zusammen.

„Seit du dich wie ein Baby verhältst", schoss Edith scharf zurück. „Ich habe dein Buch gelesen."

„Und?" Ich gähnte erneut und drehte der Sonne den Rücken zu. „Ist es okay?"

„Ob es … ob es okay ist?" Edith hatte es schier die Sprache verschlagen. „Hast du es gelesen?"

„Nope. Nur geschrieben“, antwortete ich wahrheitsgemäß.

„Es ist *großartig*“, erklärte Edith und betonte jede einzelne Silbe des Wortes, als wäre sie von besonderer Bedeutung für den Satz.

„Wie du es geschafft hast, das alles aufzuklären und alles ineinander zu fügen!“, schwärmte sie.

Im Hintergrund klingelte ein Telefon.

„Ich meine … ich kannte die Inhaltsangabe und wusste, worauf es hinauslief, aber trotzdem … wow, Romy. Wow! Die letzten beiden Kapitel gefallen mir besser als der ganze Rest der Reihe zusammen.“

Logisch, dachte ich bitter, die hat ja auch ein ganz anderer Mensch geschrieben.

„Freust du dich denn gar nicht?“, hakte sie etwas ruhiger nach.

„Doch“, log ich.

Die Wahrheit war, dass ich mich nicht freuen konnte. Es war, als wäre ich blockiert.

„Ist es wegen Jonah?“, schloss sie. Es klang nicht wie eine Frage, sondern wie eine Anklage.

„Irgendwie schon.“ Ich schluckte. „Ich hätte ihn nicht anlügen dürfen. Ich … ich mochte ihn.“ Wütend auf mich selbst blinzelte ich die aufsteigenden Tränen weg und biss mir auf die Zunge.

„Okay.“ Edith klang kurz abgelenkt. Im Hintergrund waren eine Tastatur und ein laufender Drucker zu hören. „Aber wie lange kanntet ihr euch? Eine Woche?“

Das klang zugegebenermaßen recht wenig.

„Ich glaube nicht, dass du dir einen Gefallen mit dieser Beziehung getan hättest“, erklärte sie. „Ich meine … er ist mein Bruder und natürlich liebe ich ihn, aber er ist sprunghaft, kindisch und oft mies gelaunt und … na ja, er ist *Jonah*." Sie sprach seinen Namen aus, als wäre er ein Adjektiv wie *seltsam* oder *unbeständig*.

„Ja", gab ich ihr recht. „Ist er jetzt wieder mit Keira zusammen?"

„Keine Ahnung. Die beiden sind recht schnell nach oben verschwunden, als du weg warst."

Mein Herz zog sich so krampfhaft zusammen, als würde es von einer eiskalten Hand qualvoll zusammengedrückt werden. Dabei hatte Edith sicher nicht unsensibel sein wollen.

„Danach habe ich alles aufgeklärt, irgendwie versucht, die Wogen zu glätten und Mum, Dad und ich sind dann recht früh wieder abgereist", ergänzte sie mit einer Gleichgültigkeit in der Stimme, die mir das Gefühl gab, als würde sie nicht ganz ernst nehmen, wie es mir ging. „Lass die beiden ruhig heiraten. Du findest schon irgendwann den Richtigen für dich."

Ich brauchte einen Moment zum Beruhigen, ehe ich antworten konnte. Angestrengt hielt ich die Tränen zurück, wischte die bereits vorhandenen unsanft von meinen Wangen und zwang mich dazu, einmal tief durchzuatmen.

„Du hast recht", stimmte ich ihr endlich zu. Zu der Traurigkeit in meinem Inneren gesellte sich ein kleiner Funke Trotz. „Soll er sie doch heiraten. Dann kann sie sich mit seiner Launenhaftigkeit rumschlagen … und mit seiner Angewohnheit, alles überall rumliegen zu lassen. Mit seiner provokanten Art und diesem Blitzen in seinen grün-braunen Augen, wenn er sich überlegt, was er Gemeines sagen kann und … und seinen langen Haaren, die überall rumliegen. Und viel Spaß dabei, seine Wäsche zu waschen und diesen Lavendel-Sandel-holz-Geruch rauszukriegen, der überall dran haftet wie Kleber! Dagegen hat kein Weichspüler oder Wäsche-parfum der Welt eine Chance."

Edith war auf einmal ganz still geworden. Das Klappern der Tastatur hatte aufgehört, nur der Drucker im Hintergrund ratterte weiterhin mit einem gleichmäßigen Brummen vor sich hin.

„Soll er sich doch über *sie* lässig in den Türrahmen stellen und sich über die Bücher lustig machen, die sie liest", schimpfte ich weiter. „Und mit *ihr* nachts durch die Straßen von Little Goldcoast laufen, Kakao bei Mika und Charlie trinken und dabei ihr Bein mit seinem berühren. Und mit *ihr* am Golden Lake sitzen und ihr sagen, dass der See im Sommer am schönsten ist ... und *sie* an seine Brust ziehen, wenn sie traurig ist, weil das der einzige Ort ist, an dem sie wirklich atmen kann und ..."

„Romy!" Edith klang ein wenig vorwurfsvoll.

„Tut mir leid. Zu viel geschimpft?", fragte ich peinlich berührt. Ich hatte fast vergessen, dass es ihr Bruder war, über den ich mich gerade so aufregte.

„Romy", wiederholte Edith, dieses Mal aufrichtig anklagend. „Du hast gesagt, du magst ihn?"

„Ich ... ähm, ja."

„Das ist nicht wahr." Edith holte tief Luft. „Ich glaube, du liebst ihn, Romy."

Kapitel 26

Erkenntnis

Bist du bereit?

Die Nachricht von Edith erschien auf meinem Handy, als ich es gerade in die Hand genommen hatte, um mich ein wenig mit albernen Videos im Internet von dem abzulenken, was mir bevorstand.

Klar.

Ich tippte sofort meine Antwort ab.

Ich war *alles andere als* bereit. Das wusste Edith genauso gut wie ich. Bücher schreiben und Fan-Posts in Social Media zu kommentieren, war das eine, ein Life-Interview zu führen wieder etwas völlig anderes. Obwohl die Fans weder meine echte Stimme hören noch mein echtes Gesicht sehen würden, war ich schrecklich nervös.

Den Gedanken an Jonah krampfhaft beiseiteschiebend, stellte ich mir ein Glas Wasser bereit, schaltete die Haustürklingel aus (nicht, dass jemand mich besuchen würde, aber sicher war sicher) und änderte die Einstellung meines Handys in **Nicht stören.**

„Heute darf ich die bekannte Bestsellerautorin Suri Lilianna begrüßen, die beim Abercrombie Verlag mit ihrer Buchreihe *Royal Lovers* derzeit die ganze Bücherwelt in Atem hält“, begrüßte mich die hübsche Interviewerin, die vor einem dezent dekorierten Bücherregal saß, in dem die Romane nach Farben sortiert waren. Die limitierten, mit Farbschnitt versehenen Ausgaben von *Royal Lovers*, inmitten zweier hübscher Kerzen, stachen mir sofort ins Auge.

„Ich bin Kelly vom *Cozy Bookish Readers-Club* und freue mich sehr, dich heute interviewen zu dürfen“, fuhr sie munter fort. Kelly hatte leuchtend rote Haare, die sie zu einer kompliziert aussehenden Flechtfrisur zusammengebunden trug. Auf ihrem Shirt trank ein Bücher lesendes Kätzchen eine Tasse dampfenden Kaffee. „Wie ich sehe, haben wir schon eine ganze Menge Teilnehmer. Hallo, ihr Lieben!“

Ich gab mir einen Ruck und begrüßte Kelly und die vielen Interessierten, die uns zusahen und zuhörten, ebenfalls mit einem *Hallo*. Als ich die Hand zu einem Winken hob, tat mein animierter Avatar es mir nach und eine ganze Menge Herzen wurden mir zugeschickt. Ich hatte keine Ahnung, wie das funktionierte.

„Wie geht es dir heute, liebe Suri?“, erkundigte Kelly sich und legte ihren hübschen Kopf ein wenig schief.

„Mir geht es fantastisch, liebe Kelly. Und dir?“

„Sehr, sehr gut, da ich dich heute interviewen darf.“

Wir lachten beide. Meine Stimme klang anders, aber nicht unangenehm oder stark verzerrt. Ich nahm einen

Schluck Wasser und versuchte mich zu entspannen. Niemand sah und hörte, wer ich wirklich war – Kelly vom *Cozy Bookish Readers-Club* interviewte Suri Lilianna, nicht Romy Devon.

„Wir alle erwarten gerade mit großer Spannung und Vorfreude das Erscheinen von Band 3", setzte Kelly sofort zur ersten Frage an, die auf einem Blatt Papier vor mir auf dem Schreibtisch lag. „Dürfen wir erfahren, wie weit du mit dem Werk bist?"

„Das dürft ihr sogar sehr gerne", las ich die Antwort ab, die ich mir aufgeschrieben hatte und inzwischen so gut wie auswendig kannte. „Band 3 ist seit kurzer Zeit fertig und wird derweil von meiner geschätzten Lektorin gelesen und bearbeitet, um der Geschichte den letzten Schliff zu geben, bevor sie in eure Bücherregale einziehen darf."

„Den Tag habe ich mir natürlich mit Rotstift im Kalender notiert und werde eine der Ersten sein, die am Release Day der Buchhandlung die Türen einrennt." Kelly schmunzelte. „Was, würdest du sagen, sind der größte Unterschied und die größte Gemeinsamkeit zu den beiden vorigen Bänden?"

Auch hierzu hatte ich mir eine Antwort notiert.

„Band 3 ist der eindeutig spannendste, dramatischste und auch längste Teil der Geschichte um Catherine und Jace", erklärte ich und fügte hinzu: „Und freut euch auf eine Menge spicy Szenen."

Kelly tat so, als müsste sie sich mit der Hand Luft zufächeln.

„Was hat dich dazu bewogen, die *Royal Lovers* zu erschaffen?", erkundigte sie sich.

„Nun …" Ich machte eine kunstvolle Pause und ließ meinen Blick über die Zeilen schweifen, die ich bereits vor einer gefühlten Ewigkeit aufgeschrieben sowie stellenweise ausgebessert und sogar Edith vorgelegt hatte. „Ich wollte eine Beziehung erschaffen, die all das in sich vereint, wonach wir alle suchen und hoffentlich eines Tages finden werden: Eine Liebe, an die nichts herankommt, gemeinsame Freunde, gemeinsame Feinde, Humor, Leidenschaft, Verbundenheit und Seelenverwandtschaft."

„Und von alldem finden wir, wie wir wissen, in *Royal Lovers* zur Genüge." Kelly seufzte und deutete auf die Bücher hinter sich im Regal. „Verrate uns doch, liebe Suri … hast du auch einen Jace zu Hause?"

Ich versuchte zu schlucken, aber es gelang mir nicht. Die Antwort vor meinen Augen verschwamm auf einmal. Es dauerte einen Moment, bis ich mich wieder gefangen hatte.

„Noch nicht", las ich endlich ein wenig hölzern ab. „Aber wie Catherine werde ich nichts unversucht lassen, jenes Herz zu finden, das synchron zu meinem schlägt."

„Ah." Kelly legte beide Hände auf ihre Brust, genau dorthin, wo ihr Herz schlug, und verzog das Gesicht zu einer gerührten Grimasse. „Hast du irgendwelche Tipps für diejenigen unter uns, die sich auf demselben Weg befinden wie du? Wie schaffen wir es, unseren Jace zu finden … in einer Welt, in der es so viele Narviks gibt?"

Narvik. Der Name meines Antagonisten wiederholte sich in meinem Kopf. Narvik war ein Egoist, durchtrieben und ab Seite eins im steten Kampf mit Jace, da er Catherine ganz für sich haben wollte. Angestrengt schluckte ich den Kloß herunter, der sich in meinem Hals gebildet hatte.

„Nun ... vielleicht verdient auch ein Narvik Liebe", hörte ich mich selbst sagen.

Für einen winzigen Moment, der kaum den Bruchteil einer Sekunde andauerte, wich die freundliche Professionalität aus Kellys Gesicht. Diese Antwort war nicht geplant. Sie war nirgendwo aufgeschrieben oder mit jemandem abgesprochen worden und passte definitiv nicht zu dem, was ich zuvor gesagt hatte und laut meiner Notizen noch sagen musste.

„Vielleicht hat er einen Grund, so zu sein, wie er ist", fuhr ich fort, ohne wirklich zu wissen, was genau ich da tat. Ich war live im Internet – vor tausenden von Menschen. „Vielleicht ist er das schwarze Schaf seiner Familie ... oder ihm wurde in der Vergangenheit zu oft das Herz gebrochen. Ja, vielleicht wäre Catherine auch mit Narvik glücklich geworden."

Kelly sah aus, als hätte ihr jemand ins Gesicht geschlagen. Ein wenig unsicher rang sie sich ein Lächeln ab, das ihre dezent geschminkten Augen nicht berührte.

„Du ... sagst also, man sollte nicht immer nur alles schwarz und weiß sehen?", versuchte sie, nachdem sie sich gefangen hatte, das Interview noch in die richtige Richtung zu lenken.

„Ich sage, dass vielleicht nicht immer alles, was ich geschrieben, veröffentlicht oder in Interviews von mir gegeben habe, der Wahrheit entspricht."

In Zeitlupentempo nahm ich einen Zettel nach dem anderen in die Hand. Die Antworten darauf waren säuberlich niedergeschrieben, einige Worte durchgestrichen und durch schöner klingende ersetzt worden. Mit einer ruckartigen Bewegung knüllte ich alle miteinander zu einer festen Kugel zusammen und warf sie achtlos in den Raum.

„Liebe hat mehr Facetten als die, die ihr durch das Lesen von *Royal Lovers* kennenlernt. Sie ist so viel größer als das, was Jace O'Kelly darstellt. Es geht nicht nur um Leidenschaft, um Begehren, um Männlichkeit und Stärke. Es geht auch um Respekt. Es geht um ... um Schmerz. Um Geborgenheit und auch um Streit. Wenn Liebe eine ... eine Torte wäre, dann wäre Jace O'Kelly nur ein einziges schmales Stück davon. Und glaubt mir, ihr werdet nicht glücklich werden, wenn ihr euer Leben damit verschwendet, nach diesem einen perfekten Stück Torte Ausschau zu halten. Was ist mit dem Stück, auf dem die Kirsche fehlt? Mit dem, dessen Creme ein wenig verlaufen ist? Mit dem, das schief geschnitten wurde?"

In meinen Ohren rauschte das Blut so laut, dass ich kaum meine eigene Stimme hören konnte. Ich hatte absolut keine Ahnung, was ich da tat. Verglich ich da gerade Menschen mit Gebäck? Die Worte purzelten mir einfach aus dem Mund, ohne dass ich etwas dagegen tun konnte. Mein Kopf war völlig leergefegt, mein Herz umso beschäftigter damit, wie wild zu pochen.

Kelly hingegen schien es völlig die Sprache verschlagen zu haben. Sie saß bloß noch da, mit leicht geöffnetem Mund, und nickte hin und wieder schweigend.

„*Royal Lovers* ist nicht schlecht oder falsch", fuhr ich fort, den Mund bereits ganz trocken vor lauter Reden. „Aber es ist nicht *alles*. Ich habe Dinge während meiner letzten Interviews gesagt, die ich heute nicht mehr sagen würde ... und ich hoffe, dass es nicht zu spät ist, sie richtigzustellen. Was ich euch mitgeben möchte und ab Band 1 mitgegeben habe, ist eine einfache, wichtige Botschaft."

Ich atmete tief ein und wieder aus.

„Es *gibt* Liebe. Sie existiert. Und wenn man das Glück hat, sie zu finden, dann sollte man alles tun, um sie zu ... zu *behalten*. Und manchmal ... da muss man gehen, um den anderen aus sicherer Entfernung lieben zu können. Die Hauptsache ist, dass man immer wiederkommt."

Plötzlich fühlte es sich so an, als hätte jemand nach einer Hypnose direkt mit den Fingern vor meinem Gesicht geschnippt. Wie aus einem tranceartigen Zustand erwachend, traf mich die Erkenntnis so heftig, dass ich nach Luft schnappte. Es war nicht vorbei. Es erst dann der Fall, wenn ich entschied, dass es vorbei war.

So ruckartig, dass ich ins Straucheln geriet, sprang ich auf.

„Es tut mir leid, ihr alle", brach es aus mir heraus. „Aber ich muss sofort los. Ich ... ich muss mich um mein eigenes Happy End kümmern."

Kapitel 27

Eine unerwartete Begegnung

Die schmalen Pfennigabsätze meiner Schuhe klackerten rhythmisch auf dem sterilen Boden des Flughafens, während tausende und abertausende Gedanken durch meinen Kopf schossen. In meinem Gehirn herrschte das reinste Tohuwabohu – und das nicht erst seit gerade eben. War ich beim vorzeitigen Beenden des Interviews noch so entschlossen und sicher gewesen, wurde ich nun mit jedem Schritt ein wenig unsicherer. Was, wenn Jonah gar nicht wollte, dass ich zurückkam? Wenn er womöglich sogar gar nicht mehr dort war? Oder schlimmer noch – was, *wenn* er dort war? Mit *ihr*? Wenn sie es war, die mir die Tür öffnen würde … in einem seiner Shirts, das ihr bis an die schmalen Knie reichte?

Doch meine Entscheidung stand fest. Ich würde nach Little Goldcoast zurückkehren, dorthin, wo ich etwas gefunden hatte, was ich nie bewusst gesucht, aber auf eine verrückte Art und Weise doch so sehr gebraucht hatte, dass ich nicht mehr ohne leben wollte.

Entschlossen reckte ich das Kinn vor, das bisschen Handgepäck, das ich mit mir führte, geschultert und den Blick nach vorn gerichtet. Ich würde nicht aufgeben, ehe ich nicht alles versucht hatte, um dieses Glück zurückzubekommen und zu behalten. Und nichts würde mich davon abhalten können. Nicht einmal …

Shit.

Gerade noch nahm ich das leuchtend gelbe *Caution Wet Floor*-Schild im Augenwinkel sowie die Tatsache wahr, dass die anderen Menschen einen Bogen um die feucht glänzende Stelle machten, da riss es mir auch schon die Beine unter den Füßen weg. Wie in einem schlechten Film flog ich hoch und knallte mit dem Rücken voraus auf den sterilen weißen Boden. Mit dem Aufschlag schien sämtliche Luft aus meinen Lungen zu weichen.

„Alles in Ordnung?"

Eine zarte, weibliche Stimme drang wie durch eine dichte Watteschicht an mein Ohr. Alles drehte sich. Vor Schmerz kniff ich einen Moment lang fest die Augen zusammen und die Zähne aufeinander. Alles tat weh … mein Steißbein, mein Kopf, meine gesamte Wirbelsäule und vor allem beide Ellenbogen, auf denen ich mit viel Schwung gelandet war. Als ich die Augen mit angehaltenem Atem einen schmalen Spalt weit öffnete, sah ich tatsächlich Sterne.

„Alles in Ordnung?", wiederholte die Stimme und zwei weiche schmale Hände ergriffen meine. „Komm, ich helfe dir auf."

Keuchend rappelte ich mich mit der Hilfe der Fremden in die Höhe. Alles schien sich um mich herum zu drehen. Schwankend hielt ich mich an der nächstbesten Möglichkeit, in diesem Fall meiner freundlichen Retterin, fest. Es dauerte eine Weile, bis ich mich nicht mehr wie ein seekranker Tourist auf einer Karibik-kreuzfahrt fühlte. Ganz langsam wurde das Bild der jungen Frau vor meinen Augen klarer und deutlicher. Sie schien ein wenig jünger als ich zu sein, hatte große rehbraune Augen, eine süße Stupsnase und kinnlange kastanienbraune Haare, die sie mit zwei mädchenhaft anmutenden Klammern aus dem Gesicht hielt. Obwohl ich mir sicher war, sie zum ersten Mal in meinem Le-ben zu sehen, kam sie mir bekannt vor. So, als würde sie jemandem ähneln, den ich kannte. Aber womöglich hatte ich auch einfach bloß ein Schädel-Hirn-Trauma, von dem dieser Gedanke hervorgerufen wurde. Wer wusste das schon ...

„Diese Dinger kann man schon mal übersehen." Die junge Frau wies auf das gelbe, dreieckige Schild und schüttelte den Kopf. Ihre Stimme klang lieblich und er-innerte mich unweigerlich an die Sprecherin einer Kin-derkassette, die ich als kleines Mädchen gern gehört hatte. „Letztes Jahr ist mir das auch passiert", erzählte sie mit gesenkter Stimme. „Ich war so dermaßen in mein Buch vertieft, dass ich die nasse Stelle nicht be-merkt hatte und gestürzt bin. Dabei habe ich mir das Handgelenk gebrochen. Für meine Mum war das eine kleine Genugtuung, immerhin erzählt sie mir schon seit meiner Kindheit, dass ich nicht ständig beim Lau-fen lesen soll."

„Oh ...", machte ich in Ermangelung passenderer Worte und strich mir mit den Fingern über den schmerzenden Ellenbogenknochen. Um uns herum lief das hektische Flughafentreiben ununterbrochen wei-ter. „Ähm ... danke."

„Sehr gerne." Die junge Frau strahlte mich an. „Ich bin Jenna."

„Romy." Ich ließ zu, dass sie meine Hand schüttelte.

„Was war es bei dir?", erkundigte sie sich und legte den Kopf ein wenig schief. „Ein Buch habe ich nicht gesehen. Ein Hörbuch vielleicht?"

„Ich war in Gedanken", gab ich zu und rieb mir den schmerzenden Hinterkopf. Mit den Fingern konnte ich eine münzgroße Beule ertasten, deren Berührung einen messerstichähnlichen Schmerz durch meinen Körper schickte.

„Oh, das kenne ich nur zu gut." Jenna seufzte mitfühlend. „Bist du auf dem Weg zu deinem Flugzeug oder kommst du gerade aus einem?"

„Ehrlich gesagt hoffe ich, noch einen Flug buchen zu können." Ich hob die Schultern an und ließ sie wieder sinken. Selbst das tat weh. „Ich habe einen Mann kennengelernt und ... besuche ihn", erklärte ich nach einer kurzen Pause vage.

„Eine Fernbeziehung?", schloss sie neugierig.

„So was in der Art", antwortete ich und versuchte, mich erneut in der großen, sterilen Flughafenhalle zu orientieren. „Er weiß noch nicht, dass ich komme."

„Ein Überraschungsbesuch?" Jennas ohnehin schon riesige braune Augen weiteten sich vor Begeisterung. „Wahnsinn! Wie romantisch!"

„Ja." Ich lächelte unsicher. „Hoffen wir, dass er das auch so sieht."

„Na, bestimmt. Wohin geht's denn? Wo wohnt der Glückliche?" Die junge Frau schien ziemlich fasziniert von meiner Geschichte.

„Kennst du bestimmt nicht." Ich wog nachdenklich den Kopf hin und her. „Ein winziges Küstenstädtchen namens Little Goldcoast. Das liegt in der Nähe von Belbridge."

Jenna starrte mich an, als hätte ich ihr gerade erzählt, dass meine Reise von Bahngleis 9 ¾ startete und direkt nach Hogwarts ging.

„Ist nicht wahr!", brachte sie endlich hervor und betonte dabei jedes einzelne Wort. „Little Goldcoast?" Ihre Augen wurden feucht. „Das ist unglaublich. *Ich* komme aus Little Goldcoast!"

„Wirklich?", fragte ich ungläubig.

„Wirklich!" Sie nickte heftig. „Mein Bruder und mein Vater leben dort. Salih und Ilay Baker."

„Ilay." Ich ließ mir den Namen nachdenklich auf der Zunge zergehen. Jonahs ruhiger, freundlicher Kumpel mit den sanften braunen Augen …

Natürlich! Daher kam sie mir so bekannt vor. Die beiden hatten genau die gleichen Augen.

„Ich kenne Ilay!" freute ich mich. „Das ist echt verrückt. Die Welt ist ein Dorf."

„Nein, das ist *gar nicht* verrückt", entgegnete Jenna ernst und schüttelte den Kopf. „Alles geschieht aus einem Grund. Es war bestimmt Schicksal, dass ausgerechnet wir beide uns genau an diesem Ort begegnet sind."

„Hm", machte ich nachdenklich.

„Wie auch immer, ich drücke dir die Daumen, Romy." Jenna strahlte mich an.

„Ich danke dir." Ich erwiderte ihr Strahlen mit einem dankbaren Lächeln. „Doppelt. Fürs Helfen und Glück wünschen." Ich seufzte. „Ich würde wirklich gerne noch länger mit dir plaudern, aber jetzt muss ich weiter.“

„Oh, okay.“ Jenna wirkte sichtlich enttäuscht. „Ich hole meine Mum ab. Sie war beruflich in Detroit. Ich bin ein bisschen zu früh hier, wie immer. Zum Glück habe ich Lesestoff dabei.“ Vielsagend klopfte sie auf ihre selbstgenäht aussehende kunterbunte Tasche.

„Sehr gut.“ Ich wandte mich zum Gehen, hob die Hand zu einem knappen Winken und zuckte zusammen, als ein stechender, vom Ellenbogen ausgehender Schmerz meinen Arm durchzuckte. „Danke nochmal.“

„Sehr gerne. Bis dann. Grüß meinen Bruder von mir! Und achte auf die gelben Schilder!“, rief sie mir hinterher.

Ich musste lachen. „Das werde ich.“

Als ich mich einige Meter später noch einmal umdrehte, hatte Jenna auf einem der unbequemen harten Plastikstühle am Rande der Halle Platz genommen und zog ein Buch hervor, das mich aus der Ferne extrem an *Royal Lovers* erinnerte.

Vier Stunden, eine unangenehme Begegnung mit einem viel zu hartnäckigen und viel zu selbstverliebten Möchtegern-Macho, einen überteuerten Flughafen-Kaffee mit zu viel Zucker und zu wenig Milch und einen halben Nervenzusammenbruch meinerseits später bestieg ich ein Flugzeug, in welchem ich nur mit viel Glück einen Platz ergattert hatte. Ich würde zwar umsteigen und eine nicht gerade kurze Wartezeit an einem anderen Flughafen in Kauf nehmen müssen, doch immerhin hatte es geklappt.

Als ich meinen Rücken und immer noch schmerzenden Kopf besonders sacht an die Lehne des Sitzes sinken ließ, wurde mir klar, dass ich meine Komfortzone mehr verlassen hatte als je zuvor – für Jonah. Eine paradoxe Mischung aus Glück und Sorge ließ meinen Magen wie wild rumoren. Ich fühlte mich plötzlich wie die weiblichen Protagonisten meiner Romane: taff, selbstsicher und entschieden war ich auf dem Weg in Richtung Liebe. Doch ich fühlte mich auch – es dauerte einen Moment, bis ich ein Wort dafür fand – *nackt*. Entblößt, ungeschützt. Ich machte mich angreifbar, bot mein blankes Herz und mein ungesichertes Genick dar. Was eine Einladung, aber auch ein Todesurteil sein konnte. Nicht jeder Einsatz wurde mit Lob quittiert, nicht jedes Risiko mit Erfolg beantwortet.

Das Flugzeugessen dankend ablehnend, ertrug ich das akute Gefühlswirrwarr in meinem Magen den ganzen ersten Flug von zweien über. Obwohl ich hätte müde und erschöpft sein müssen und eine gefühlte Ewigkeit zwischen dem Interview und diesem Augenblick lag, schien pures Adrenalin durch meine Adern zu fließen. Abwechselnd durchfluteten Euphorie und die blanke Angst vor dem Ungewissen meinen Körper und ließen mich regelrecht zittern. War das tatsächlich ich gewesen, die das Interview so abrupt unterbrochen, kopflos ihr Handgepäck gepackt, sich in Schale geworfen und mit quietschenden Reifen auf den Weg zum Flughafen gemacht hatte? Ich hatte mich nie zuvor so fremdgesteuert gefühlt – aber auch nie so lebendig. Nicht einmal Edith hatte ich in meinen Plan eingeweiht, nach Little Goldcoast zurückzukehren, um das, was ich mit Jonah begonnen hatte, fortzusetzen. Sie

hätte mir wahrscheinlich ganz pragmatisch dazu geraten, ihn erstmal anzurufen, um mich zu versichern,
dass er überhaupt noch dort und vor allem allein war.
Aber das erschien mir nicht theatralisch genug.

Während die Landschaft unter dem Flugzeug nur so
dahinsauste, versuchte ich meine Gedanken zu ordnen
und meine Chancen abzuwägen. Jonah hasste mich
nicht, er hasste bloß mein Lebenswerk – was beinahe
dasselbe war, aber eben nur *fast*. Entschlossen versuchte ich, mir im Kopf Worte zurechtzulegen, die, wie
ich wusste, mir bei seinem Anblick sowieso im Halse
steckenbleiben würden. Falls ich mich überhaupt an
sie erinnern würde. Ich würde es aus dem Bauch heraus tun müssen. Intuitiv. Ohne Plan, Vorbereitung oder
Tastatur, auf der ich die Löschtaste betätigen und wieder von vorn beginnen könnte, wenn ein Wort nicht in
den Plan passte oder mir ein besseres einfiel.

Es gab nur zwei Möglichkeiten, wie das Ganze enden
konnte: mit einem Happy End oder in einem völligen
Desaster ...

Kapitel 28

Zu spät

Belbridge empfing mich mit feinstem Sommerregen. Kaum hatte ich den kleinen Flughafen verlassen, legte sich ein Netz aus abertausenden winzigen Tropfen auf meine Haare und Haut. Zudem wehte ein milder Wind, ganz sacht und warm. Einen Moment lang verweilte ich, legte den Kopf in den Nacken, schloss die Augen und spürte Sonne und Regen zugleich auf meinem Gesicht, durchdringende Wärme und angenehm feuchte Kühle. Es war ein unbeschreibliches Gefühl. Ich war wieder da. Ich war zurück. Ich war …

„Weg da, na mach, geh." Eine gebrochen Englisch sprechende ältere Frau fuhr mir unsanft und ungebremst mit ihrem Rollkoffer in die Beine, ehe sie an mir vorbeiging und mich mit einem Augenrollen strafte. „Aus dem Weg du gehen, los, los!" Sie schnalzte tadelnd mit der Zunge und sah mich an, als wäre ich das mit Abstand Unangenehmste, was ihr an diesem Tag widerfahren war.

„Oh Gott, tut mir leid." Peinlich berührt beeilte ich mich beiseite zu gehen und die Tür, die aus dem Flughafen hinausführte, nicht weiter zu blockieren. Die alte

Frau bedachte mich noch mit einem ungeduldigen Kopfschütteln, ehe sie humpelnd ihrer Wege ging.

Das fing ja gut an.

Verlegen, aber nicht meiner Aufregung beraubt, stellte ich mich zum Warten an den Straßenrand und reckte die Hand in die Höhe. Als nach etwa zehn Minuten Wartezeit eine der Taxen neben mir hielt, konnte ich mein Glück kaum fassen. Ehe der Fahrer es sich anders überlegen oder mir jemand das Taxi vor der Nase wegschnappen konnte, riss ich die Tür auf und ließ mich, Handgepäck voraus, auf die Rückbank fallen. Vom Sturz in der Flughafenhalle taten mein Steißbein und mein Rücken immer noch so weh, dass ich die Zähne zusammenbeißen musste.

„Nach Little Goldcoast bitte", beeilte ich mich, dem Fahrer mein Ziel zu nennen. „Parker Avenue 27."

„Wollen Sie ...", setzte er mit einem Blick in den Rückspiegel an.

„Ja, ich will *wirklich* dahin", fiel ich ihm ins Wort und erwiderte seinen fragenden Blick mit einem Lächeln. „Ich weiß, ich sehe nicht so aus, als würde ich dorthin wollen."

Diese Taxifahrer waren doch alle gleich.

Mein Blick glitt über das apricotfarbene, knielange und schulterfreie Sommerkleid, das ich einst für passende Anlässe gekauft und dann doch nie getragen hatte – wahrscheinlich, weil es vor diesem Moment nie einen passenden Augenblick dafür gegeben hatte. Nicht einmal eine Leggins hatte ich heute daruntergezogen, frei nach dem Motto *Ganz oder gar nicht.*

„Und ja …“, fügte ich beschwichtigend hinzu, „… in Little Goldcoast ist nicht viel los und Sie denken, dass ich mich dort langweilen würde, weil ich aussehe …“

„Ich denke gar nichts!“, unterbrach der Fahrer mich, öffnete das Fenster einen Spalt weit, schnaubte erschöpft und schüttelte den Kopf. „Ich wollte nur fragen, ob Sie bar zahlen wollen! Mein Chef hat die Fahrzeuge seit Neustem mit Kartengeräten ausgestattet. Kartengeräte! In einem Taxi! Die Welt wird immer verrückter.“

Peinlich berührt senkte ich den Blick. „Ich dachte bloß … weil … also der Fahrer, der mich das letzte Mal gefahren hat, hatte gefragt und …“

Der Blick des Mannes erwiderte meinen unverwandt im Rückspiegel.

„Bar“, beeilte ich mich betreten zu antworten. „Ich zahle bar.“

Ohne ein weiteres Wort lenkte er den Wagen gekonnt vom Flughafen weg und fädelte sich im Verkehr ein. Die nächsten Kilometer verliefen recht schweigsam. Die ganze Fahrt über rutschte ich so ungeduldig auf der Sitzbank hin und her, dass der Fahrer mir wiederholt irritierte Blicke über den Rückspiegel zuwarf. Aber ich konnte nichts dagegen tun. Jeder Meter, der mich Jonah und somit dem Ende dieser ungewissen Reise näherbrachte, ließ meinen Puls weiter in die Höhe schießen. War die Fahrt beim ersten Mal auch so lang gewesen? Die Minuten schienen kaum zu vergehen.

Happy End oder völliges Desaster?

Völliges Desaster oder Happy End?

In meinem Kopf pochten die beiden möglichen Ausgänge dieser Aktion abwechselnd mit jedem neuen Herzschlag.

Enchanted von Taylor Swift plätscherte im Radio vor sich hin, gefolgt von *A Moment Like This* von Leona Lewis. Zu viele Liebeslieder für meine ohnehin schon aufgekratzte Stimmung. Angestrengt versuchte ich, nicht hinzuhören.

Endlich, nach einer gefühlten Ewigkeit, passierten wir das abgewrackt aussehende Ortseingangsschild von Little Goldcoast. Der Fahrer verlangsamte das Tempo des Wagens und ruckelte über die unebene Straße, auf der ich mit Jonah gestritten, Sightseeing betrieben und ihn schließlich geküsst hatte. Mein Herz schlug mir beinahe bis zum Hals. Wir fuhren an all den freistehenden süßen Häusern mit altmodischem Flair vorbei, am Secondhandladen, der Grundschule, der kleinen Kirche, dem Kiosk und dem *Goldies*, an Weiden, Grasflächen, dem Mom-and-Pops Store und zwei spartanisch ausgestatteten Spielplätzen. Als wir die schmale, mit Hecken umwucherte Gasse erreichten, die zum Cottage führte, hielt das Taxi.

„Hier komm' ich nich' weiter", teilte der Fahrer mir ungerührt mit.

„Ich weiß", freute ich mich trotz seiner Worte aufgekratzt.

Ohne abzuwarten, wie viel genau er von mir verlangte, drückte ich ihm eine Handvoll Scheine in die Hand, die wahrscheinlich mindestens das Doppelte vom eigentlichen Fahrpreis wert waren. „Danke! Schönen Tag noch."

Viel zu verdattert, um antworten zu können, sah er mir dabei zu, wie ich meine Tasche schulterte, so agil aus dem Taxi sprang, wie mein schmerzender Körper es zuließ und die Tür zuknallte. Wahrscheinlich war er froh, mich loszuwerden. Mit einer Mischung aus Joggen und schnellem Gehen nahm ich die Herausforderung an, die Steigung Richtung Ferienhaus so schnell wie möglich zu bewältigen, ohne schließlich völlig atemlos und verschwitzt vor Jonah zu stehen.

An jeder Stelle, an der er mich festgehalten, an sich gepresst und so intensiv geküsst hatte, dass mir Hören und Sehen vergangen war, blieb ich kurz stehen und hatte fast das Gefühl, seine Lippen wieder auf meinen zu spüren, was in mir wiederum die Frage aufwarf, wie ich ihn begrüßen sollte. Mit einer Erklärung? Einer Entschuldigung? Einem selbstbewussten oder einem eher reu- und demütigen Auftritt? Ich entschied mich für die hollywoodmäßigste Variante: einen Kuss. Ich würde ihm um den Hals fallen und ihn küssen, dass kein Platz für Wut, Ungläubigkeit oder Ärger zwischen uns bleiben würde. Ich würde ihm die Luft für jedes Wort nehmen. Zeit zum Reden würde es noch genug geben.

Als sich die Umrisse des Dachs in der Nähe abzeichneten, konnte ich nicht mehr an mich halten und begann, trotz aller guten Vorsätze, Schmerzen durch den Sturz und Erschöpfung vom Anstieg zu rennen. Auf einmal war es mir gleich, ob ich verschwitzt oder außer Atem sein würde. Ich wollte einfach nur noch ankommen. Mein Rückgrat beantwortete jeden Schritt, jedes Aufkommen meiner Füße auf dem harten Boden, mit

Schmerz. Meine Lungen fühlten sich zusammengepresst an, mein Atem ging stoßweise und mein Mund war völlig ausgedörrt.

Als ich endlich vor der Tür zum Stehen kam, nahm ich einen tiefen Atemzug, fuhr mir noch einmal schnell mit der Zunge über die Lippen, mit den Händen über die Haare und klopfte mit zitternden, schweißnassen Fingern an.

Ich konnte nicht fassen, dass ich endlich hier war. Dass mich nur noch Sekunden von einem erneuten Kuss mit Jonah trennten, nach dem ich mich so sehr verzehrte, dass es körperlich wehtat.

Eine gefühlte Ewigkeit verging. Hatte ich vielleicht nicht energisch genug geklopft? War er vielleicht gerade anderweitig beschäftigt ... etwa mit Keira?

Ich verscheuchte den Gedanken wie ein lästiges Insekt und klopfte erneut, dieses Mal lauter und länger, ehe ich ein Klingeln hinzufügte. Nichts geschah.

In einem Anflug von Verzweiflung klopfte ich weiterhin, während ich versuchte einen Blick ins Innere des Hauses zu erhaschen. Niemand war zu sehen. Ein Schlüssel, schoss es mir in den Kopf, es gab doch sicher einen Ersatzschlüssel. Einen für den Notfall. So schätzte ich die Abercrombies ein. Ja! Sie waren doch definitiv der Typ Mensch, der irgendwo in unmittelbarer Nähe des Hauses einen Ersatzschlüssel aufbewahrte. Kopflos stellte ich meine Tasche ab und machte mich auf die Suche.

Unter der Fußmatte war er nicht, ebenso wenig mit doppelseitigem Klebeband an die Unterseite des Briefkastens geklebt oder in der rostigen Gießkanne versteckt, die wie beabsichtigt einige Meter neben der

Haustür lag. Ich hob jeden Stein hoch und tastete jede Pflanze ab. Am Ende war mir nach Weinen zumute. Verschwitzt, mit Blumenerde an den Fingern und Grasflecken an den nackten Knien, sank ich mit dem Rücken an die verschlossene Tür und verbarg das Gesicht in den Händen.

Eine ganze Weile lang saß ich so da, die Beine an den Körper gezogen, die Hände vor mein Gesicht geschlagen, die Augen geschlossen und versuchte, einfach zu atmen und irgendwie klarzukommen. Dass mein Plan nicht so aufgegangen war wie gewünscht, hatte mir einen herben Schlag versetzt. Es fiel mir mehr als schwer, weiterzudenken. Es gab keinen Plan B. Ich wollte Edith nicht nach Jonahs Nummer fragen, ihn anrufen oder eine Nachricht schreiben. Das war nicht dasselbe. Ebenso wenig jedoch wollte ich aufgeben, zurückfliegen und Little Goldcoast nach dieser Niederlage erneut den Rücken kehren.

Seufzend nahm ich das Gesicht aus den Händen. Die Sonne stand so, dass sie mich direkt blendete. Ich hatte keinerlei Zeitempfinden mehr. War es Nachmittag, vielleicht sogar Abend?

Mit der flachen Hand schützte ich meine Augen vor der Helligkeit, als mir eine Ansammlung von Tannenzapfen und Eicheln auffiel, die wie beabsichtigt unter einem Busch lagen. Die offensichtliche Willkür des braunen Arrangements stimmte mich nachdenklich. Das war doch zu einfach – oder?

Atemlos stemmte ich mich in die Höhe, trat zum Busch hinüber und ging in die Knie. Mit beiden Händen schob ich die Tannenzapfen auseinander und zuckte kurz zurück, als eine langbeinige Spinne in der Nähe meiner Finger um ihr Leben rannte. Einen Augenblick später stieß ich auf etwas Hartes. Einer der Zapfen war schwerer und fester als die anderen. Er sah mit seiner angerauten, wenig perfekten Oberfläche täuschend echt aus – aber er war es nicht. Mit einem quietschend klingenden Triumphschrei zog ich ihn hervor und machte mich sogleich an dem schmalen, daran klebenden Röhrchen aus durchsichtigem Plastik zu schaffen. Mit einem leisen Ton löste es sich vom Tannenzapfen und ein silberner Schlüssel fiel mir in die Hand.

Euphorisch, wie noch beim Ausstieg aus dem Taxi, sprang ich auf, eilte zur Haustür und steckte den Schlüssel mit zitternden Fingern ins Schloss.

Als ich durch die Tür trat, fühlte es sich an, als würde ich nach Hause kommen. Ein leichter, vertrauter Geruch nach Lavendel und Sandelholz lag in der Luft, zu dem sich ein nach Zitrone duftender Reiniger gesellt hatte.

„Jonah!", rief ich.

Meine Stimme klang fremd.

Vielleicht schlief er bloß. Oder sah sich wieder in voller Lautstärke Damentennis auf seinem Handy an, sodass er die Klingel und das Klopfen schlichtweg überhört hatte. Es musste einfach so sein.

Weiterhin seinen Namen rufend und mit rasendem Herzen klapperte ich zuerst das gesamte Erdgeschoss ab. Keine Spur von ihm. Im Gegenteil – die Couch sah unberührt aus, der Boden war frisch gewischt. Keine Snacks, Shirts oder andere persönliche Dinge, die verstreut in der Gegend herumlagen und darauf hindeuteten, dass er sich in der Nähe aufhielt.

Mit einer Mischung aus Hoffnung und Angst, wobei letztere allmählich überwog, eilte ich die Treppe empor und nahm dabei immer zwei Stufen auf einmal. Jeder Sekundenbruchteil, der nun verging, war einer zu viel.

Außer Atem kam ich oben an. Das Zimmer, in dem ich geschlafen hatte, sah nicht mehr so aus, wie ich es verlassen hatte. Irgendjemand, wahrscheinlich Edith oder sogar eine Putzfrau, die die Abercrombies dafür bezahlt hatten, hatte es wieder hergerichtet. Das Bett war gemacht, alles war sauber und ordentlich und der Boden sowie das Fenster glänzten vor Reinheit. Das schlechte Gewissen über den Zustand, in dem ich es bei meiner abrupten Abreise hinterlassen hatte, hielt jedoch nur kurz an.

Bangend schlich ich durch den Flur und klopfte an die Tür des Zimmers, in dem Jonah geschlafen hatte. Alles blieb still. Nach einem tiefen Atemzug stieß ich die Tür auf. Der Raum war ebenso aufgeräumt und auf Hochglanz poliert wie der vorige.

In den anderen Zimmern fand ich ebenfalls nichts Gegenteiliges vor. Das Haus war leer. Nicht ein Kleidungsstück hatte Jonah zurückgelassen. Er musste vor einer ganzen Weile abgereist sein.

Ich war zu spät.

Kapitel 29

Shake It Off

Als ich eine gute halbe Stunde und etliche Tränen später das *Goldies* betrat, blickte Grayson vom Fernseher auf, in dem gerade ein Baseballspiel übertragen wurde und nickte mir knapp zu, ehe er sich wieder dem eindeutig spannenderen Geschehen zuwandte. Er schien sich ebenso wenig über meinen verschwitzten, zerzausten und verheulten Zustand wie über die Tatsache zu wundern, dass ich die Kleinstadt schon Wochen zuvor abschiedslos verlassen hatte und rein theoretisch heute gar nicht hier sein konnte.

Schweigend strich ich mein Kleid glatt, an dem, ebenso wie an meinen nackten Knien, noch die Reste dunkler Blumenerde hafteten, rieb mir die Tränen aus dem Gesicht und nahm auf einem der freien Barhocker Platz. Bevor ich wieder abreisen würde und mich ernsthaft mit meinem Leben auseinandersetzen musste, wollte ich zumindest noch etwas trinken.

Das *Goldies* war an diesem Abend – ein Blick auf die altmodische Uhr vor Ort hatte mir inzwischen die Tageszeit verraten – rappelvoll. Zumindest für seine Verhältnisse. Auf den Barhockern zu meiner Rechten saßen zwei bärtige, breite und glatzköpfige Männer mittleren Alters, die Bier trinkend die Baseballspieler anfeuerten. An den Tischen entdeckte ich während eines kurzen, zaghaft riskierten Blickes eine Gruppe betagter Freundinnen, einen uralten zahnlosen Mann, ein älteres Pärchen und ein hübsches männliches Paar, das über dem Tisch Händchen hielt und während eines Gesprächs nebenbei das Spiel verfolgte. Hier steppte heute quasi der Bär. Auf dem Barhocker, der sich zu meiner Linken und am weitesten entfernt von mir befand, saß die blonde Poppy und trank eine Cola. Selbst Ethan war da. Gläser spülend und mit bis zu den Schultern hochgekrempelten Ärmeln scherzte er gerade noch mit seiner Verlobten, als sich unsere Blicke trafen und er scharlachrot anlief. Die Überbleibsel von Jonahs Schlag waren zu meinem Erstaunen immer noch zu erkennen, auch wenn sie gelblich und schwächer geworden waren. Unwillkürlich fragte ich mich, was er Poppy erzählt hatte. Wohl kaum die Wahrheit.

Hastig senkte er den Kopf in Richtung des auf einmal offenbar sehr spannenden Spülwassers. Ein unwohles Gefühl prickelte kurz in meiner Magengegend und ich zog für einen Augenblick ernsthaft in Erwägung, der unschuldig wirkenden Poppy zu stecken, wie ihr Verlobter tatsächlich tickte. Seine übermäßig von sich selbst überzeugte Art deutete darauf hin, dass ich nicht die erste Frau war, die er trotz seiner festen Freundin dumm angemacht hatte. Doch wer war ich, mich in ihre Beziehung einzumischen? Und außerdem kannte sie mich nicht und würde mir wohl kaum glauben, wenn sein Wort gegen meins stand.

Neben den Geräuschen des Spiels drang eine leise Melodie an mein Ohr, ein Lied im Hintergrund, das ich bei genauerem Hinhören erkannte.

Love me like you do, la-la-love me like you do
Love me like you do, la-la-love me like you do,
Touch me like you do, tou-tou-touch me like you do,

forderte Ellie Goulding inbrünstig auf, und ich fragte mich, ob ich mir das noch einbildete oder ob mich die Liebeslieder tatsächlich zu verfolgen schienen. Ich konnte mich zumindest nicht erinnern, vor dem Kennenlernen von Jonah je so viele gehört zu haben.

In diesem Moment unterbrach Grayson mein Grübeln und stellte wortlos meinen Lieblingscocktail, einen *Golden Blood* sowie einen Teller mit Nachos und Käsesauce vor mir auf dem Tresen ab. Als ich fragend aufblickte, schließlich hatte ich noch gar nichts bestellt, zwinkerte er mir bloß zu und wandte sich, die muskulösen, tätowierten Arme vor der Brust verschränkt, wieder dem Spiel zu.

„Danke", brachte ich gerührt hervor und hätte direkt schon wieder in Tränen ausbrechen können. Ich nahm einen großen Schluck von meinem Cocktail, der zwar dem Kloß in meinem Hals nichts anhaben konnte, aber immerhin herrlich nach Urlaub, Sommer und Unbeschwertheit schmeckte.

Schweigend begann ich, einen Nacho nach dem anderen zu essen. Die Käsesauce war die beste, die ich je probiert hatte und nun, da ich ihren Geschmack auf meiner Zunge gespürt hatte, war ich fast sicher, nie wieder eine andere mögen zu können. Wenn irgendein Essen dieser Welt die Kraft hätte, ein gebrochenes Herz zu heilen – es wäre eindeutig dieses.

Das Baseballspiel endete – offenbar zur Zufriedenheit des Publikums – und Grayson regelte die Lautstärke des Fernsehers auf ein Minimum herunter. Als er beim nächsten Mal an mir vorbeiging, gab ich mir einen Ruck und räusperte mich diskret.

„Grayson, ich …", setzte ich an und musste mir noch einmal selbst Mut zusprechen. „Ich frage mich, ob du Jonah vor seiner Abreise noch gesehen hast. Ob … ob er nochmal hier war und vielleicht irgendwas gesagt hat. Irgendwas über … mich?" Errötend zwang ich mich, ihm in die Augen zu sehen. „War er die Tage nochmal im *Goldies*? Letzte Woche vielleicht? Oder gestern oder so?"

Grayson sah aus, als müsste er kurz nachdenken, dann schüttelte er mit gleichgültiger Miene den Kopf.

„Nope."

„Oh. Okay." Ich bemühte mich, mir meine Enttäuschung nicht allzu sehr anmerken zu lassen und nahm schnell ein paar Schlucke *Golden Blood*. Eine stille Träne bahnte sich ihren Weg über meine Wange, rann über meinen Hals und verschwand irgendwo in den Tiefen meines gewagten Ausschnitts.

„Grayson!" Mit tadelndem Unterton in der Stimme drang eine mir vertraut vorkommende Stimme an mein Ohr.

Träumte ich? Mein Herz setzte einen Schlag lang aus, nur um dann umso heftiger weiter zu klopfen.

„Was denn? Sie fragte nach gestern und letzter Woche." Grayson zuckte lässig mit den Schultern und tauschte die beiden leeren Gläser der Glatzköpfe zu meiner Rechten mit frisch befüllten aus. „Gestern und letzte Woche *warst* du nicht hier. Tatsache.“

„Stimmt. Dafür bin ich heute schon den ganzen Tag hier.“

Der Barhocker hinter den beiden lauten Baseballfans, den ich bisher für leer gehalten hatte, wurde zurückgeschoben und meine durch Tränen verschleierten Augen nahmen das wahr, was mein Herz und mein Kopf noch nicht zu realisieren vermochten. Mit betont lässigen Schritten, einem noch längeren Bart als gewohnt und Augenringen, die auf wenig Schlaf schließen ließen, trat Jonah hervor. Er setzte sich auf den Hocker zu meiner Linken und musterte mich mit einem sowohl durchdringenden als auch undefinierbaren Blick. Irgendetwas, ob es ein Stückchen Nacho, zu viel Käsesauce, der letzte Schluck Cocktail oder meine Spucke war, schnürte mir just in diesem Moment die Kehle zusammen und ließ mich so abrupt loshusten, dass ich selbst erschrak. Völlig unkontrolliert und mit hochrotem Kopf prustete und hustete ich, bis Jonah aufstand und mir ein wenig unsanft auf den Rücken klopfte.

Für wenige Sekunden galt die gesamte Aufmerksamkeit der Besucher des *Goldies* ausschließlich mir. Dann endlich gelang es mir zu schlucken und angestrengt durchzuatmen. Winzige Tränen rannen aus meinen Augenwinkeln über mein glühendes Gesicht. Mit ziemlich hoher Wahrscheinlichkeit sah ich aus wie eine heulende Fleischtomate. Eine mit zerzausten Haaren, verschwitztem Körper und Blumenerde an den Knien.

Jonah reichte mir eine Serviette und nahm wieder auf seinem Barhocker Platz. Peinlich berührt tupfte ich mir den Mund und die Tränen ab, während im *Goldies* nur ganz langsam wieder die Gespräche aufgenommen wurden und die Aufmerksamkeit an meiner Person schwand.

„Spektakuläre Auftritte sind absolut dein Ding, was?" Jonah nahm sich unbeeindruckt einen Nacho von meinem Teller, zog ihn durch die Käsesauce und steckte ihn sich in den Mund.

„Ich tue mein Bestes", brachte ich unter zwei kleinen Hustern hervor.

Meine Lunge fühlte sich immer noch an, als würde sie zusammengedrückt werden. Betont langsam nahm ich ein paar kleine Schlucke von meinem Cocktail, als Grayson mir wortlos ein Glas Wasser vor die Nase stellte.

„Danke", murmelte ich und leerte es sofort.

„Du bist … also wieder hier", schloss Jonah.

Bildete ich mir das ein oder klang er ein wenig nervös? Nicht mal im Ansatz so sehr wie ich natürlich, aber doch etwas mehr als normalerweise. Vorsichtig prüfend glitt mein Blick über ihn, nahm das rot melierte Shirt und die kurze dunkle Jeans, die er trug ins Visier, seine sonnengebräunte Haut, neben der meine Beine umso weißer wirkten und die braunen Haare, die er wie immer in einem perfekt unperfekten Dutt zusammengebunden trug. Wie hatte ich mir nur je einreden können, dass er kein Traummann war?

„Sieht so aus", antwortete ich in Ermangelung intelligenterer Wortspiele. Meine Gehirnzellen schienen gerade alle zur selben Zeit ein Nickerchen zu halten.

„Interessant." Jonah nickte nachdenklich und aß noch einen Nacho. Obwohl es um uns herum nicht gerade leise war, fühlte es sich zu still an. Ich gab mir einen Ruck. Ich war nicht hergekommen, um Smalltalk zu führen.

„Ich war im Cottage", erklärte ich.

„Weswegen?" Jonah legte die Stirn in Falten.

„Deinetwegen!" Ich seufzte, ließ die Nachos links liegen und bemühte mich, ihm in die Augen zu sehen. „Ich wollte dich sehen. Ich wollte ... bei dir sein."

Er nickte. Seine Miene war immer noch schwer zu deuten.

„Ich weiß", sagte er endlich. „Ich habe das Interview gesehen."

„Du hast es gesehen?" Mein Herz machte einen Satz. „Dann weißt du, wie ich jetzt über die **Royal Lovers** denke, nachdem ich dir begegnet bin? Du weißt, dass es mir von ganzem Herzen leidtut, dass ich dich angelogen habe? Auch dass es nie mein Ziel war, dich zu verletzen oder dich mit einem Mann zu vergleichen, der zu keinem Zeitpunkt der Realität entsprach?"

Jonah wartete einen Moment, ehe er antwortete. Es schien, als würde er sich meine Worte noch einmal durch den Kopf gehen lassen wollen.

„Ich weiß, dass du nicht nur zu spektakulären Auftritten, sondern auch zu spektakulären Abgängen neigst", antwortete er bedächtig.

Ich wusste nicht, ob ich lachen oder wütend sein sollte. Wieso konnte er nicht ein einziges Mal ernst bleiben?

„Wenn du zwei Stunden später gekommen wärest, wäre ich nicht mehr hier gewesen." Jonah dankte Grayson mit einem stummen Nicken, als dieser ihm im Vorbeigehen ein Bier reichte. „Heute Morgen, nach dem Interview, bin ich nach ein paar Wochen Selbstmitleid und einem spontanen Aufräummarathon aus dem Ferienhaus ausgezogen. Ich wollte zum Flughafen. Ich habe mir deine Adresse besorgt, einen Flug gebucht und wollte dich überraschen. Wie in einem kitschigen Buch.“

Ich atmete lautstark aus.

„Obwohl du mitbekommen hast, dass ich das Interview abgebrochen habe, um hierher zu fliegen?“

„Na ja ... Ich wusste nicht, dass du sofort fliegen würdest. Du hast bisher nicht unbedingt den Eindruck auf mich gemacht, sonderlich spontan zu sein.“ Er nahm die letzten beiden Nachos vom Teller, reichte mir einen und steckte sich den anderen selbst in den Mund. „Ich dachte, ich wäre schneller.“

„Aber *ich* war schneller.“

„Ja.“ Jonah musterte mich mehrfach von Kopf bis Fuß. „Ist das ... Blumenerde?“

„Ja, ich ... habe den Ersatzschlüssel gesucht.“

„Okay, wow.“ Jonah sah aufrichtig beeindruckt aus.

Um die nachfolgende Frage zu stellen, musste ich erstmal meinen *Golden Blood* leeren.

„Und Keira?“, presste ich dann so schnell wie möglich hervor, wobei mir jede Silbe auf den Lippen brannte, als hätte ich puren Tabasco getrunken.

„Was soll mit ihr sein?“ Jonah legte den Kopf ein wenig schief. „Ich habe sie wieder dahin geschickt, wo sie hergekommen ist. Das hättest du mitbekommen, wärest du einige Minuten länger geblieben.“

Ich senkte den Blick.

„Du wolltest, dass ich gehe“, erinnerte ich ihn mit gesenkter Stimme.

„Ich wollte, dass die Frau geht, die der Meinung ist, Männer sind nur Männer, wenn sie einen Drachen mit bloßen Händen erledigen können, problemlos einen Ring nach Mordor tragen, siebentausend Kilometer joggen und danach noch fantastisch duften und ihre Angebetete mit Frühstück am Bett umwerben." Er zog die Nase kraus, als hätte er an etwas widerlich Stinkendem gerochen. „Die Frau, die lügt. Die Frau, die behauptet, sie könnte sich nie in jemanden verlieben, der … echt ist. Der Gefühle hat. Und Narben. Und Fehler."

„Die Frau bin ich nicht mehr", erklärte ich entschieden. „Vielleicht war ich sie nie. Ich habe mich geirrt. In vielen Dingen." Ich atmete besonders tief ein und wieder aus, was den Schmerz vom Sturz in der Flughafenhalle wieder aktivierte. „Es tut mir leid, Jonah. Es tut mir wirklich, wirklich aufrichtig leid, dass ich dich angelogen habe."

„Mir tut es auch leid." Jonahs Worte kamen mit einem inbrünstigen Seufzen über seine Lippen. „Dass ich dir nicht einmal die Chance gegeben habe, dich zu erklären. Dass ich rotgesehen habe und unfair zu dir war. Ich wollte nach Los Angeles kommen, um uns eine zweite Chance zu geben."

Ich hörte seine Worte, doch der Sinn dahinter sickerte nur langsam zu mir durch. Es fühlte sich unwirklich an, dass das, was ich mir seit dem Interviewabbruch gewünscht hatte, nun tatsächlich eintrat.

„Und ich bin nach Little Goldcoast gekommen, um uns eine zweite Chance zu geben", ergänzte ich leise.

Eine gefühlte Ewigkeit oder vielleicht auch nur ein paar Sekunden lang – mein Zeitgefühl war völlig vernebelt – sahen wir einander in die Augen. Im Hintergrund wurden alle Musik, alle Gespräche, alle Geräusche von dem Takt meines lautstark pumpenden Herzens übertönt. Das Goldies und seine Besucher, Grayson, Ethan und der leere Teller vor uns wurden nichtig, hörten schier auf zu existieren.

„Dann … ist ja alles klar", drang Jonahs Stimme wie durch eine dichte Watteschicht zu mir durch.

„Absolut klar", stimmte ich ihm mit trockenem Mund zu. In meinem Kopf drehte sich alles, was mit ziemlicher Wahrscheinlichkeit weniger an meinem Cocktail als vielmehr an meinem Gegenüber lag.

Jonahs Gesicht näherte sich meinem. Kurz bevor unsere Münder sich zu einem Kuss trafen, der längst überfällig war, war ich mir fast sicher, ihn für einen kurzen Moment *Shake It Off* summen zu hören. Dann verstummte auch dies und seine Lippen trafen meine so viel heftiger als erwartet, dass mir der Atem wegblieb. Und dieser Kuss, dieser eine einmalige, leidenschaftliche Kuss, der all die Sehnsucht, Traurigkeit und Vergebung der letzten Zeit in sich vereinte, war unendlich viel mehr als ein geschriebenes Wort es je hätte sein können.

Romy & Jonah – Playlist

Soulmate – Natasha Bedingfield

Lonely Girl – Sandi Thom

All Of Me – John Legend

Shake It Off – Taylor Swift

Shallow – Bradley Cooper & Lady Gaga

Enchanted – Taylor Swift

Accidentally In Love – Counting Crows

A Moment Like This – Leona Lewis

Love Me Like You Do – Ellie Goulding

Someone You Loved – Lewis Capaldi

Almost Lover – A Fine Frenzy